El militante y la luna llena

El militante y la luna llena

Carlos Jorge Galindo

Número de Control de la Biblioteca del Congreso de EE. UU.:   2019916574
ISBN: Tapa Dura   978-1-5065-3050-5
             Tapa Blanda   978-1-5065-3049-9
             Libro Electrónico   978-1-5065-3048-2

Información de la imprenta disponible en la última página.

Fecha de revisión: 06/11/2019

Para realizar pedidos de este libro, contacte con:
Palibrio
1663 Liberty Drive
Suite 200
Bloomington, IN 47403
Gratis desde EE. UU. al 877.407.5847
Gratis desde México al 01.800.288.2243
Gratis desde España al 900.866.949
Desde otro país al +1.812.671.9757
Fax: 01.812.355.1576
ventas@palibrio.com
760674

ÍNDICE

TERCERA PARTE
La Mariposa de la Luna

PRIMERA PARTE

El enigma develado

El Militante

01

La familia y los estudios

Constantino José Indalecio García Tapias, conocido por todos como José, nació en el seno de una familia relativamente acomodada. Recibió una excelente educación en prestigiosos colegios católicos. Tenía ascendencia blanca, pero por sus venas también corrían los genes incas, lo cual le daba un aspecto especial: piel color bronce cobrizo, cabello negro lacio y grueso. Tenía las manos grandes, pero las muñecas delgadas. Su complexión física era grande; su torso, amplio y musculoso. Tenía las piernas largas, y los pies, proporcionalmente grandes. Su rostro tenía facciones marcadas y bien definidas: estrecho de la frente a los pómulos, con el mentón alargado y prominente. Sus ojos eran grandes, sus pestañas largas, sus cejas gruesas y muy tupidas. El color del iris de sus ojos variaba del castaño al verde. Su boca era grande, con labios gruesos y carnosos. Su nariz, aguileña, lo cual denotaba que era sagaz, incisivo, mundano, decidido, firme y enérgico. Aunque tenía la piel cobriza, la profusa barba que había heredado de su abuelo materno lo diferenciaba de ser un descendiente directo de los incas y le daba una apariencia de origen árabe. Las mujeres lo encontraban atractivo, tanto por su aspecto físico como por su personalidad, pero también, y sobre todo, por su intelectualidad.

Don Juan José Tapias Arauco, el abuelo materno de José, había emigrado de España durante la guerra civil española y se estableció en Sucre. Se consideraba un descendiente de nobles andaluces, pero tenía un aspecto árabe: mentón grande, nariz aguileña, cejas tupidas, pestañas largas, ojos de tamaño normal de color pardo, entre verde oscuro y café. Su apariencia árabe era notoria, hasta el punto de que era conocido como «el turco que dice ser español». Posiblemente sus ascendientes fueron árabes que conquistaron la península ibérica y la ocuparon durante casi ocho siglos.

La abuela materna, también de origen español, doña Candelaria Raquel Cornejo de Tapias, tenía una piel muy blanca que su hija Miriam Inés Tapias Cornejo, la madre de José, heredó sobradamente. Miriam tenía rasgos físicos de judíos sefardíes, posiblemente sus antepasados maternos fueron judeoconversos, es decir, judíos que se habían convertido al catolicismo debido a la Inquisición. El rostro de Miriam llamaba la atención, tanto por el color de su piel, extremadamente blanca, como por su forma, perfectamente ovalada. Su frente era amplia y ancha. Sus mejillas, redondas y gordas, dominaban el contorno externo de su semblante. Tenía el mentón más corto que la frente. Sus labios eran desproporcionadamente grandes, con relación al tamaño de su cara, motivo por el cual Miriam se los pintaba con colores suaves. Su nariz, era estrecha y muy pequeña.

Miriam, la madre de José, educada en colegios de monjas, era muy activa en las llamadas «acciones de cristiandad». Consideraba un accidente el estar casada con José Carlos García Pérez, el padre de José. Don José, como cariñosamente lo llamaban los clientes del taller de automecánica donde trabajaba como empleado de su suegro, era un hombre simple, de pocas palabras, especialmente cuando estaba en compañía de Miriam, por temor a que ella lo humillara. Don José era mestizo, de padre blanco y madre amerindia, descendiente directa de quechuas. Su piel era exageradamente cobriza, sin barba ni vello alguno. Su cara era ancha y plana; su nariz, chata. Tenía el pelo muy liso y negro, y los ojos de ese mismo color. Su grande mentón era la parte más prominente de su rostro.

El padre de Miriam había establecido un taller de automecánica para que el indeseado esposo de su hija tuviera un lugar donde trabajar. Don José, que no había terminado el bachillerato, aprendió el oficio de mecánico con un tío. Este trabajo le dejaba las manos encallecidas y las uñas sucias de grasa negra, algo que su esposa Miriam detestaba. El romance entre Miriam y don José había comenzado gracias a la insistencia de ella, que lo buscaba casi todas las tardes cuando se dirigía a pie al colegio y pasaba delante de la casa donde estaba el taller de mecánica donde José trabajaba ayudando a su tío. Fueron varias las tardes en las que Miriam no fue al colegio y se quedó con don José en uno de los cuartos situados en el fondo de la casa aledaña al taller mecánico. De uno de esos encuentros amorosos resultó el embarazo de Miriam, el matrimonio con don José y el nacimiento de Constantino José Indalecio García Tapias.

José atribuía los desencuentros que existían en el seno familiar al hecho de que sus padres venían de clases sociales diferentes. Cuando el padre de Miriam falleció, ella y don José decidieron trasladarse a Santa Cruz de la Sierra, donde podrían ganar más dinero del que conseguían en la tranquila, pacata y pacífica Sucre. El hijo del matrimonio, José, prefirió permanecer en Sucre para proseguir con sus estudios universitarios.

La ambición de conocimiento que José tenía lo llevó a estudiar en dos facultades al mismo tiempo: cursaba simultáneamente la carrera de Derecho y la de Economía. Esto no saciaba su hambre de información y se atrevía a memorizar capítulos enteros de anatomía humana, que repetía durante los encuentros con sus amigos que estudiaban Medicina.

Durante las manifestaciones estudiantiles, bastante frecuentes por entonces, José era el principal incitador a la violencia. También era un gran orador, lo cual hizo que fuera conocido entre los dirigentes universitarios, que lo cortejaban para que formara parte de sus respectivas agrupaciones políticas o partidos. Las ideas de José eran radicales y se alineaban con el extremismo idealista. Estaba comprometido con sus creencias y había leído abundantemente sobre marxismo. José era radical, no tenía una mente abierta y estaba siempre dispuesto a debatir sobre sus ideas o sobre cualquier tema. Desafiaba a sus oponentes a conversar sobre cualquier asunto, y con la fuerza del análisis intelectual siempre salía triunfante en estos debates informales.

Aunque era raro que un universitario de primer curso se postulara para un cargo en la dirección de la Federación Universitaria Local (FUL), José no solo optó al cargo de secretario de Cultura de la FUL, sino que resultó elegido y ejerció ese puesto con gran responsabilidad. Una de sus principales actividades como secretario de Cultura de la

FUL fue la organización del Primer Festival de la Canción Protesta, por entonces muy popular.

El día a día y la noche a noche de José estaban llenos de ocupaciones. Iniciaba sus actividades asistiendo a clases en la facultad de Economía. Después estudiaba en uno de los parques de la ciudad, o en el cementerio general de Sucre, su lugar preferido. A las once de la mañana asistía a clase en la facultad de Derecho. A mediodía se encontraba con sus amigos en la plaza 25 de Mayo, o participaba en reuniones clandestinas. Pasaba la tarde en la Federación Universitaria Local ejerciendo su cargo de secretario de Cultura, organizando y preparando el Festival de la Canción Protesta o simplemente conversando con sus camaradas y amigos. También aprovechaba las horas en que no tenía clases para visitar la biblioteca de la facultad de Derecho, donde encontraba una gran cantidad de libros sobre marxismo. Al final de la tarde, asistía a clases a una de las dos facultades. Por las noches volvía a reunirse con amigos, participaba en reuniones políticas clandestinas o bebía y se emborrachaba hasta perder el sentido.

A José le gustaba leer y declamar los poemas escritos por Félix Rubén García Sarmiento, *Rubén Darío*. Uno de los poemas que más le gustaba de este autor era el titulado «A Roosevelt», en el cual Rubén Darío enaltece el carácter hispánico frente a la amenaza del imperialismo estadounidense. José había memorizado las 380 palabras que componen este poema y en sus frecuentes borracheras lo declamaba por completo, lo cual no agradaba a sus compañeros de juerga, que lo dejaban solo, recitando poemas y bebiendo todo el alcohol que encontraba.

La Chacana

02

La astronomía y la chacana

A José le interesó la astronomía desde temprana edad. En cuanto sus padres discutían sobre cosas absurdas y sin sentido, él se ponía a contemplar el firmamento y a admirar la Luna y las estrellas. El transparente cielo de Sucre le permitía ver con nitidez la Luna, los planetas y las estrellas, y hasta le era posible divisar las constelaciones. Muchas veces José permanecía la noche entera observando el cielo desde el tercer patio del caserón donde vivía. Se esforzaba para localizar los planetas y determinar la posición de las constelaciones. Se escapaba de casa de sus padres a medianoche y buscaba los lugares más oscuros de la ciudad para poder ver mejor el firmamento. Su lugar predilecto era el Mirador de La Recoleta, el sitio donde Pedro de Anzures fundó la ciudad de La Plata de la Nueva Toledo, la actual Sucre. Desde ese punto es posible ver el cosmos con bastante claridad, sin la interferencia de las luces de la Ciudad Blanca.

Entre los libros antiguos que su abuelo materno había traído de España, José encontró varias obras sobre astronomía. Una de ellas, *Astronomía popular: descripción general del cielo*, publicada en 1901, contenía una muy clara explicación de los curiosos y diversos aspectos del firmamento. Así fue como José aprendió a distinguir los planetas de las estrellas. Los planetas, y también la Luna, se ven como luces fijas en el firmamento; en cuanto a las estrellas, se las ve centellear. Los planetas y la Luna reflejan la luz del sol; las estrellas son soles lejanos que tienen luz propia. Al atravesar la atmósfera, la luz de las estrellas se ve afectada por los vientos, las diferentes temperaturas y las diversas densidades, y eso hace que las veamos resplandecer, relumbrar y brillar con intensidad.

José encontró también libros sobre astrología, y descubrió que las antiguas civilizaciones agrupaban las estrellas formando figuras de animales y creando mitos sobre ellos. Sabía que el nombre y la forma de las constelaciones nacieron en el Mediterráneo oriental y representan leyendas del lugar y de la época. Había leído que, desde tiempos muy antiguos, existe la creencia de que los cuerpos del cielo influyen en la vida de los humanos. Sin embargo, José prefería el estudio científico de los astros, es decir, la astronomía, a la astrología, que mezcla con supersticiones y rituales la influencia de los astros en la vida humana.

Lo que a José más le impresionaba en el firmamento era la Luna. Una de las publicaciones que lo acompañó desde la infancia hasta el día en que murió fue el *Almanaque pintoresco de Bristol*, que proporciona datos astronómicos para cada mes, incluyendo las fases de la Luna, y con indicación del horario preciso en que comienzan y terminan las cuatro fases del único satélite natural del planeta Tierra. Esta publicación también informa sobre las fechas de los eclipses y las del inicio de las estaciones. Como las informaciones publicadas por el *Almanaque pintoresco de Bristol* se calculan específicamente para cada país, José sabía los días y el horario preciso en que la Luna cambia de fase en Bolivia, así como las fechas en las que los eclipses de Sol o de Luna son visibles en esa parte del planeta.

Sabía que la Luna no tiene luz propia, sino que refleja la que recibe del Sol. Conocía perfectamente las cuatro fases de la Luna: luna nueva, también denominada novilunio o interlunio, momento en el cual la Luna se encuentra situada directamente entre la Tierra y el Sol, de manera que el reflejo de la luz del sol sobre la superficie de la Luna no puede ser vista desde la Tierra; luna creciente, fase en la que la cara de la Luna que se puede observar desde la Tierra está parcialmente iluminada por la luz del sol y es visible; luna llena o plenilunio, que es la fase lunar que tiene lugar cuando el planeta Tierra se encuentra situado exactamente entre el Sol y la Luna, lo cual permite que la Luna esté completamente iluminada y pueda verse en su plenitud; y luna menguante, que es la fase en la cual se ve a la Luna parcialmente iluminada, similar a la luna creciente, pero en sentido opuesto.

La fase de la Luna que más fascinaba a José era la luna llena. Había aprendido que cada mes era distinta, debido a que su órbita alrededor de la Tierra es elíptica, es decir, que no forma un círculo perfecto sino un círculo alargado. Había dos palabras del léxico astronómico que fascinaban a José y que utilizaba constantemente y no solo para asuntos de astronomía. Esas palabras eran *apogeo*, que expresa el punto más lejano de la órbita de la Luna alrededor de la Tierra, y *perigeo*, que es el punto más cercano. También le gustaban términos como *orto*, que es el momento en el que la Luna se asoma en el horizonte al nacer, y *ocaso*, cuando la Luna se oculta en el horizonte, esto es, cuando deja de ser visible desde la Tierra.

José iba a todas partes con el *Almanaque pintoresco de Bristol*, ya fuera en el bolsillo o en el maletín, porque siempre quería saber las fechas de las fases de la Luna con bastante anticipación para poder programar cuál sería el sitio idóneo para observar la luna llena. En las noches oscuras, cuando la Luna no iluminaba el firmamento, José observaba, con mucha curiosidad y detenimiento, las constelaciones. La que más le llamaba la atención era la constelación de la Cruz del Sur. Admiraba el hecho de que esta constelación, la más pequeña de las ochenta y ocho conocidas que integran el firmamento, la gente la utilice como punto de orientación. Había aprendido que, partiendo de la estrella más brillante de esta constelación, en línea recta al eje principal de la cruz, se localiza el polo sur. También sabía que la Cruz del Sur era la constelación guía de los pueblos andinos y conocía la gran importancia que le daban los quechuas y aimaras.

A José le fascinaba la relación de la Cruz del Sur con la *chacana*. Este símbolo milenario, que hace referencia al Sol y a la constelación Cruz del Sur, tiene forma cuadrada y escalonada, con doce puntas. La chacana es una forma geométrica resultante de la observación astronómica que encierra componentes que explican la visión del universo para los incas. En la cultura incaica, la chacana indica las cuatro estaciones del año y los tiempos apropiados para la siembra y para la cosecha. También señala la unión entre lo bajo y lo alto, la tierra y el cielo, el hombre y lo superior, la energía y la materia, el tiempo y el espacio, lo masculino y lo femenino... José soñaba con poder tener alguna vez una chacana original, es decir, un diseño hecho por un descendiente directo de los incas.

En el calendario gregoriano, que es un calendario solar, el 3 de mayo es el día de la chacana porque en ese día la Cruz del Sur toma la forma astronómica de una cruz perfecta. La chacana es un símbolo que no tiene ninguna relación con la cruz cristiana que los europeos llevaron a las tierras de los incas. La palabra *chacana*, en quechua se dice *tawa chacana*, que quiere decir 'cuatro escaleras', y en aimara *pusi chakani*, que significa 'la de los cuatro puentes'.

Magdalena

Leyton

03

Los poderes de la luna llena

El conocimiento que José tenía sobre la Luna era muy amplio: no solo se reducía al punto de vista de la astronomía, sino que también sabía el significado y el papel que la Luna tiene en la astrología. Es el primer astro al cual el hombre le dio interpretaciones astrológicas que representan las emociones, los sentimientos y las reacciones afectivas. La luna llena desprende una energía fuerte y estable, y bajo su influjo se estimulan el romance, la seducción y los placeres sexuales.

A José le fascinaba sentir las innumerables sensaciones y diversos estados anímicos que la Luna provoca. Esta influencia es evidente no solamente en las personas, sino también en los mares, en la forma de las mareas. La marea es el movimiento periódico de ascenso y descenso del nivel del mar debido a la atracción gravitatoria que la Luna ejerce sobre la Tierra.

José había aprendido que la Luna es el resultado de una colisión de un planeta del tamaño de Marte con el joven planeta Tierra y que como consecuencia de ese choque una enorme cantidad de roca líquida fue lanzada al espacio y formó la Luna. Esta inclinó la rotación de la Tierra y permitió la formación de la atmósfera, que dio origen a la vida. Sin la Luna el planeta Tierra no sería habitable.

José no era un fanático de la astrología y hasta se burlaba de los horóscopos que su madre solía leer a diario. Para él, solamente la Luna tiene el poder de influir en las personas. Como los seres humanos somos sobre todo agua —aproximadamente tres cuartas partes de nuestro peso lo son—, la Luna, que es capaz de producir las mareas, influye directamente sobre nosotros. A José le interesó saber acerca de la influencia de la Luna en la vida sexual de la mujer y del hombre. Había leído que las tribus primitivas llevaban a cabo rituales de fertilidad cuando la Luna estaba llena y que creían que los niños concebidos bajo la luna llena eran más fuertes, más talentosos y más guapos.

También había leído sobre la conexión existente entre la Luna y los ciclos menstruales de las mujeres. Por lo general, estos ciclos duran entre 28 y 30 días, como el ciclo lunar, que es de 29,53 días solares. A José le fascinaban las leyendas sobre la influencia erótica de la Luna y la relación entre la Luna y el deseo sexual. Sabía que, cuando la Luna es llena, el cuerpo experimenta mayor deseo sexual, debido a que el nivel de las hormonas, tanto femeninas como masculinas, es mayor. El organismo, al igual que los océanos, está influido por la fuerza gravitacional y magnética de la Luna. La atracción gravitacional afecta a los fluidos del hipotálamo, que es la parte del cerebro que regula los ciclos del sueño, la temperatura corporal y las hormonas. También, la gravedad afecta el funcionamiento de las glándulas y de varios órganos del cuerpo humano.

Es muy conocido que la Luna genera cambios en el estado de ánimo. Así, durante la luna nueva, que es cuando la Luna renace, se experimenta una sensación de energía y aumentan las ganas de emprender cosas nuevas. Esta fase también es un buen momento para desintoxicar el organismo, ayunar e iniciar una dieta. Es propicia para la meditación y la planificación. Durante la luna llena afloran los sentimientos de alegría y de vitalidad, y sobre todo aumenta la libido, lo cual favorece las relaciones íntimas y la pasión.

La Luna es el símbolo de la feminidad, el vínculo con la madre. Simboliza todo aquello que connote protección, seguridad emocional y estabilidad sentimental, e influye en el modo en que nos relacionamos con los demás y en la forma en que expresamos cariño y afecto. Constituye un primer refugio, una energía protectora a la que retornamos durante toda la vida, especialmente cuando nos sentimos desprotegidos. La Luna se asocia con la poesía y la literatura en general, con el arte, la creatividad, la inspiración y el talento, fomenta nuestras fantasías y nutre nuestra imaginación.

En muchas de las novelas que leía José la Luna solía presentarse como la compañera de los enamorados y expresión del mundo interior, sentimental y sexual de los amantes. Cuando leía una novela romántica en la que se mencionaba a la Luna, José releía varias veces las partes donde los autores presentan a los personajes en los días de luna llena. Había llegado a la conclusión de que en esos días las personas tienen los sentidos más abiertos para recibir y transmitir vibraciones, sobre todo en lo que se refiere al deseo sexual.

Tuvo la oportunidad de verificar esto en una de las noches de luna llena en las cuales observaba, desde el tercer patio de su casa, la Luna en el cielo de Sucre. En el tercer patio estaba el dormitorio de la empleada del hogar que trabajaba para la familia. Desde que era niño, José había aprendido a recurrir a las empleadas del hogar para buscar protección en las noches en las que las tormentas eléctricas iluminaban el cielo sucrense. A medida que José fue creciendo, su madre le prohibió entrar en el cuarto de las empleadas, prohibición que, como muchas otras, José simplemente ignoraba.

La pareja García-Tapias acostumbraba a tener más de una empleada del hogar: una interna, que dormía en la casa, y otra que iba un par de veces a la semana para hacer la limpieza y lavar la ropa. A José le gustaba acercarse mucho a la «servidumbre», como doña Miriam se refería despectivamente a las trabajadoras del hogar. A José le gustaba hacerles muchas preguntas sobre sus vidas privadas, sobre los lugares donde habían nacido y hasta sobre sus vidas amorosas. Esto era del agrado de las chicas, que veían en el niño José un «aliado» que compensaba el mal trato que recibían de la señora. Cuando José llegó a la pubertad, molestaba o incomodaba a las chicas, ya sea cuando estaban bañándose o en el aposento que las empleadas internas usaban como dormitorio y que se localizaba en el tercer patio de la casa.

Una noche de luna llena en la que José fue al tercer patio para mirar ese objeto brillante del firmamento que tanto le gustaba, vio que la puerta del cuarto de la empleada estaba abierta. La habían contratado recientemente, ante la insistencia del padre de Miriam, pues se trataba de la hija de una empleada de su hermano que vivía en Santa Cruz de la Sierra. La *cambinga* como despectivamente la llamaba la madre de José, era esbelta y, a diferencia de otras empleadas, usaba vestidos, no faldas. Además, se duchaba todos los días, lo cual era de gran interés para José, que incluso había rascado el vidrio del baño de las empleadas, que estaba pintando con pintura blanca opaca, de tal forma que podía observarlas mientras se duchaban. Al ver entreabierta la puerta, José se movió con suavidad, andando de puntillas, para que Magdalena, así se llamaba la empleada, no se diera cuenta de que estaba siendo observada.

La Luna brillaba sobre el patio con mucha intensidad: estaba en su fase de llena y en pleno perigeo. Era una noche de abril, no excesivamente fría. Aunque era sábado, y normalmente las empleadas internas salían de paseo o se iban a sus casas, Magdalena se había quedado en la vivienda. Los padres de José habían ido a cenar a casa de unos amigos, lo cual significaba que llegarían pasada la medianoche. El esbelto cuerpo de Magdalena estaba semidesnudo, apenas cubierto por la toalla que lo envolvía, lo cual permitía distinguir sus sensuales y voluptuosas curvas femeninas. Su larga y lacia melena, una de las peculiaridades de Magdalena que más atraían a José, caía sobre su espalda, suelta, brillante, reluciente y levemente enroscada.

José la observó durante varios minutos y, antes de tomar la decisión de entrar en el cuarto, levantó la cabeza y miró a la luna llena, que parecía sonreírle y dar su aprobación para que siguiera sus instintos sexuales. Pocos minutos después entró en la habitación lentamente, para que Magdalena no lo notara. Una silla puesta contra la puerta, para impedir que esta se cerrara, hizo que José tropezara, a pesar de lo cual Magdalena no se inmutó y continuó extendiendo una colcha sobre la cama. Parecía estar sobre aviso de que José la buscaría, pues en varias ocasiones lo había visto mirándola cuando ella se duchaba, cuando salía del baño y mientras realizaba los quehaceres de la casa. La luz del cuarto era tenue, la lámpara era de baja luminosidad; en realidad era la luz de la Luna la que iluminaba el aposento y su brillo se reflejaba directamente sobre la cama de Magdalena.

Al darse cuenta de que José había entrado en la habitación, Magdalena se dio la vuelta para hacer frente de forma directa al viril joven, dejó caer la toalla que cubría su cuerpo y mostró sus senos firmes, con los contornos bien definidos, los pezones salientes y las areolas oscuras. Era delgada de cintura y de caderas amplias, y tenía las piernas gruesas, los tobillos musculosos y los pies bastante grandes, con los dedos abiertos.

José se aproximó despacio a Magdalena y con su mano derecha, muy temblorosa, agarró con suavidad el seno izquierdo de la esbelta mujer. Luego la abrazó, primero suavemente y después con intensidad. Los cuerpos unidos de la pareja cayeron sobre la cama. Magdalena ayudó a José a quitarse la ropa y pocos minutos después los dos cuerpos desnudos estaban unidos y cubiertos por el cubrecama de hilo que Magdalena había traído con ella del oriente. Copularon varias veces mientras la Luna los observaba desde el cielo. Los dos se daban calor mutuamente mientras la luna llena iluminaba con suavidad el aposento. José rompió el silencio y, con una voz varonil un poco forzada, pues a sus 13 años no había cambiado de voz totalmente, dijo:

—La luna llena es testigo de lo que acabamos de hacer.

Magdalena suspiró profundamente y dijo que a ella le gustaría que todas las noches fueran de luna llena, para estar al lado de un hombre viril y tan bien dotado como él.

—Hagamos un pacto con la Luna —añadió José—. Siempre que sea luna llena tendremos sexo, y desde luego siempre que podamos; ya sabes como es mi madre, y me ha prohibido acercarme a tus aposentos.

—Lo sé —respondió Magdalena con voz muy suave. Luego suspiró profundamente y añadió—: A mí también me ha dicho que no me aproxime a ti, pero eres muy atractivo y mi cuerpo te necesita.

Los dos se quedaron dormidos, abrazados tiernamente, José sobre su espalda y Magdalena con la cabeza apoyada sobre el pecho de su ahora joven amante. El tiempo pasó y de repente un rayo de la Luna, que entró por la puerta que la pareja no había cerrado, iluminó el rostro de José y lo despertó. En ese mismo momento oyeron la inconfundible voz de doña Miriam, que gritaba a don José lanzándole incesantemente un reproche tras otro. José salió de la cama deprisa, se vistió y dio un beso romántico a Magdalena, que desde ese momento se convirtió en su cómplice en el sexo. Era el sábado 28 de abril de 1964, una fecha que José jamás olvidaría.

Otras noches en las que los padres de José salieron y lo dejaron solo, y Magdalena aún continuaba como empleada del hogar interna, el viril joven intentó repetir el encuentro de finales de abril, pero siempre se encontró con la puerta cerrada y fue inútil que la golpeara y empujara para que la joven la abriera. Sin embargo, en la siguiente luna llena, el 26 de mayo de 1964, José observó que Magdalena había dejado la puerta de su cuarto entreabierta y que lo esperaba en la misma forma que aquella primera noche en la que tuvieron relaciones sexuales. La noche de sexo se repitió esa y todas las noches de luna llena.

José se graduó en secundaria con excelentes calificaciones y recibió todos los diplomas que otorgaba el colegio católico donde estudiaba. El joven se matriculó entonces en las facultades de Derecho y de Economía, aunque su mayor interés radicaba en luchar por liberación del pueblo boliviano.

Mercedes

04

Durmiendo con el enemigo

Una tarde, cuando José se encontraba en la sede de la FUL, llegó una mujer alta y esbelta, con aspecto cansado y ropa no muy limpia. Se presentó como una estudiante universitaria de Argentina que estaba viajando por toda Sudamérica y necesitaba un lugar donde quedarse. Con marcado acento argentino decía que no tenía dinero para pagar un hotel y quería saber si la universidad disponía de un albergue para estudiantes, o si existía una pensión barata próxima al recinto universitario.

Al escuchar la historia, y observando detenidamente a la bella mujer, José pensó que podría alojarse en el apartamento que él compartía con otros tres estudiantes. Desde que su familia se había ido a vivir a Santa Cruz de la Sierra, José se había instalado en uno de los tres cuartos de un céntrico apartamento, próximo a las dos facultades donde estudiaba. Compartía una de las habitaciones con un pariente de Cochabamba que estaba estudiando en Sucre; las otras dos habitaciones las ocupaban dos estudiantes benianos.

José, después de dedicar un par de minutos a definir una estrategia para aproximarse a la bella mujer, caminó con paso firme en dirección a ella y en un tono de voz suave, pero muy varonil, le dijo: «Puede usted quedarse en el apartamento que comparto con otros tres estudiantes; es un apartamento independiente y también hay ducha caliente». Mercedes Goicoechea Corrales —así se llamaba la bella mujer argentina— aceptó el ofrecimiento de José y apretó la mano de este de una forma peculiar y prolongada mientras lo miraba fijamente a los ojos. Minutos después, los dos estaban atravesando la plaza de armas y José explicaba a Mercedes que en esa plaza fue donde se dio el primer grito por la libertad de las colonias españolas, el 25 de mayo de 1809. Caminaban lentamente, José llevando el grande bolsón de cuero que la mujer usaba como maleta, y ella del brazo varonil del joven estudiante, que se sentía el mejor de los galanes.

Llegaron al apartamento donde José residía y lo primero que la joven argentina hizo fue tomar un prolongado baño. Poco después llegaron los otros estudiantes que vivían en el apartamento y, al darse cuenta de que en el aseo había alguien duchándose y tardaba mucho tiempo en salir, llamaron la atención a José, pues el uso prolongado de la ducha aumentaría el consumo eléctrico y, por consiguiente, el recibo de luz sería muy elevado. José aseguró a sus compañeros que él pagaría cualquier gasto extra de luz y les explicó que se trataba de una camarada estudiante argentina que había tenido el coraje y la valentía de viajar sola, por vía terrestre y en transporte público, desde su país. Además, comparó la hazaña de la chica con la de su compatriota el Che Guevara, y les recordó que este valiente revolucionario había realizado un viaje por América en moto.

Unos minutos después Mercedes salió del baño. Se la veía deslumbrante. Su rostro, bastante maquillado, además de bronceado, contrastaba con las caras pálidas de los chicos. Sus párpados superiores estaban resaltados con sombras de azul claro, que adornaban y aumentaban la luminosidad de sus ojos castaños. Su cabello, también castaño, de aspecto brillante y sedoso, era muy largo, y la bella mujer lo acariciaba suavemente con un cepillo plano, dándole un acabado perfectamente recto. No parecía ser la misma «estudiante» que había viajado por tierra desde Argentina, sino una artista de cine salida de una película de James Bond.

La belleza de la mujer admiró a todos los habitantes del apartamento, que se quedaron paralizados y boquiabiertos contemplándola desde varios ángulos. Mercedes vestía una blusa con estampado de flores y mangas anchas, y pantalones de campana, ceñidos en la parte superior y sueltos en la inferior. Los zapatos de plataforma aumentaban considerablemente su altura y hacían parecer pequeños a los observadores, excepto a José, que tenía una altura comparable a la de la monumental mujer.

José se vio obligado a romper el silencio que los rodeaba en aquel momento y que estaba comenzando a crear una situación incómoda. Dirigió la mirada a todos los presentes, menos a la muy observada mujer, y con voz muy varonil e imponente preguntó a sus compañeros dónde irían cenar. Uno de los estudiantes respondió:

—Esta noche tengo a mi cargo el comedor universitario y puedo llevar como invitada a nuestra alojada.

José, que hasta ese momento se había sentido dueño de Mercedes, sintió algo similar a los celos, pero accedió a que su compañero de apartamento llevara a cenar a su nueva amiga, y con la misma voz varonil respondió:

—Está bien, podemos encontrarnos en la plaza más tarde.

Luego salió apresurado, pues tenía clase en la facultad de Economía.

Horas más tarde José, que iba acompañado por su enamorada, se encontró a Mercedes paseando por la plaza 25 de Mayo y la invitó a dar una vuelta con ellos. La costumbre de aquella época era que las mujeres caminaran en un sentido y los hombres en otro. Cuando un hombre acompañaba a una mujer, tenía que caminar en el mismo sentido de las mujeres. De ese modo José, con su enamorada a un lado y la bella argentina en el otro, dio varias vueltas a la plaza, siempre caminando en el sentido opuesto al de los hombres. Mientras caminaban, Mercedes preguntó a José si él estaría interesado en ir a la vecina ciudad de Tarabuco, ya que le habían indicado que era un lugar hermoso. Con la gentileza que lo caracterizaba en el trato a personas del sexo opuesto, José preguntó primero a su enamorada si también quería ir, y la respuesta fue negativa, ya que debía preparar un examen que tenía al día siguiente. Al oír esa respuesta la joven argentina dijo:

—Qué pena, che, me han dicho que Tarabuco es un lugar muy lindo.

También mencionó que sabía que había un servicio de tren que salía los miércoles a las siete de la mañana y regresaba al día siguiente.

Poco después la enamorada de José se encontró con las amigas con las que compartía apartamento, se despidió y se fue caminando en dirección este, rumbo a la casa donde residía. La esbelta argentina y José se quedaron solos, dieron un par de vueltas más a la plaza 25 de Mayo y conversaron sobre las costumbres de la «ciudad de los estudiantes». Mercedes comentó que la comida del comedor universitario no la había satisfecho y que tenía hambre. Entonces José le ofreció comer unas pailitas, que era la especialidad de un restaurante situado en la acera este de la plaza.

—¿Qué es una pailita, che? —preguntó Mercedes.

—Es un asado de ternera, acompañado de dos huevos fritos, un chorizo grueso cosido, ensalada y patatas fritas —le explicó José—. Se sirve en una pequeña sartén redonda y poco profunda, llamada *paila*.

Comieron tranquilamente dos pailitas mientras continuaron conversando. Luego regresaron al apartamento, donde Mercedes durmió tranquila en uno de los cuartos que había cedido uno de los estudiantes benianos, y José se acomodó en el suelo de la habitación que compartía con su pariente.

Al día siguiente, José se levantó temprano, pues los dos jóvenes habían decidido viajar a Tarabuco y tenían que estar en la estación antes de las siete de la mañana. Llamó con suavidad a la puerta del cuarto donde dormía Mercedes y ella respondió:

—Entra, la puerta está abierta, estoy casi lista. Por favor ayúdame a abrocharme este collar.

José entró en la habitación y sintió un delicioso olor, mezcla de aroma femenino con fragancia de un perfume floral muy fino.

—¡Oh, qué bien huele! —dijo con voz varonil, y caminó lentamente hasta aproximarse a la esbelta mujer.

La intensidad de la mezcla del aroma femenino y del perfume floral aumentaba al acercarse a Mercedes. Ella le puso en las manos una cadena de oro con la imagen de una santa, y al hacerlo rozó con suavidad la palma de la mano de José con las uñas, impecablemente arregladas y pintadas de un color rojo intenso. Este contacto produjo una leve descarga eléctrica.

—¡Che, sos eléctrico! —dijo la argentina con suave voz.

—Nada de eso —respondió José—. Son pequeñas descargas de electricidad estática que se acumulan en el cuerpo y tú acabas de traspasar la electricidad de tu cuerpo al mío.

Las manos de José parecían no hacer caso a las órdenes de su cerebro de cerrarlas y agarrar la cadena de oro; al contrario, parecían querer permanecer en contacto con las suaves manos de Mercedes, que en ese instante giró su cuerpo lentamente, levantó su largo cabello y expuso la parte posterior de su cuello, donde José debía abrochar el collar. Él quedó fascinado ante esa escena y se aproximó aún más a la mujer para colocar la cadena en el elegante cuello femenino. Aunque todo esto duró menos de treinta segundos, la imagen de aquel cuello desnudo y la mezcla de aromas femeninos y del perfume floral quedaron grabadas en la mente de José durante mucho tiempo.

Los dos salieron apresuradamente del apartamento y tomaron un taxi en dirección a la estación de tren. El taxi no estaba en las mejores condiciones mecánicas y se paró dos veces durante el recorrido. Finalmente, llegaron a la estación de ferrocarril Aniceto Arce, con bastante retraso. Por algún extraño motivo, parecía que el tren había esperado a la pareja. Aunque la puntualidad no era una de las características del servicio ferroviario, resultaba difícil entender por qué habían esperado aproximadamente 20 minutos. Después de comprar los billetes, subieron al único vagón que tenía el tren. Una gran locomotora, con un motor muy bullicioso, arrastraba tan solo el único vagón de pasajeros, en cuyo interior viajaban pocas personas. Mercedes y José se sentaron hacia la mitad. Pocos segundos más tarde el ayudante del maquinista dio la orden de salida y el tren comenzó a moverse.

Unos segundos después de que el tren arrancara, entró en el vagón un hombre alto, de piel blanca y cabello rubio. Tenía el aspecto de un voluntario del Cuerpo de Paz y definitivamente parecía norteamericano. José lo miró con disimulo, como quien mira al ayudante y no a su objetivo directo. El *gringo* se sentó en el banco situado de espaldas al que ocupaban Mercedes y José.

Durante el trayecto de Sucre a Tarabuco, José cerró los ojos, lo cual le hizo pensar a Mercedes que se había quedado dormido. El americano y la argentina intercambiaron unas palabras en inglés pensando que José no podría entenderlas. Sin embargo, José entendía y hablaba perfectamente ese idioma, pues había vivido en Estados Unidos durante un programa de intercambio de estudiantes. El americano se cambió de sitio y se sentó aún más cerca de Mercedes, y los dos se pusieron a conversar en inglés, en voz muy baja. De esa forma descubrió José que el hombre trabajaba para el departamento de Estado estadounidense, y Mercedes, para una agencia del Gobierno norteamericano. Aunque nadie pronunció ese nombre, José interpretó que Mercedes era una agente de la CIA.

José tuvo que esforzarse para poder oír la conversación, pues los dos hablaban muy bajo. Sin embargo, pudo apreciar que el hombre entregaba a Mercedes un sobre, que posiblemente contuviera dinero, instrucciones y algo más, pues era un sobre color manila grande y voluminoso. Por lo que pudo captar de la conversación entre los dos agentes del Gobierno americano, José llegó a la conclusión de que el objetivo de la recién descubierta agente de la CIA era encontrar células guerrilleras que el Che Guevara hubiera podido organizar y que todavía continuaban activas, especialmente entre los estudiantes universitarios. Debería ir a La Paz lo antes posible para recibir nuevas instrucciones y tratar de infiltrarse en un nuevo grupo guerrillero que se estaba formando. Así descubrió José que estaba en compañía de una bella agente secreta al servicio de la CIA.

Durante el resto del viaje, José continuó fingiendo que dormía. Pensó que, puesto que Mercedes debía viajar a La Paz, ya no había necesidad de que permaneciera más tiempo en Sucre pues había una tarea más importante en la sede del Gobierno de Bolivia. Cuando el tren llegó a la estación de Tarabuco, Mercedes lo despertó.

—Vamos, che, ya llegamos. ¡Cómo te gusta dormir! —le dijo con marcado acento argentino.

Tras abandonar la estación, Mercedes insistió en visitar en primer lugar una iglesia, cuyo párroco parecía estar esperando la llegada de la joven. Después de que Mercedes conversara a solas con el cura, este les dijo que no tenía dos dormitorios pero que si querían podían hacer noche en la sacristía. Mientras el cura preparaba la sacristía para que la pareja durmiera allí, José y Mercedes salieron a pasear por Tarabuco. Las calles estaban prácticamente desiertas y no había mucho que ver en ellas. Algunos campesinos pasaban caminando detrás de sus mulas, que se movían lentamente y hasta parecía que estuvieran a punto de dormirse mientras transitaban. La mayor parte de las tiendas estaban cerradas y los puestos ambulantes no estaban instalados, como sucede los domingos. Mercedes y José recorrieron un par de calles en todas direcciones. Cansados, decidieron sentarse en un banco de la plaza, para conversar de todo y sobre nada.

Convertida en una verdadera inquisidora, Mercedes intentó averiguar de forma apremiante y exigente detalles de la vida de José. Este, con gran habilidad, deliberadamente evitó mencionar que hablaba inglés y se concentró en contarle los problemas que había en su casa. Exageró los conflictos que existían entre sus padres hasta el punto de que Mercedes sintió lástima de él y lo consoló, acariciándole suavemente la cabeza y el rostro. Llevaban sentados unos minutos en el banco de la plaza central de Tarabuco, frente a la parroquia de San Pedro de Montalbán, cuando, como salida de la nada, apareció una mujer que llevaba en el brazo dos ponchos típicos de Tarabuco, que ofreció a la pareja.

—Cómprame, caballero, este y este —dijo la mujer india, que aparentemente los había estado siguiendo sin que se dieran cuenta—. Barato te los voy a vender —insistió la mujer, que también llevaba en la espalda a su bebé.

La mujer india colocó el poncho de mayor tamaño sobre las piernas de José y una manta de menor tamaño sobre las de Mercedes.

Con una expresión de desprecio, y hasta de asco, Mercedes agarró la manta que la mujer india le había colocado segundos antes sobre las piernas y la tiró al suelo. A José le desagradó la actitud de Mercedes ante el gesto de la mujer y con voz firme le dijo:

—No se trata así a la gente, ella es tan humana o más humana que tú. Sabes —continuó José dirigiéndose a Mercedes— que esta gente teje estos ponchos a mano y tardan varios meses en elaborarlos. Es un tejido muy tupido, prácticamente impermeable. Además no tienen diseños preconcebidos, sino que cada poncho o cada manta es una verdadera obra de arte. La imaginación de la persona que lo teje está plasmada en los colores y en los diseños.

La mujer se agachó a recoger la manta, pero José fue más rápido y la recogió, sacudió el polvo, la puso junto al poncho y le dijo:

—Te voy a comprar los dos. ¿Cuánto quieres?

La mujer india, visiblemente irritada, antes de responder tiró de la manta que sostenía José y, con gran habilidad y agilidad, la puso sobre su espalda, sin tocar ni despertar al niño que cargaba. Después cogió el poncho y lo extendió sobre el banco de la plaza, rozando con los bordes, a propósito, el rostro de Mercedes, que tuvo que levantarse.

José observó que el poncho era de peculiar belleza, de colores deslumbrantes y muy bien delineados. Lo que más llamaba su atención eran los trece diseños de la franja central, que eran trece chacanas perfectamente diseñadas, cada una con una característica especial. José de inmediato se puso el poncho y se dio cuenta de que las chacanas se situaban justo a la altura del corazón.

El tejido de los ponchos de Tarabuco es muy especial y los diseños que tienen expresan la identidad de la persona que los tejió. Los tejedores no tienen diseños preconcebidos, sino que hilo a hilo y color a color van plasmando lo que su imaginación y su visión de la vida les llama a hacer. En el poncho que llevaba puesto José destacaban trece chacanas, la cruz andina o cruz cuadrada. Él sabía que ese símbolo, de miles de años de antigüedad, es uno de los más importantes del conjunto de las naciones andinas.

Parecía haber sido fabricado especialmente para José. El tamaño era perfecto, ni largo ni corto, la abertura del cuello apropiada, al igual que la anchura... Los brazos quedaban cubiertos por completo, pero, cuando era necesario sacarlos, salían rápidamente y permitían a José utilizar sus manos con completa libertad.

La mujer india no dejaba de enfrentarse directamente a Mercedes y parecía balbucear palabras en quechua que José intentó entender, sin éxito. Para evitar una posible discusión, pues Mercedes parecía no estar contenta con la actitud de la vendedora, en voz alta y en un tono imperativo, dirigiéndose a la mujer india dijo:

—¿Por cuánto nos vendes la manta y el poncho?

La mujer india respondió:

—La manta no la vendo, págame lo que quieras por el poncho, te queda muy bien.

Mercedes se echó a reír y dijo:

—Mira, che, parece que le gustaste a esta mujer, qué bonita pareja hacen, y ella no quiere que yo sea tu enamorada y por eso no quiere vender la manta. ¡Le caíste bien, che!

José dio la espalda a Mercedes y se puso a conversar en quechua con la mujer india:

—Bonitos son los ponchos que haces y me gustan mucho, sobre todo porque tienen la chacana.

La mujer india sonrió ligeramente, José le pagó y ella desapareció del lugar tan rápido como había aparecido.

Se había hecho de noche. José y la bella argentina decidieron ir a cenar. El cura les había mencionado un pequeño restaurante en la acera sur de la plaza donde podrían comer bien y barato; les dio incluso el nombre de la dueña del negocio: doña Toribia. Cenaron en ese local y tomaron varias copas de un pisco fabricado artesanalmente por un pariente de la dueña del restaurante. Casi tres horas más tarde, pagaron la cuenta y se fueron caminando hacia la iglesia. La temperatura había bajado bastante y Mercedes se aproximó al cuerpo de José para entrar en calor; él la abrazó tiernamente, pero con firmeza varonil.

La Luna brillaba en el firmamento de Tarabuco, completamente despejado, en el cual se veían las estrellas y las constelaciones con mucha claridad. Mercedes insistió en descubrir el lugar donde estaba la Cruz del Sur, pues su país estaba en esa dirección. José se orientó enseguida y señaló el lado sur. Los dos levantaron la cabeza y vieron al mismo tiempo la Cruz del Sur. La alegría se transformó en un fuerte abrazo, una mirada penetrante y un beso en la boca que duró varios segundos. Mercedes se agarró con fuerza del brazo de José y caminaron despacio. Ella comenzó a cantar suavemente, con voz sensual y excelente entonación:

> Ya sé que estoy piantao, piantao, piantao,
> no ves que va la Luna rodando por Callao
> y un coro de astronautas y niños con un vals
> me baila alrededor...

José se detuvo y pidió a Mercedes que le explicara el significado de la palabra *piantao*.

—Es un término argentino usado para referirse a las personas que están un poco locas, no locos en el sentido de padecer una patología, sino de estar un poquito con los tornillos flojos. Mercedes puso su dedo índice en la sien de José y lo movió como quien atornilla y desatornilla. Mercedes dejó caer su brazo sobre el hombro de José y él la abrazó, primero con ternura y después con afectuosa intensidad. Los dos se besaron en los labios largamente, iluminados por la luz de la luna llena en el pueblo de Tarabuco.

Cuando llegaron a la parroquia de San Pedro de Montalbán de Tarabuco, la puerta estaba entreabierta. Accedieron en silencio. En el cuarto contiguo a la sacristía dormía el párroco, que roncaba con profusión. Vieron que el cura había dejado algunas mantas en un sillón. José se quitó el poncho tarabuqueño que había comprado, lo extendió en el suelo, estrechó a Mercedes con sus largos y varoniles brazos y lentamente los dos se sentaron sobre la prenda. Mercedes aproximó su boca a la oreja de José y cantó completa la canción «Balada para un loco», mientras recorría las orejas de José con su húmeda lengua y las mordisqueaba con sus ardientes labios, y acariciaba con las manos la parte posterior del cuello del joven. Cupido había hecho su trabajo.

Se desnudaron y se taparon con una de las mantas que el cura había dejado, aunque no necesitaban cubrirse, pues la temperatura corporal de los dos había aumentado y sus cuerpos desprendían un vapor con aroma sensual, mezcla del perfume que usaba Mercedes y del sudor varonil que exhalaba José. Hicieron el amor varias veces, mientras la luna llena y las estrellas brillaban en el firmamento de Tarabuco.

Tras un par de horas de sueño, con Mercedes apoyando la cabeza en el tórax de su joven amante y abrazándolo tiernamente, José tuvo necesidad de orinar. Separó a Mercedes de su cuerpo con suavidad, se puso en pie despacio y cubrió el cuerpo desnudo de la mujer con las mantas que el párroco había dejado en la sacristía. Como no sabía dónde estaba el baño, decidió salir a la calle. En medio de la oscuridad buscó la puerta y, cuando la abrió, los rayos de la luna llena iluminaron su rostro de una forma peculiar. Lentamente levantó la cabeza y vio a la majestuosa luna llena, que parecía sonreírle. Recordó las anteriores veces en que la Luna le había sonreído de la misma forma y una vez más confirmó los poderes que ese satélite le concedía.

José pensó en lo que estaba sucediendo: estaba durmiendo con el enemigo.

Cuando amaneció, José se despertó con el ruido que el cura y el sacristán hacían al prepararse para celebrar la misa. Mercedes dormía con una tranquilidad casi angelical. José contempló el rostro tierno y suave de su ahora amada compañera de aventura y de sexo, suspiró profundamente y de nuevo pensó que había dormido con una agente de la CIA. Este pensamiento le produjo escalofríos y, sin querer, dejó caer la taza de metal que el párroco le había dado con té caliente.

Mercedes se despertó sobresaltada e inmediatamente llevó su mano a la bolsa de la que en ningún momento se había separado, ni siquiera mientras copulaba con José. Preguntó a este qué pasaba. José se lo explicó, se sentó a su lado, la acarició tiernamente y quiso abrazarla, pero Mercedes se levantó deprisa pues necesitaba ir al baño. En cuanto Mercedes salió de la sacristía, José se puso a inspeccionar la bolsa de la agente de la CIA y descubrió que, dentro del sobre que el americano del tren había entregado a Mercedes, había una pistola pequeña, de color negro, y una gran cantidad de billetes de 10 y 20 dólares.

Poco después Mercedes volvió del baño, completamente vestida y arreglada. Salieron de inmediato, casi corriendo, rumbo a la estación, mientras el cura celebraba misa ante un par de ancianas y algunos indios tarabuqueños. Subieron al mismo vagón que los había llevado a Tarabuco y se sentaron en el primer sitio libre que encontraron. El vagón estaba lleno. Los comerciantes locales se trasladaban a la capital para comprar productos que ofrecerían a la venta en la feria dominical como productos autóctonos.

Llegaron a Sucre sin novedades. Mercedes informó a José de que esa misma tarde seguiría viaje a La Paz. Fueron al apartamento y volvieron a acostarse juntos, esta vez en una cama sobre la cual también colocaron el poncho de Tarabuco.

José acompañó a la agente de la CIA y su amante ocasional para que ella tomara el bus que la llevaría a la sede del Gobierno boliviano. En un momento de distracción de Mercedes, José extrajo de la bolsa la pequeña pistola de color negro y la guardó en su cintura. Esa arma, que se convirtió en un verdadero trofeo de guerra para José, lo acompañó hasta el día de su muerte.

Tania

05

El militante reclutado

José no estaba a favor del movimiento foquista, consistente en crear un pequeño grupo paramilitar que, con acciones típicas de la guerra de guerrillas, puede lograr que estalle una revolución popular y el consiguiente derrocamiento del régimen. Había leído los postulados del Che Guevara —«No siempre hay que esperar a que se den todas las condiciones para la revolución»— y sobre esas palabras apoyaba la lucha por la liberación del pueblo boliviano como guerrillero. Al mismo tiempo, José consideraba que el fracaso de la Guerrilla de Ñancahuazú evidenciaba que este tipo de acción no llevaría a un levantamiento de masas ni al derrocamiento del régimen. A pesar de estas conclusiones, José tenía mucha sed de acción. Se había enterado de que el Ejército de Liberación Nacional (ELN) estaba preparando un nuevo foco guerrillero, lo cual estimulaba su instinto revolucionario y los sueños de alcanzar la justicia social por medio de las armas. José no tenía conocimiento de cuál sería el lugar geográfico donde se iniciaría la nueva acción guerrillera, pero sabía que se pretendía continuar el movimiento que fue liderado por Ernesto *Che* Guevara unos años antes.

Con la insistencia y persistencia características que lo acompañaron hasta su muerte, José llegó a establecer contacto con la persona del ELN encargada del reclutamiento de guerrilleros entre jóvenes estudiantes dispuestos a entregar sus vidas por la liberación del pueblo boliviano. El encuentro con el posible representante del ELN se acordó que fuera en la puerta del colegio Don Bosco, justo frente a la facultad de Derecho, a las 13:13 de la tarde del día 13 de junio de 1970. A esa hora el número de personas y estudiantes en la calle sería mínimo, ya que casi todos estarían almorzando, lo cual disminuiría la posibilidad de que otros estudiantes, amigos, espías, delatores e informantes del Gobierno conocieran su existencia. José acudió puntualmente al lugar marcado. El posible representante del ELN se aproximó y le dijo en voz baja:

—Vamos a caminar sin parar, y caminaremos rápido, no pares por ningún motivo y mucho menos para conversar con algún amigo.

José reconoció al contacto pues recientemente habían participado juntos en manifestaciones estudiantiles. Comenzaron a caminar con paso apresurado y el interrogatorio a José empezó. De alguna forma el ELN se había enterado de que José había pasado un año en Estados Unidos. La primera pregunta que el contacto hizo fue directa y certera:

—¿Qué hiciste en Estados Unidos durante el año que estuviste por allí?

José respondió de inmediato, sin hacer ni una mínima pausa como para pensar en la respuesta que debería dar. En realidad, él ya se había preparado para esta pregunta pues era lógico que, si había estado en Estados Unidos, el ELN sospecharía de su militancia política. Con voz aguda y clara dijo:

—Te responderé citando a José Martí: «Viví en el monstruo, y le conozco las entrañas». ¿Quién soy yo para compararme a Martí? Puedo decirte, camarada, que he visto con mis propios ojos la opresión del pueblo estadounidense. Es más, he sido activo en el movimiento estudiantil de aquel país, junto con los camaradas de la SDS, los estudiantes para una sociedad democrática. Incluso quería incorporarme a los Panteras Negras, pero no me fue posible encontrar a alguien como tú, es decir, a un verdadero héroe, que tiene que trabajar en la clandestinidad y que se expone al entrevistar a personas que puedan ser agentes de la CIA o delatores. Tú, querido camarada, ya eres un héroe del Ejército de Liberación Nacional, sin ni siquiera haber disparado un tiro.

El contacto quedó prácticamente hipnotizado por las palabras elocuentes de José. En realidad, solo había entendido la última parte en la cual era llamado *héroe*. Sin perder tiempo, José tomó nuevamente la palabra y con la misma entonación de voz que el contacto había utilizado para hacer la primera interpelación preguntó:

—Dime, camarada, ¿qué otras preguntas tienes? Te puedo decir todo lo que tú quieras, sobre mi familia, sobre mis amigos, sobre los libros que leo y también sobre mi entrenamiento militar.

El discurso locuaz de José sonaba convincente. Sin embargo, el contacto continuó haciendo preguntas. Parecía como si estuviera leyendo una lista preestablecida. Algunas de las preguntas estaban relacionadas con el conocimiento y la práctica que José pudiera tener en el uso de armas y de explosivos. José respondió con la misma voz firme y su respuesta fue una verdadera cátedra sobre los tipos de armas que eran usados por el ejército y también sobre las armas que el Ejército de Liberación Nacional podría tener a su disposición para iniciar las guerrillas. Además de ser un ávido lector sobre armamento de guerra convencional, en la guarnición local del ejército José conocía a un subteniente con quien había tenido largas charlas justamente sobre las armas que se podían usar en una confrontación entre el ejército y las guerrillas.

Después de una media hora de charlar con el contacto, todo el tiempo caminando apresuradamente, de tal forma que no pudieran ser escuchados ni se les fotografiara juntos, el contacto le dijo que tenía que pasar una segunda entrevista después de la cual debería incorporarse inmediatamente al ELN «con la ropa del cuerpo». José respondió con un «Patria o muerte, venceremos», «Hasta la victoria final». El contacto le pidió compostura y le informó de que, en un momento dado en los días siguientes alguien le entregaría instrucciones precisas que debería seguir al pie de la letra. También le dijo que a partir de ese momento era un miembro del Ejército de Liberación Nacional y, en consecuencia, quedaba sujeto a las reglas de la organización, de tal modo que incluso podría ser ejecutado sumariamente si se sospechaba traición. Finalmente le dijo que debería olvidar el encuentro, que la reunión nunca había existido, que debería continuar caminando al mismo ritmo de frente, sin darse la vuelta y que él se separaría en la esquina.

Esa tarde José no fue a clase en la facultad de Derecho ni en la facultad de Economía. Se sentía eufórico por el solo hecho de saber que existía la posibilidad de participar en la guerrilla. Su ideal de luchar por la liberación de Bolivia le creaba un verdadero torbellino en su mente. Sentía miedo y, al mismo tiempo, alegría. También surgieron en su cabeza dudas sobre la decisión de participar en el proceso de reclutamiento para ser un guerrillero. En realidad, ya estaba comprometido con el proceso y su vida estaba en peligro; si no se integraba en el grupo guerrillero y si el Ejército de Liberación Nacional lo consideraba un delator, podría morir en cualquier momento. Con estos pensamientos en su mente, decidió seguir caminando por la ciudad, y lo hacía de forma vigorosa, como si estuviera participando en un entrenamiento para ser guerrillero. Pasó por la plaza 25 de Mayo, donde estaban varios de sus amigos. Ignoró los llamamientos que los amigos hicieron para que se integrara en el grupo y decidió caminar por la empinada calle Audiencia con rumbo a la plaza de la Recoleta. Llegó al Mirador y durante varios minutos se sentó a observar la Ciudad Blanca.

Poco después, José comenzó el descenso y se detuvo en una tiendita para beber algo que aplacara su sed. Estaba tomando una Papaya Salvietti cuando escuchó los acordes de un charango que provenían del interior de la pequeña tienda donde también vendían pisco y otros licores. La música despertó en José el deseo de beber algo con alcohol, pensando que eso podría ayudarle a controlar sus emociones. Preguntó a la vendedora si le podía vender una copa de singani, a lo cual ella respondió que solo vendía botellas enteras. Pidió una botella del pisco más barato, hizo abrirla y luego comenzó a beber directamente del envase. Pasados unos minutos se encontraba en el interior de la tienda compartiendo con varios obreros que bebían chicha. José invitó a varios «secos» a quienes le acompañaban y pagó varias rondas. Bebió hasta quedar inconsciente, y acabó durmiendo en la puerta de la tiendita.

Pocos días después, cuando José salía al mediodía de sus clases en la facultad de Derecho, se le aproximó una joven estudiante vistiendo delantal blanco y le dijo:

—Me han pedido que te entregue este cuaderno.

La joven le entregó un cuaderno cuadriculado de veinte hojas y desapareció entre la multitud de alumnos que caminaban en ese momento. José abrió el cuaderno y vio las instrucciones que el contacto le había mencionado días antes. Eran precisas: debería dirigirse de inmediato al cementerio, siguiendo la ruta que estaba trazada en una de las páginas del cuaderno. Tenía que esperar hasta que un contacto se comunicara con él. En la primera página del cuaderno estaba la seña y en la última página la contraseña que serviría para identificar a la persona que le daría las instrucciones para integrarse en el movimiento guerrillero. El encuentro sería en el primer jardín a mano izquierda de la entrada principal del cementerio, donde se sitúa el mausoleo de los Argandoña.

José siguió las instrucciones al pie de la letra. Debería caminar por la calle Arenales, rumbo este, hasta llegar a la calle Potosí, donde tenía que doblar a mano derecha, seguir caminando por esa avenida hasta la calle La Paz donde nuevamente doblaría a la derecha y caminaría por la calle Bustillos, donde debería doblar a la izquierda y caminar hasta la calle Capitán Echeverría, que lo llevaría a la calle Loa y luego al cementerio. José conocía todas esas calles, por las que transitaba regularmente. Tal vez el motivo para hacerlo caminar por esas calles fuera que los amigos y conocidos que vivieran en esas calles o pasaran por ellas en ese momento lo vieran por última vez. José cumplió las instrucciones literalmente y en menos de media hora llegó al cementerio. Rápidamente localizó el lugar donde se sitúa el mausoleo de la familia Argandoña y se puso a caminar leyendo el libro de derecho agrario, tal como había sido instruido. Durante el trayecto, José había percibido que le seguían dos estudiantes que probablemente estuvieran al servicio del ELN y que querían comprobar que el ahora reclutado guerrillero cumplía las instrucciones y, sobre todo, que no hablaba con nadie o informaba a agentes del Gobierno o de la CIA sobre la cita.

Habían pasado varias horas desde que José llegó al punto de encuentro en el cementerio y, justo cuando estaba a punto de abandonar el objetivo de reunirse con la persona del ELN que debería darle las instrucciones finales para incorporarse al movimiento guerrillero, vio caminando en dirección al mausoleo de los Argandoña a una simpática mujer con flores en las manos. Parecía llevar una ofrenda floral a algún pariente enterrado allí. José decidió abordarla e inmediatamente cambió su papel de guerrillero camuflado por el de conquistador en acción. Llenó los pulmones con bastante aire, como un gallo cortejando a las gallinas, y utilizó una de las artimañas que siempre le había funcionado, la de dejar caer un objeto instantes antes de que la presa esté lista para recibir el tiro fulminante de la conquista. Caminó lentamente, siempre haciendo ver que leía el libro de derecho agrario, dejó caer su bolígrafo justo en el camino por el cual pasaría la joven de pelo negro, y se puso en cuclillas para recogerlo. La joven mujer se detuvo justo frente a José, que levantó lentamente la mirada, observando con detalle el cuerpo de su presa; se fijó en el tipo de zapatos que calzaba, el tipo del pantalón que vestía, y hasta intentó percibir qué ropa interior llevaba puesta; observó que llevaba un cinturón grueso de color negro y brillante, y que por debajo de la blusa, parcialmente abotonada, asomaba el encaje del sostén que aseguraba los pechos de la mujer. También notó la diminuta gargantilla de color rojo, posiblemente de coral, que adornaba su cuello. Al mismo tiempo que examinaba el cuerpo y la vestimenta de la joven, sentía un exquisito aroma floral que emanaba de todo su cuerpo, en especial del cuello y del rostro. La joven mujer rompió el silencio que se había producido durante algunos instantes y con voz firme y segura dijo:

—¿Qué estás estudiando?

Inmediatamente José recordó que esa frase era la seña que estaba escrita en el cuaderno y con voz firme y segura respondió:

—Derecho agrario.

En cuanto José dijo la contraseña, la conversación entre reclutadora y reclutado se entabló enseguida.

—Yo soy Tania. ¿Qué me cuentas, Darío? Te hemos aceptado en el movimiento. Tú te irás con el contingente que sale mañana sábado 20 de junio de madrugada. Como ya fuiste informado, no puedes regresar al lugar donde vives: vendrás a nuestro cuartel y allí esperarás nuevas órdenes.

Mientras Tania le daba estas instrucciones, José la miraba fijamente y consiguió establecer contacto visual con ella, que fue mutuo y duradero. Había aprendido que en la mirada de las personas es posible determinar el estado de ánimo y la disposición emocional, así que percibió que las pupilas de Tania estaban dilatadas y que una tímida sonrisa se había dibujado en su rostro; era una señal de que había interés por parte de ella en conocerse íntimamente. La continuidad del contacto visual era una forma de comunicación emocional entre la reclutadora y el reclutado. La confluencia de sus miradas demostraba que en los dos existían fuertes emociones. Las hormonas masculinas de José se alborotaron: tenía ganas de saltar de alegría, tanto porque pronto se cumpliría su deseo de incorporarse a la lucha por la liberación del pueblo boliviano como por haber encontrado a la bella mujer que era la reclutadora. Incluso sintió una erección inoportuna, que tuvo que esconder cubriéndose los genitales con el libro de derecho agrario. La reclutadora rompió el silencio que se había establecido entre los dos y con una voz suave y sensual, bastante diferente a la que usó en sus primeras instrucciones, le dijo:

—Sígueme a una media calle de distancia y no te pares para hablar con ningún amigo o conocido. Te llevaré a nuestro cuartel general en Sucre.

Los dos salieron del cementerio por separado. Ya era el final de la tarde y el portero estaba esperando su salida para cerrar el lugar de reposo de los muertos. José siguió a la reclutadora, tal como había sido instruido, y fue observando el menudo cuerpo que se movía de forma ligera y rítmica. La coordinación de los movimientos de las piernas, la rotación de la columna, la cadencia del movimiento pélvico, la longitud de los pasos, que eran largos, pero carentes de brusquedad, y sobre todo el ritmo al caminar mostraban que Tania era una mujer sexualmente atractiva. Usaba botas con mucho tacón para compensar su baja estatura. El pantalón que vestía era de pata muy ancha, como una campana en la parte inferior, y escondía los altos tacones que calzaba. Tania movía las caderas, rítmicamente, en coordinación perfecta con los movimientos de su cabeza. Su cabello estaba recogido, enroscado en vertical, creando volumen en la parte superior de la cabeza, lo cual también le daba apariencia de ser más alta. Cuando José la observaba, se dio cuenta de que los dos jóvenes que lo habían seguido en el cementerio ahora también los seguían. Tania se detuvo a mirar unas vitrinas y los dos posibles guardaespaldas se le aproximaron. José sintió celos y hasta pensó en acercarse a la reclutadora para apartarla de los jóvenes camaradas, pero no fue necesario pues, casi de inmediato, los dos continuaron su camino dejando a Tania sola. Ella miró de reojo a José con una mirada llena de ternura. Pasados unos minutos llegaron al portón de una casa cuya puerta estaba cerrada con dos enormes candados y una cerradura que la reclutadora parecía tener dificultad en abrir. José se aproximó y la ayudó a destrabar la cerradura y a abrir los dos candados. Al introducir la llave en el ojo de la cerradura, José tocaba con las rodillas levemente el cuerpo de la diminuta mujer.

Los dos entraron en la inmensa casona, que parecía estar deshabitada. Caminaron por un largo pasillo que los condujo a un patio interno donde había varias puertas. La reclutadora agarró de la mano al reclutado y lo llevó hasta uno de los aposentos, donde nuevamente tuvo que abrir un candado. José, que había esperado a la reclutadora durante varias horas, necesitaba ir al baño y preguntó a Tania dónde podía encontrarlo. Tania le indicó la dirección en la que debía dirigirse.

Cuando José regresó del baño y entró lentamente en el cuarto, lo primero que sintió fue un suave olor a incienso floral. Había una tenue luz procedente de una lámpara situada en la parte posterior al espejo grande donde Tania se cepillaba y alisaba la larga cabellera. La figura de la pequeña mujer se reflejaba en el espejo y proyectaba una imagen muy romántica. El cabello de Tania era largo, absolutamente liso, de intenso color negro y muy brillante; caía en vertical sobre sus hombros, sin formar rizos ni ondulaciones, tan suave como la seda. El cabello largo y suelto aumentaba la feminidad y la sensualidad de la reclutadora. Tania tenía aspecto oriental, y sus ojos eran grandes, redondos, ligeramente rasgados y de color negro intenso.

José se aproximó a Tania, caminando despacio, pero con pasos firmes, al mismo tiempo que absorbía el olor de incienso floral, que lo llenaba de calma y aumentaba su atracción por la mujer que horas antes lo había reclutado para ser guerrillero; miraba el rostro exótico de Tania reflejado en el espejo del tocador. Se inclinó lentamente para darle un beso, ella le puso las manos alrededor del cuello. Se besaron, primero tiernamente y después con mucha pasión. José se erigió lentamente, Tania no soltó los brazos del cuello varonil del militante que horas antes había reclutado para la causa guerrillera. Con un tierno abrazo alrededor de su cintura, alzó a la diminuta mujer, que quedó suspendida en el aire. La llevó hasta la cama, que ya estaba abierta, y la depositó en ella con mucha suavidad; primero colocó los pies de la mujer sobre el colchón, después apoyó las firmes nalgas, luego recostó la espalda con mucha delicadeza, de manera que la larga cabellera cayera fuera de la cama y no les molestara al hacer el amor. La reclutadora estaba reclutada, reclutada para el acto sexual, que repitieron varias veces. José siempre tuvo cuidado de no tocar la larga cabellera de Tania, que brillaba intensamente y olía a agua de rosas.

Los dos quedaron profundamente dormidos, tiernamente abrazados y con las piernas entrelazadas. Un rato después, José despertó con un suave beso en la frente y con una copa en sus labios. Tania, con voz muy sensual y cariñosa le dijo:

—Nunca me he sentido tan mujer como ahora que estoy a tu lado. Toma esta copa de vino, debes estar sediento. Te portaste magníficamente bien conmigo y este es tu premio.

José bebió con lentitud la copa de las manos de Tania; la llevó pausadamente a sus labios, los apoyó en el borde de la copa, de forma muy sensual, como si besara el transparente vidrio. Sintió que el vino tenía un sabor amargo, pero bebió el contenido por completo. Abrazó a Tania suavemente y la recostó a su lado, siempre pendiente de que la larga cabellera de ella no incomodara la unión de los dos. Se preparó para hacer el amor una vez más mientras la reclutadora lo contemplaba con una ternura casi maternal. Unos segundos después José se quedó profundamente dormido. Varias horas más tarde despertó con un inmenso dolor de cabeza. Abrió los ojos esperando encontrar a Tania, pero ella no estaba en el aposento. Se levantó bruscamente para buscar a su pareja amatoria, pero el dolor de cabeza lo obligó a recostarse de nuevo. Tras descansar unos minutos y tomar una botella de agua que Tania había dejado, consiguió vestirse y salir a la calle. Allí José observó que la luna llena brillaba en el firmamento y lo contemplaba. Se detuvo unos minutos y meditó en silencio, pensando en los poderes mágicos que la luna llena le otorgaba para seducir a las mujeres que se le aproximaban.

El 19 de julio de 1970, exactamente un mes después del encuentro con la reclutadora, José supo por la prensa que había estallado en el norte del departamento de La Paz, en la zona de los Yungas, un movimiento guerrillero. La noticia informaba de que varios guerrilleros irrumpieron en la empresa minera South American Placer y secuestraron a dos técnicos extranjeros y de que dos días después los pusieron en libertad a cambio de la liberación de varios guerrilleros presos. Era el comienzo de la guerrilla de Teoponte, una experiencia que terminó trágicamente, con la muerte de muchos guerrilleros asesinados por el ejército. Allí desaparecieron jóvenes brillantes como Néstor Paz (autor de un dramático y hermoso diario de guerrilla firmado bajo el seudónimo de Francisco, que muestra la indefensión y total inexperiencia de los bisoños combatientes). También murió el folklorista Benjo Cruz, los hermanos Quiroga Bonadona y muchos otros valientes jóvenes bolivianos. En octubre y noviembre de 1970 el movimiento estaba totalmente extinguido. Había una lista de 77 revolucionarios dispuestos a entregar sus vidas en nombre de la libertad. El nombre «Darío» estaba en esa lista y correspondía al de José García. Desde luego pocos conocen la relación del nombre de guerra con el nombre verdadero.

Jasí Panambí

06

La revolución desde el campo

E l fracaso de la guerrilla en Teoponte y, sobre todo, el hecho de que no pudiera participar en ese foco guerrillero hicieron que José se aproximara al Partido Comunista Marxista-Leninista, que usaba las siglas PCM-L. Se había enterado de que, con el propósito de iniciar una guerra popular, el PCM-L estaba organizando grupos, con pocos integrantes, para que lideraran la invasión de grandes latifundios en el oriente boliviano. Estos grupos, llamados *brigadas*, estaban compuestos por cuatro militantes que tenían como principal objetivo concientizar a los campesinos y dirigirlos para la intervención o la toma de una o más haciendas. José había leído ampliamente sobre la historia de los movimientos campesinos en todo el mundo, especialmente sobre la revolución agraria en la China y la forma como Mao Tse-Tung la llevó a cabo. Pensaba que «la revolución desde el campo» también podía ser aplicada a la realidad boliviana. Esta estrategia para la toma del poder estaba postulada para ser cumplida en cuatro etapas. Primero, el entrometimiento de elementos políticos en las sociedades campesinas, que incluía la compra de tierras para inmiscuirse directamente en la problemática social del campo. Segundo, la intromisión en las comunidades campesinas donde sería posible gestar la revolución. Tercero, la injerencia política en el campo mediante la formación de cuadros avanzados en las organizaciones campesinas, es decir, catequizar a los campesinos dentro del programa comunista-maoísta. Cuarto, iniciar la revolución armada para la toma del poder junto con los obreros y los estudiantes. El PCM-L boliviano decidió establecer «la revolución desde el campo», determinó la formación de una brigada en el norte de Santa Cruz de la Sierra y, al mismo tiempo, creó La Unión de Campesinos Pobres, conocida por la sigla UCAPO. El objetivo de esta organización era instaurar el derecho de los campesinos originarios a poseer una extensión de tierra para su sobrevivencia.

José fue convocado para participar en este movimiento y a mediados del mes de octubre viajó hasta la localidad de Mineros, en el departamento de Santa Cruz de la Sierra, desde donde tuvo que seguir a pie hasta la localidad de Chané Bedoya donde se juntaría con otros miembros de la brigada de UCAPO. Caminó por una senda durante varias horas y, ya cerca del local indicado en las instrucciones que recibió, pasó al frente de un grupo de chozas cubiertas con ramas de palmeras, conocidas como *pahuichis*. En la entrada a uno de estos pahuichis encontró a una joven mujer india que llamó su atención debido a su singular belleza. La mujer era de mediana estatura, su constitución corporal era delgada pero atlética. Aparentaba tener entre 16 y 18 años, pero se la veía como una mujer adulta. Su cabello era largo, de color negro muy intenso y brillante. Sus ojos eran grandes, también negros, rasgados hacia la parte superior del rostro. La tez de su piel era morena, con apariencia de ser suave y tersa, sin ninguna arruga. La nariz no era muy ancha. Su cuello estaba adornado con un collar de semillas de sirari, de llamativo color rojo brillante, con un extremo negro. El collar, que le daba varias vueltas al cuello, resaltaba la belleza y las facciones del rostro de la joven. Pero el elemento que destacaba por encima de todos los demás en ese rostro era un lunar negro, perfectamente centrado en la frente, que parecía haber sido depositado allí por las manos de un pintor impresionista.

Aunque el rostro fue lo que más llamó la atención de José, el cuerpo, que estaba cubierto por un camisón largo conocido con el nombre de tipoy, también lo impresionó. La estructura física de la joven india mostraba un cuerpo menudo pero robusto; por debajo del tipoy se podían distinguir claramente los senos y también se notaban nítidamente las protuberancias de los pezones. Aunque no era posible determinar con claridad y precisión la cintura de la joven mujer, se observaba que su pelvis era amplia y apropiada para albergar en su vientre una criatura y dar a luz sin ninguna complicación.

José había aprendido a hacer prosopografías, es decir, descripciones de los rasgos físicos o externos de las personas, que realizaba mentalmente como una forma de grabar en su pensamiento la imagen de las mujeres en las cuales tenía interés. La imagen física le permitía inferir sobre la personalidad y, paralelamente a la prosopografía, realizaba la etopeya, que es una descripción de los rasgos psicológicos de la persona, como la manera de ser, los sentimientos, las actitudes, las cualidades espirituales, las virtudes y los defectos. Al observar a la joven india, José había notado estampada en su rostro una alegre sonrisa, lo que denotaba que tenía una excelente personalidad. Su cuerpo mostraba un equilibrio casi perfecto entre el tamaño del tórax, las caderas y las extremidades superiores e inferiores. Su postura era erguida, con el cuerpo en forma absolutamente vertical, los hombros tirados hacia atrás, la espalda recta, la cara levantada y mirando hacia el frente, y los brazos suavemente caídos sobre las amplias caderas. Todo esto denotaba que la joven mujer también tenía una personalidad equilibrada. José se aproximó a la mujer, la miró a los ojos y con una voz suave pero varonil le preguntó:

—¿Mba'éichapa nderéra mitãkuña? («¿Cómo se llama, jovencita?»).

—Cheréra Jasí Panambí («Me llamo Jasí Panambí) —respondió ella, y echó a correr para dentro del pahuichi.

José quiso seguirla, pero al ver que había otras personas dentro del pahuichi únicamente acertó a decirle en guaraní:

—No vueles, mariposa, no te voy a atrapar.

La imagen de Jasí Panambí se convirtió en un retrato vivo que José grabó en su mente mientras caminaba por la senda que le conduciría al lugar donde daría apoyo a los campesinos para la toma de un latifundio.

Antes de su viaje al oriente boliviano, José había estudiado acerca de los habitantes oriundos de la región y sobre el idioma que hablaban. El latifundio se encontraba en el municipio de Saavedra, en la provincia Obispo Santistevan, del departamento de Santa Cruz de la Sierra, donde la población originaria pertenece a la etnia chané. Esta etnia es de origen arahuaco, que son los aborígenes que provienen de la región de las Antillas y de la costa noreste de América del Sur, es decir, la región de las Guayanas. No se conoce exactamente la forma como este pueblo originario llegó a la región del Gran Chaco, lo que se sabe es que fueron eventualmente dominados por los chiriguanos, por lo cual el guaraní pasó a ser la lengua común de los habitantes de esta región. Aunque los chané fueron dominados, el «alma arahuaca» fue tan fuerte que permitió a los chané mantener su propia identidad.

Un par de días después de que José llegara al campamento improvisado de UCAPO procedieron a tomar la hacienda de forma pacífica, aunque hicieron algunos rehenes, entre ellos el dueño del latifundio. La fecha de la toma del latifundio correspondía a la segunda luna llena de la primavera en el hemisferio sur. Sabiendo la influencia que la luna llena tenía en la conquista de las mujeres con las cuales quería tener relaciones sexuales, José decidió ir a buscar a la joven india. Cuando el sol se escondió y ya todos dormían en el campamento improvisado de UCAPO, José decidió caminar por la senda rumbo al lugar donde había encontrado a la bella joven india. La Luna iluminaba con mucha claridad la senda que debía seguir. Al llegar al grupo de pahuichis donde había encontrado a Jasí Panambí, observó que, en uno de ellos, alejado del grupo central, había una hamaca colgada que se balanceaba suavemente. La luz de la luna llena iluminaba el interior de la choza rústica dando al local un aspecto romántico y agraciado. José descubrió que quien estaba en la hamaca era la propia Jasí Panambí. Al verla apaciblemente dormida, y sobre todo al percibir que estaba semidesnuda, sintió un inmenso deseo de besarla y acostarse a su lado. Recordó que había leído un libro sobre las costumbres de los mayas de realizar el acto sexual en una hamaca, lo que se conoce como el «Mayasutra» o «Hamacasutra». Esta práctica sexual requiere mantener un equilibrio perfecto entre los dos cuerpos que se unen y también una coordinación impecable en los movimientos que se realizan. José decidió arriesgarse, tanto a ser rechazado por la joven mujer india como a caerse de la hamaca durante el coito. Se aproximó lentamente, dio varias vueltas alrededor del local donde estaba colgada la hamaca, y se detuvo varias veces para observar detenidamente el cuerpo caliente de la india chané. Después de algunos minutos se agachó despacio hasta alcanzar la altura del rostro de la mujer. Primero besó el lunar que adornaba la amplia frente de la joven, luego la besó tiernamente en la boca mientras acariciaba el cuerpo de la bella india, que también parecía disfrutar de los besos y caricias que recibía. Aunque era la primera vez que practicaba el arte de tener relaciones sexuales en una hamaca, la colaboración de su pareja les permitió hacer, con mucha suavidad, movimientos sensuales que les daban mutua satisfacción. Al compás y al ritmo del balanceo constante de la hamaca hicieron el amor varias veces y en diferentes posturas; parecían dos mariposas copulando en el aire. La luna llena brillaba en el firmamento. Se quedaron tiernamente dormidos, entrelazados y llenos de placer. Horas después, el canto de un gallo despertó a José que, con gran agilidad y acrobacia salió de la hamaca sin despertar a la bella mujer. Corrió por la senda por la que horas antes había caminado y que ahora ya no estaba iluminada por el brillo de la Luna y sí por los primeros rayos del sol. Poco después llegó al campamento, cansado pero feliz.

La toma del latifundio fue realizada con éxito, José y sus tres camaradas trabajaron junto con los agricultores de la región y formaron el Comité Campesino Revolucionario de Chané Bedoya, que negoció un convenio para que la hacienda se convirtiera en una cooperativa de los campesinos. Durante las semanas siguientes los cuatro miembros de la brigada adoctrinaron a los agricultores y José los entrenó en el uso de armas no convencionales que podrían ser utilizadas para la defensa de la hacienda, en caso que el Regimiento Ranger decidiera invadirla. Mientras José entrenaba a los campesinos en el uso de bombas de fabricación casera, supo que la familia de la joven india con la que había mantenido relaciones sexuales en una hamaca durante una noche de luna llena estaba abandonando las chozas donde vivían para ir a trabajar a otra hacienda. Tomó la decisión de ir al encuentro de la joven india. Era una oscura noche y la Luna no aparecía en el firmamento para iluminar el sendero que José debía recorrer. Caminaba dando largos pasos y hasta trotó durante algunos minutos. Pero no conseguía llegar al local donde había mantenido el encuentro sexual con la joven india. En realidad, se perdió y tuvo que dormir apoyado en un árbol. Cuando el sol brilló, un campesino lo despertó y le contó que los Ranger, en una operación sorpresa, habían invadido la hacienda Chané Bedoya. José no tuvo otra opción que regresar a Sucre, con la ropa que llevaba puesta.

María

07

La Asamblea Popular

José había intentado participar en las guerrillas que fueron iniciadas por el Ejército de Liberación Nacional en la región de Teoponte. También formó parte de la Unión de Campesinos Pobres en el intento de cooperativizar tierras en el norte del departamento de Santa Cruz de la Sierra. A Teoponte no llegó a ir porque la reclutadora, después de un encuentro sexual en una noche de luna llena, le dio pastillas para dormir y de esta forma evitó que se integrara en el grupo de guerrilleros que fueron asesinados por el ejército boliviano o murieron por otras causas en la selva andina. La toma de haciendas comandada por UCAPO fue truncada por la intervención del ejército boliviano. José se libró de que lo apresaran debido a que se perdió al ir a buscar a la india chané con la cual había mantenido relaciones sexuales en una hamaca, en una noche de luna llena. A pesar de estos dos fracasos, su aspiración para luchar por la justicia social y la igualdad de oportunidades para todo el pueblo boliviano lo llevó a buscar nuevos caminos para participar activamente en los movimientos sociales que acontecieron en Bolivia en 1971. Existía dentro de él una fuerza interna que lo impulsaba a luchar y lo llevaba a realizar actos peligrosos; le gustaba arriesgarse y hasta se puede decir que buscaba la muerte.

En 1971, los conflictos sociales en Bolivia pasaron a tener peculiaridades diferentes. Iniciativas como los movimientos armados, como los planteados por el ELN para la toma del poder, o la toma de latifundios por UCAPO fueron sustituidas por acciones políticas que pretendían influir en el proceso social. Se fundaron nuevos partidos políticos; los obreros y los mineros se organizaron para presionar al Gobierno para que creara la Asamblea Popular, Conocida con las siglas AP. Las bases para la formación de este órgano representativo fueron establecidas en febrero de 1971. El Gobierno tardó en aprobar su funcionamiento hasta que, finalmente, la Asamblea Popular se instaló el 1 de mayo y comenzó a funcionar en el Palacio Legislativo el 22 de junio de aquel histórico año.

Toda esta efervescencia revolucionaria estaba aconteciendo en la sede del Gobierno boliviano, por lo cual José decidió viajar a La Paz e instalarse en esa ciudad de forma permanente. Consideraba una buena alternativa su participación en la Asamblea Popular y se entregó a ese objetivo por completo. Con la Asamblea Popular se buscaba sustituir la estructura de la democracia tradicional, que era el Congreso Nacional, por un órgano de poder con participación popular directa. José pensaba que esta tarea no sería fácil y que la clase burguesa instalada en el Gobierno no soltaría las riendas del país sin el uso de la fuerza. Por ese motivo, fue muy activo en el proyecto para la formación de las milicias armadas de la Central Obrera Boliviana. Sobre todo, fue una pieza clave en la preparación de los Cuadros Avanzados para la Defensa de la Asamblea Popular, CADAPO, sigla que él mismo había creado. Si no le había sido posible incorporarse al foco guerrillero de Teoponte y su participación en el movimiento campesino UCAPO fue truncada, en CADAPO José realizaba diversas actividades que colmaban su deseo de luchar por la liberación del pueblo boliviano. Una de estas actividades era participar en reuniones clandestinas en las cuales enseñaba la forma de preparar bombas de tiempo químicas (BTQ), que fueron bautizadas como «betequetas». Estos artefactos eran mucho más fáciles de fabricar que las tradicionales bombas de tiempo que necesitan un mecanismo de reloj y que producen el ruido típico del tictac; además, las «betequetas» eran completamente silenciosas. José también era un experto en la preparación del cóctel molotov, o bomba molotov, la bomba incendiaria de fabricación casera que tiene el objetivo de producir una explosión al mismo tiempo que esparce líquidos inflamables y crea incendios localizados. También enseñaba a preparar bazucas artesanales para hacer frente a los carros blindados del ejército boliviano, especialmente a los del Regimiento Motorizado Tarapacá.

Las actividades de José no solo se concentraban en las acciones políticas. El año de 1971 también estuvo lleno de acontecimientos astrológicos de gran importancia, incluyendo dos eclipses de Luna que fueron visibles en Bolivia. El *Almanaque pintoresco de Bristol* que José llevaba con él en todo momento estaba repleto de anotaciones y partes subrayadas. También tenía un diario en el que registraba aspectos relacionados con la luna llena y sus encuentros sexuales; lo llamaba «Diario de la luna llena y del sexo». En este diario escribía las fechas correspondientes a la luna llena y referencias a los encuentros sexuales que mantenía en esos días.

Durante una oscura noche de luna nueva, es decir, durante la fase Lunar en que la Luna no es visible, cuando hacía guardia en una de las instituciones que fueron intervenidas por la Central Universitaria Boliviana (CUB), José conoció a una estudiante con la cual se puso a conversar sobre la influencia de la Luna en las personas. La fría noche de La Paz mostraba el firmamento con mucha claridad; era posible ver los planetas y las estrellas, y se distinguían las constelaciones con bastante nitidez; solamente la Luna brillaba por su ausencia. María Pacheco Jiménez, así se llamaba la estudiante de último año de Ciencias Farmacéuticas y Bioquímicas, era una mujer muy alta, con pies grandes y piernas largas. Su cintura no estaba bien delineada y su torso era grande. Tenía los brazos extremadamente extensos, y las manos, finas con dedos prolongados. El rostro era rectangular y alargado; la frente, muy amplia y redondeada. Tenía la nariz puntiaguda y recta, y el cuello, delgado y largo. Llevaba un corte de cabello extremadamente corto para una mujer, tal vez como símbolo de rebeldía. Sus ojos eran muy pequeños, perfectamente redondos, de color castaño intenso. María tenía los labios delgados y mantenía la boca apretada, lo que denotaba que era una persona selectiva, con pocos amigos. A pesar de las facciones nada refinadas de su rostro y de las características físicas exageradas de su cuerpo, su apariencia era sofisticada aunque no elegante, y estaba lejos de ser una combinación entre la belleza y la fantasía sexual. Aunque no tenía atractivo físico, poseía un magnetismo especial que cautivó a José desde el momento en que la vio por vez primera.

La forma clara con que la desgarbada mujer se comunicaba hizo posible que se desarrollara un vínculo intelectual entre ella y José. Durante las conversaciones largas y tendidas con su nueva amiga, José compartió pormenores de su vida privada, especialmente detalles sobre sus encuentros amorosos en las noches de luna llena. A pesar de que ella escuchaba con mucha atención las historias de José, no parecían interesarle los detalles del acto sexual en sí, sino que se concentraba en preguntar sobre lo que había acontecido antes del coito propiamente dicho. Quería saber las situaciones y las circunstancias en las que se producían los encuentros. Preguntaba detalles sobre la ropa que José usaba y hasta quiso saber cuántos días antes del encuentro sexual se había bañado. Como el clima de la ciudad de La Paz es muy frío, y también debido a las circunstancias personales por las que pasaba, José no siempre podía ducharse con la frecuencia que le hubiera gustado, y para distraer un poco sus olores corporales usaba una loción de esencia floral. Convencido de que la loción que usaba era afrodisíaca, José pensó que para el próximo encuentro con María usaría el frasco completo, con el fin de que el aroma sedujera a su nueva amiga de tal manera que cumpliría su deseo de tener relaciones sexuales con una mujer que, aparte de ser intelectual y revolucionaria, también tenía conocimientos científicos y, sobre todo, era exótica.

María lo había convocado para un encuentro en el piso 11 del edificio principal de la Universidad de San Andrés, a las 11:22 a. m. del día 22 de marzo de 1971. José llegó al lugar varios minutos antes de la hora concertada, que había sido marcada, con absoluta precisión, por su nueva amiga. Entró en el recinto, que estaba completamente vacío, y se puso a caminar con nerviosismo, esperando la llegada de su nueva conquista y pensando que sería posible tener relaciones sexuales con ella, pues allí no había estudiantes ni catedráticos a esa hora. La sala no tenía ningún mueble, lo que le llevó a pensar que de nuevo tendría que usar como cama el poncho que había comprado en Tarabuco, de la misma forma que ya lo había usado varias veces con diferentes mujeres y en diversas circunstancias. Pensó que María había marcado el encuentro específicamente en ese lugar y a esa hora pues sería un lugar ideal para mantener relaciones sexuales, un coito intelectual, en el edificio de la universidad, y José podía dictar una cátedra sobre realizar el acto sexual en el suelo. Su deseo de que llegara el momento del encuentro físico con María aumentaba con cada minuto que pasaba. Su pensamiento lujurioso, libidinoso y pornográfico lo llevó a tener una erección que le era difícil controlar.

María llegó exactamente a las 11:22, la hora que ella misma había determinado. Entró en el recinto con paso firme, y percibió el olor fuerte de la loción que José había usado con exageración. Cuando vio a José caminar nerviosamente por la sala se puso a reír a carcajadas, se quitó las gafas oscuras que usaba, más con el propósito de esconder sus pequeños ojos que con el de protegerlos del sol, y con voz alta y muy clara dijo:

—¿Que olor es ese? Parece que una oveja se ha puesto un perfume a base de azahares, nardos y jazmines.

Mirando directa y fijamente a los ojos de José, continuó:

—El olor de tu poncho es inconfundible: huele igual que una oveja cuando está mojada. Deberías saber que la lana de oveja es apestosa, especialmente cuando se moja. Además, absorbe los olores de los ambientes por donde pasas. En tu poncho se pueden sentir los olores del humo de los cigarros de los amigos con que te juntas, el alcohol del pisco que tomas, el olor a sexo de los encuentros carnales que tienes..., y usas tu poncho como cama y, para completar el menú olfativo, ahora huele a una esencia floral barata con olores a azahares, aroma de nardos y fragancia de jazmines.

A José le sorprendió la precisión con la que María describió los aromas y su capacidad para detectar los olores, lo cual denotaba que tenía un excelente sentido del olfato. Se sintió avergonzado, tanto por lo que María le había dicho como también por la forma intensa con que lo miró. Inmediatamente después de que María dejó de hablar, se quitó el poncho y lo colgó en una de las ventanas del recinto para que se ventilara.

Mientras José ponía el poncho a ventilar, María se quitó la manta grande de lana de Alpaca que vestía y que protegía su menudo cuerpo del frío altiplánico, la dobló en un cuadrado perfecto y la extendió en el suelo. Con su pie izquierdo al frente del derecho, curvó sus rodillas lentamente y, con absoluta precisión, se sentó en la manta, que tocó con sus diminutas posaderas con la suavidad de una pluma. Se quitó los mocasines que calzaba; sus largos pies estaban cubiertos con medias multicolores que tenían los dedos separados, permitiendo que quedaran alineados correctamente. Cruzó las piernas, poniendo cada uno de sus pies encima del muslo opuesto. El músculo de la parte baja de sus caderas estaba suelto por completo, y la espina dorsal, absolutamente recta. Sus rodillas estaban apoyadas con firmeza sobre el suelo y formaban, junto con su minúsculo trasero, un triángulo perfecto, que era el centro principal de gravedad en el cual se apoyaba el liviano cuerpo de María.

Al verla en esa posición José le preguntó:

—¿Dónde aprendiste yoga? Consigues la posición de loto en forma perfecta y sin ningún esfuerzo. Estás lista para meditar perfectamente. Yo solo he conseguido llegar a la posición Sukhasana, o postura fácil; tengo las piernas muy largas y también mis pies son grandes, y eso me dificulta conseguir hacer la posición de loto.

María mostró una leve sonrisa con los labios apretados, cruzó los brazos por detrás de la espalda, agarró con su mano derecha el dedo gordo del pie derecho y con la mano izquierda el dedo gordo del pie izquierdo, y se inclinó lentamente hasta que su frente tocó el piso de madera con suavidad. Se mantuvo en esa posición durante varios minutos, lo cual causó a José una inmensa sorpresa, una gran admiración y un enorme asombro. Mientras María meditaba profundamente, José no conseguía mantener la postura más básica del yoga. Pensó en quitarse los zapatos, pero no lo hizo, pues seguramente María detectaría el olor a queso que tenían sus pies y que él mismo no podía soportar.

María permaneció durante varios minutos en esa postura de yoga, que es conocida con el nombre de Mudrasana, que sirve para tonificar los nervios espinales, pero sobre todo aumenta el poder personal sin ser agresivo. Esta postura, con la cual los chakras superiores son despertados, permite la iluminación total de la persona que lo practica. María posiblemente se puso en esta postura para enfrentar a José de forma positiva pero no agresiva.

Justo cuando José estaba a punto de quitarse los zapatos, María levantó lentamente su torso y regresó a la posición de loto perfecta. Miró directamente a los ojos de su joven amigo y, en voz alta y pausada, le dijo:

—Quiero que te ayudes a ti mismo y entiendas lo que te sucede en las noches de luna llena. Para conseguirlo, tendrás que responder a las preguntas que he preparado y que están escritas en este cuaderno. Debes estudiar mucho para poder responderlas y tienes que hacerlo con la mayor seriedad posible, con considerable exactitud y, sobre todo, lo más sinceramente que puedas. Hay bastante espacio para que anotes lo que puedas encontrar sobre cada uno de los temas que te recomiendo estudiar en profundidad en las páginas de este cuaderno. Te sugiero usar la biblioteca de la facultad de Ciencias Farmacéuticas y Bioquímicas, donde encontrarás los libros que necesitas. Incluso he marcado varias páginas en los libros que te recomiendo que leas. Esto debes hacerlo por ti mismo, para conseguir un poco de paz para tu cuerpo, para tu mente y sobre todo para tu alma.

Sin esperar ni un momento, José, que continuaba intentando sentarse en la posición más básica de yoga y no lo conseguía, extendió su mano para recibir el cuaderno y se inclinó en la dirección en la que María continuaba sentada en una perfecta posición de loto, pero perdió el equilibrio y su cuerpo cayó sobre el suelo de madera, que estaba lleno de polvo. María se rio a carcajadas mientras José se levantaba y sacudía el polvo de su pantalón, de su camisa y hasta de su rostro. Finalmente, se recompuso y se sentó al lado de la escuálida mujer. Hizo varios intentos de tocar las largas y delgadas piernas, que estaban cubiertas por un grueso pantalón. También probó a acariciar el cuello y el rostro de María, que eran las únicas partes donde su piel no estaba protegida del frío. Pero todos los intentos que José hizo para aproximarse físicamente a María ella los rechazó al instante y con mucha firmeza. Al mismo tiempo que apartaba las manos de José de su cuerpo, lo miraba fijamente a los ojos hasta el punto de que José tenía que desviar la mirada. Finalmente, el militante desistió de hacer avances corporales y se concentró en escuchar las instrucciones que María le daba.

—En este cuaderno encontrarás las señales y los indicios que te ayudarán a entender la relación que tienes con la luna llena. Tienes mucho qué estudiar. No hay examen final: o aprendes y serás feliz o no aprendes y continuarás infeliz como hasta ahora, dependiendo de la satisfacción física y dejando de lado la satisfacción sentimental.

Pocos minutos después, María se levantó lentamente. Salió de la posición de loto tan solo con el esfuerzo de sus piernas, levantó su manta de lana de alpaca, sacudió el polvo, se la puso alrededor de su delgado cuerpo y, mirando fijamente a José, le dijo:

—Si quieres seguir practicando yoga tendrás que perder unos 20 kilos. Ahora tengo que irme para un encuentro con un catedrático de otorrinolaringología y patología cervicofacial que está haciendo un estudio sobre la olfacción y el sexo. Buena suerte en todo, incluso en tus encuentros en las noches de luna llena. Recuerda que la Luna no siempre brilla en el firmamento; también muere y vuelve a nacer. Debes entender que el acto de la reproducción lo hacen los animales y hasta las plantas; los hombres y las mujeres hacemos el sexo como una forma de satisfacción corporal, pero el amor es un sentimiento que solo pocos humanos lo podemos disfrutar.

María caminó con rapidez y firmeza en dirección a la puerta, mientras José se ponía en pie con alguna dificultad. Quiso seguirla, pero tenía que recoger el poncho de Tarabuco que había colgado en la ventana. Cuando lo hizo, se lo puso y se dirigió a la puerta para poder alcanzar a la joven, pero el ascensor ya había bajado. Esa fue la última vez que José vio a María.

Sin perder tiempo, se puso a leer lo que estaba escrito en el cuaderno. Cada página contenía títulos que eran verbos transitivos como *leer, observar, examinar, investigar, pensar, meditar* o *reflexionar.* Después de los títulos tan solo aparecían números donde José debería escribir los resultados de los estudios e investigaciones que María quería que realizara. Todo esto parecían instrucciones para una tarea. A José nunca le gustó recibir instrucciones, ni de sus padres, ni de profesores, ni de sus superiores jerárquicos en el partido político que militaba; mucho menos le gustó recibir instrucciones de una mujer. En otra página del cuaderno María había escrito frases como «percepción olfativa corporal», «los olores y los instintos sexuales», «fragancias afrodisíacas», «esencias aromáticas de la sexualidad», «química sexual», «FEROMONAS sexuales» (esa palabra era la única en mayúscula y subrayada), «glándulas sebáceas», «glándulas apócrifas», «glándulas sudoríparas». En la última página estaba escrito, con letras grandes, la frase:

SEXO TEMPORAL AL PRIMER OLFATO
O
AMOR PERMANENTE AL PRIMER SENTIMIENTO

M. P. J.

Con gran disgusto, José salió apresuradamente rumbo a la Asamblea Popular, donde tenía que participar en una reunión del Comando Político de la Central Obrera Boliviana.

El Militante en la Biblioteca

08

El enigma de la luna llena develado

La fascinación, el encantamiento, la atracción y la alucinación que José tenía por la luna llena fueron creciendo con el tiempo, hasta el punto de que era lo único que le interesaba. Las noches solitarias que pasaba en La Paz, a una altura de más de 3200 metros sobre el nivel del mar, lo ponían en contacto más próximo con la Luna que tanto admiraba, reverenciaba y hasta veneraba. La influencia que la luna llena tenía sobre la vida sexual de José era evidente y real. En noches de luna llena mantenía relaciones sexuales con todo tipo de mujeres, hasta con aquellas que encontraba cuando caminaba por las inclinadas calles de La Paz y que nunca había visto antes. Parecía que la luna llena le brindara un magnetismo especial que hacía que las mujeres se entregaran a él para brindar y recibir placeres sexuales. Al mismo tiempo que disfrutaba del acto sexual, José notaba que no era él quien seducía a las mujeres ni ellas las que lo seducían a él. Percibía, presentía e intuía que era la luna llena la que de alguna forma influenciaba en su comportamiento sexual y en el de sus eventuales parejas.

En la simbología universal, y en los mitos de muchas culturas, la Luna representa las emociones, el subconsciente, el aspecto espiritual y, sobre todo, lo femenino. El ciclo lunar dura aproximadamente 28 días, igual que el periodo menstrual femenino; por ello, la adoración de la Luna está muy presente en los cultos a la fertilidad. También se sabe que el inicio y el desarrollo del parto dependen en buena medida de las fases de la Luna. Así, en los periodos de luna llena no solamente hay más partos, sino que también los alumbramientos son más fáciles y más rápidos.

Algunas de las anomalías producidas por la luna llena pueden ser explicadas por la variación en los niveles de luz durante las noches. La Luna no tiene luz propia, sino que refleja la que recibe del Sol. Una de las curiosidades que José había logrado confirmar es que la luz de la Luna cambia el color de aquello que ilumina. En el campo, lejos de la luz artificial, los paisajes iluminados por la luna llena se ven de un color especial, entre azulado y plateado. Aunque las páginas de un libro parecen estar suficientemente iluminadas por la luz de la luna llena como para ser leídas, no es posible distinguir con nitidez y claridad las letras; las palabras impresas parecen desvanecerse, se las ve borrosas y no es posible leerlas. Otra anomalía, que José también había comprobado personalmente, es que las flores blancas que florecen en las noches de luna llena tienen una apariencia plateada y son muy fragantes. En una de las noches de luna llena, cuando José caminaba por las calles de Sucre, notó el sofocante y embriagador aroma de la flor conocida con el nombre de «dama de noche». Según la leyenda, esta flor perfuma la noche de los amantes y su profuso e intenso aroma inspira a los enamorados a realizar el acto sexual. José pensó en crear dos perfumes con esta fragancia, uno se llamaría «La Dama de Noche» y sería la fragancia que las mujeres deberían usar para atraer a los hombres. El otro perfume se llamaría «El Galán de Noche», que sería el perfume que los hombres deberían usar para atraer a las mujeres.

La influencia de la luna llena es también palpable en los mares y océanos, pues las mareas son el resultado de la atracción gravitatoria que la Luna ejerce sobre la Tierra. Las mareas son oscilaciones periódicas del nivel del mar que se producen por la atracción que ejerce la Luna sobre las aguas de los mares y de los grandes lagos. La fuerza de atracción de la Luna levanta las masas de agua que están direccionadas hacia ella, mientras que las aguas que se hallan en el lado opuesto suben casi lo mismo debido a la fuerza centrífuga de la rotación terrestre. La fauna y la flora de los mares y océanos también se ven muy afectadas por la luna llena. Los corales marinos, que son animales invertebrados, sincronizan su ciclo reproductivo, y en las noches de luna llena desovan todos a la vez.

La Luna tiene una gran influencia sobre los humanos; este hecho es ampliamente conocido. Durante los periodos de luna llena no solamente el nivel de luz aumenta y las aguas de los mares y los lagos tiene movimientos de elevación, sino que también aumentan los iones positivos en el aire, lo cual tiene una gran influencia en el comportamiento de los humanos: nos volvemos más activos y, sobre todo, más fértiles. Es bien sabido que en las noches de luna llena las pasiones se desatan con mayor facilidad y aumenta el romanticismo. La influencia de la luna llena también está presente en el vampirismo, que es un raro trastorno mental caracterizado por la excitación sexual asociada con una necesidad compulsiva de ver, sentir e ingerir sangre.

Existen muchos mitos, fábulas y leyendas sobre la luna llena que resulta difícil entender, comprender y explicar. Uno de los mitos más conocidos es el del hombre lobo, según el cual algunos seres humanos se transforman en lobos en las noches de luna llena y salen a acechar a sus víctimas. En la mitología, la licantropía, es decir, la habilidad o el poder que tienen algunos seres humanos para transformarse en lobos, es ampliamente conocida. José estaba lejos de ser un licántropo que se convertía en un lobo con pelos y asustaba a sus presas antes de comérselas. Bien al contrario, José las atraía, de forma muy sensual y romántica, con el objetivo de dar y recibir placer sexual. Al igual que el hombre lobo, que permanece con su aspecto animal únicamente durante unas cuantas horas, cuando sale la luna llena, la atracción, la seducción y la incitación al sexo que José irradiaba solo se presentaban en las noches de luna llena.

La Luna, que para muchas personas es un símbolo de sensualidad, pasión y amor, para José era un símbolo sexual. Estaba muy intrigado y quería descubrir los motivos por los cuales la luna llena tenía una gran influencia en su capacidad para seducir a las mujeres, para que ellas se entregaran a los placeres sexuales y para que disfrutaran de la unión carnal de la misma forma que él lo hacía. El atractivo físico que tenía no podía ser el único motivo para el magnetismo sexual que irradiaba en las noches de luna llena. María le había dado a entender que el olor de su cuerpo, en noches de luna llena, era el resultado de una transformación química de su sistema hormonal y lo que seducía a las mujeres que se aproximaban a él eran los olores que exhalaba. Según ella, esos olores estaban cargados de mensajes químicos del hipotálamo y de la glándula pituitaria, que, en las noches de luna llena, producían una gran cantidad de hormonas sexuales masculinas, como la testosterona, la androsterona, y la androstenediona, los olores de esas hormonas se convertían en afrodisíacos irresistibles para las mujeres que se aproximaban a él.

José notó la hipersensibilidad olfativa que María poseía en el último encuentro que tuvo con ella, cuando se vio obligado a ventilar el poncho de Tarabuco que usaba a diario. Lo que no entendía era que, si ella padecía de hiperosmia —es decir, el aumento exagerado de la sensibilidad hacia los olores— por qué no se veía afectada por los aromas que él irradiaba y que seguramente también estaban impregnados en su poncho. Dado que ella era capaz de sentir olores, fragancias y hedores con intensidad mayor que cualquier otra persona, también debería haber sido atraída para entregarse a los placeres sexuales. Cuando analizaba los motivos por los cuales no le fue posible llevar a María a la cama, o al poncho, recordó que la vio taponarse los orificios nasales con dos pedazos de algodón, posiblemente para no sentir sus olores, y ese fue el motivo por el cual ella no llegó a ser ni encantada, ni hechizada, ni cautivada por los aromas y las fragancias que ella misma había apuntado como causantes de la seducción de las mujeres que se le aproximaban.

Para poder estudiar el fenómeno por el que su cuerpo pasaba en las noches de luna llena, José se instaló en la biblioteca de la facultad de Ciencias Farmacéuticas y Bioquímicas, casi de forma permanente. Deseaba leer todos los libros que María había listado en el cuaderno que le había entregado durante su último encuentro. Buscaba, casi con desesperación, entender la relación que podía existir entre los olores que su cuerpo emitía y la atracción sexual que irradiaba en las noches de luna llena. Se dedicó a estudiar, analizar, pesquisar, averiguar e investigar, con gran detalle, toda la información que existía sobre la influencia que los olores tienen en la vida sexual de las personas. Así aprendió que el sentido del olfato es miles de veces más sensible que cualquier otro sentido. El reconocimiento de los olores es inmediato; mientras que en el sistema del tacto las sensaciones tienen que viajar al cerebro a través de la espina dorsal, el olfato está conectado directamente con el sistema nervioso central. La nariz es el órgano responsable del olfato, y la cavidad nasal contiene las membranas mucosas receptoras, que están conectadas directamente con el nervio olfatorio. Los olores son la sensación resultante del estímulo del sistema olfativo por las moléculas de gases y vapores que están disueltas en el aire y se transmiten al cerebro de forma directa e inmediata.

La amplia lista de libros que María había entregado a José incluía uno que tenía el diseño amplio, completo y detallado del sistema olfativo en los humanos. La página que contenía este diseño estaba marcada por un papel, del mismo tipo del cuaderno que María le había entregado, lo que denotaba que ella quería que José lo viera y estudiara. En el diseño había una flecha marcando la región del sistema olfatorio que es conocida como el órgano vomeronasal. Una anotación, manuscrita, con la letra de María, decía: «Este es el órgano olfatorio que detecta las feromonas que tienen influencia en el ciclo reproductivo».

La palabra *feromona* estaba subrayada, pero como era una palabra desconocida para José, de inmediato se puso a investigar su significado. Descubrió y aprendió que las feromonas son sustancias químicas producidas en forma de moléculas orgánicas cuyo objetivo es provocar el aumento del deseo sexual. Las feromonas se manifiestan en el sudor, en la transpiración, en el aliento y en todos los olores corporales. El olfato posibilita percibir las feromonas de las personas del sexo opuesto y de forma natural enciende la atracción sexual. De esta manera, los olores corporales son un factor poderoso en la atracción entre un hombre y una mujer y producen un aumento del deseo sexual, activando la excitación corporal.

José estudió, en profundidad, copiosamente y en gran detalle, toda la información que encontró sobre el complicado sentido del olfato. Al igual que las huellas digitales, el olor que los humanos tenemos es único para cada uno de nosotros; es como una huella digital invisible, no palpable pero perceptible. Podemos decir que tenemos una «firma de olor» que nuestra genética determina. José aprendió que el sistema olfativo es parte del sistema sensorial que convierte, dentro del cerebro, las señales químicas en impulsos eléctricos. Este proceso comienza en el interior de la nariz, donde las moléculas y los átomos que se encuentran en el aire son captados y estimulan las células nerviosas que transmiten, a través de impulsos eléctricos, mensajes al cerebro. José llegó a la conclusión de que cuando un hombre y una mujer se encuentran por primera vez y descubren que existe una atracción inmediata entre ellos, la cual resulta casi imposible explicar, no deberían decir que es «amor a primera vista», pues lo correcto debería ser decir que existe «deseo sexual al primer olfato».

María había incluido en el cuaderno, que José pasó a llamar «Guía del olfato y del sexo», palabras, símbolos, signos y fórmulas que inicialmente le parecieron que estaban escritas en un idioma asiático exótico. También encontró una cartulina en la cual estaba escrito, como título: «Fórmula del sexo, pero NO del amor», con letra de molde muy clara, en mayúsculas, usando un bolígrafo de punta gruesa y de tinta negra. En el cuerpo de la cartulina estaba escrita la siguiente fórmula:

$$C_8H_{11}NO_2 + C_9H_{12}N + C_8H_{11}N)\cdot(C_8H_{11}NO_3 + C_{43}H_{66}N_{12}O_{12}S_{12}) = C_{15}H_{17}NO_3$$

Para poder interpretar la «Fórmula del sexo, pero NO del amor», José tuvo que consultar muchos libros, revistas, folletos y todo tipo de documentos que encontraba en la biblioteca de la facultad de Ciencias Farmacéuticas y Bioquímicas. Agarraba libros de las estanterías de la biblioteca, sin pedir permiso, y los ponía sobre la mesa que utilizaba para estudiar, donde también comía y hasta dormía.

Después de investigar y estudiar durante dos días y dos noches, prácticamente sin descanso, consiguió interpretar la nomenclatura de los elementos de la fórmula y escribió por extenso, con mala letra, con caracteres que parecían jeroglíficos, la «Fórmula del sexo, pero NO del amor»:

«La suma de la *dopamina* más la *anfetamina* más la *feniletilamina* multiplicada por la suma de la *norepinefrina* más la *oxitocina* da como resultado la *ENDORFINA*».

José definió cada uno de los elementos de la fórmula:

- $C_8H_{11}NO_2$ = *DOPAMINA*: neurotransmisor relacionado con las emociones, los sentimientos y, sobre todo, el placer.
- $C_9H_{13}N$ = *ANFETAMINA*: agente adrenérgico sintético, potente estimulante del sistema nervioso central.
- $C_8H_{11}N$ = *FENILETILAMINA*: neuromodulador psicoactivo, que causa efectos estimuladores.
- $C_{10}H_{12}N_2O$ = *SEROTONINA*: neuromediador que controla impulsos, pasiones y comportamientos obsesivos.
- $C_8H_{11}NO_3$ = *NOREPINEFRINA*: neurotransmisor que induce euforia en el cerebro.
- $C_{43}H_{66}N_{12}O_{12}S_{12}$ = *OXITOCINA*: hormona sintetizada de forma natural por el hipotálamo que se almacena en la glándula hipófisis y que es libera en el momento del orgasmo.
- $C_{15}H_{17}NO_3$ = *ENDORFINA*: compuesto químico producido por la glándula pituitaria y el hipotálamo durante el coito.

José entendió que esta fórmula explicaba, de forma científica, la atracción sexual, la seducción y el proceso por el cual el cuerpo humano pasa antes, durante y después del acto sexual. La interpretación de la fórmula puso a José en un estado eufórico y lo llenó de tanto alborozo que se subió a la mesa donde estudiaba, comía y dormía y gritó a voz en cuello: «¡Eureka! ¡Lo he descubierto!». Los estudiantes que en ese momento estaban en la biblioteca pensaron que José había perdido la razón y estaba enloqueciendo de tanto estudiar.

La euforia, el ímpetu y los bríos de José duraron poco y terminaron cuando se dio cuenta de que faltaba explicar la función que la luna llena tenía en el proceso biológico que María le había insinuado que descubriera y que con mucho esfuerzo él había logrado averiguar. Recordó que en su infancia había leído varios libros sobre la Luna en los cuales aprendió que la atracción gravitatoria que ese satélite ejerce sobre la Tierra tiene el poder de alterar el nivel de los mares y provocar las mareas. Como los humanos estamos constituidos por tres cuartas partes de agua, la Luna también tiene el poder de influir en nuestro organismo y, sobre todo, nuestro comportamiento. Había leído que la Luna ejerce una gran influencia sobre el hemisferio cerebral derecho, que es el especializado en las sensaciones, en los sentimientos, en la creatividad, en la alegría, en la ternura y, especialmente, en el placer. José había leído muchos libros de literatura clásica en los cuales la luna llena tiene un papel importante en la vida de los enamorados y de las parejas. Recordó que, en la Antigüedad, en muchas culturas, y también en la actualidad en muchos países, las bodas se celebran bajo la luna llena, pues esta fase es la más apropiada para la unión sexual entre un hombre y una mujer. De hecho, el término «luna de miel» deriva de las costumbres de muchos pueblos en los cuales, en los días que seguían al matrimonio celebrado durante la luna llena, los novios consumían miel, debido a que la miel aumenta la testosterona en los hombres y ayuda a metabolizar el estrógeno en las mujeres.

El descubrimiento, casi científico, al cual José había llegado, gracias a la ayuda de María, era que la luna llena causaba en su organismo el aumento en la cantidad y el incremento en la intensidad de las feromonas que irradiaba. Los olores que se manifestaban en su sudor y en su aliento eran captados por el olfato de las mujeres que se le aproximaban, causando un aumento, casi instantáneo, del deseo y de la atracción sexual y generando casi de inmediato una disposición para la unión carnal. Al descubrir esto, José pensó en elaborar una esencia natural que contuviera las feromonas que su cuerpo producía, en las noches de luna llena, de tal manera que sería posible atraer a las mujeres para mantener relaciones sexuales usando el extracto de sus feromonas también en días en que la Luna no estuviera en esa fase.

Todo el nuevo conocimiento que José había adquirido fue resultado de la investigación que realizó, sobre la base de lo que María había escrito en el cuaderno que le entregó la última vez que estuvieron juntos. El inicio de los descubrimientos de José se localizaba en la investigación del significado de la palabra *feromona*, que deriva del griego *pheran*, 'transferir', y *hormas*, 'excitar'. En la misma cartulina en la que María había escrito la «*Fórmula del sexo, pero NO del amor*», José escribió, con su mala letra, «feromona = transmisión de excitación sexual». El conocimiento que José había adquirido sobre el proceso químico del sexo dentro del cuerpo humano fue muy importante para él, pues explicaba, desde un punto de vista científico, la causa, la razón y el fundamento para las relaciones sexuales inesperadas que mantenía en las noches de luna llena. José llegó a la conclusión de que, en las noches de luna llena, su cuerpo producía una gran cantidad de feromonas y el olor de esta sustancia causaba en las mujeres una atracción irresistible, invencible, incontenible e insuperable. Este descubrimiento y esta explicación científica solucionaban solo en parte el problema al que José tenía que hacer frente. Sabía el origen de su problema, pero no tenía la solución. Aprendió sobre la química del sexo, pero no sobre la filosofía del amor.

En medio de los libros que María había incluido en la lista, José encontró varios papeles manuscritos que eran poemas, poesías y pensamientos. Aunque no estaban dirigidos específicamente a él, tenían mucho que ver con lo que estaba pasando y José los tomó como pensamientos, o sentimientos, de María hacia él. Uno de los poemas describía lo que María pensaba sobre el verdadero amor:

EL VERDADERO AMOR
En esta noche de luna nueva,
cuando la oscuridad del firmamento es visible,
mi corazón siente el verdadero amor.

Solo me interesa todo lo que es esencial en mi vida,
todo lo que yo tengo y que nadie me puede quitar,
todo lo que es permanente y que durará para siempre.
No tengo miedo a la soledad de una noche sin Luna,
sé que la Luna siempre regresa, sé que nuevamente brillará,
sé que su luz convertirá las ausencias en presencias.
En esta noche de luna nueva,
siento profundamente el VERDADERO AMOR.

M. P. J.

Otro poema hacía referencia específica a la diferencia entre el amor y el sexo:

EL AMOR Y EL SEXO
El amor busca la felicidad.
El sexo busca la satisfacción corporal.
El amor es una sensación de afecto.
El sexo es un encuentro carnal.
El amor es un sentimiento permanente.
El sexo es un fenómeno transitorio.
El amor es una satisfacción sentimental.
El sexo es un deleite sensual.

El amor es una alegría constante.
El sexo es un gozo temporal
El amor es una emoción sensible.
Es sexo es una complacencia física.
El amor produce alegría interna.
El sexo es un entretenimiento externo.

M. P. J.

En otro papel estaba escrito lo que María pensaba sobre la atracción romántica y la atracción sexual.

LA ATRACCIÓN ROMÁNTICA Y LA ATRACCIÓN SEXUAL
La atracción romántica es diferente a la atracción sexual.
La atracción romántica es emocional.
El deseo sexual es biológico.

M. P. J

En un pequeño pedazo de papel estaban escritas las siguientes palabras:

¿DONDE VIVE EL AMOR?
No busques el amor en otra persona,
el amor vive dentro de ti,
busca alguien con quien compartirlo.

M. P. J

Las reflexiones que María había escrito, en forma de poemas, sobre «El verdadero amor», sobre «El amor y el sexo», sobre «La atracción romántica y la atracción sexual» y sobre «¿Dónde vive el amor?» suscitaron en José una gran sensación de ansiedad, una intensa angustia, un agudo agobio y muchas dudas escépticas. Era como si un médico le hubiera diagnosticado una grave enfermedad, pero no le hubiera dado la forma de curarla. Deseaba encontrar a María para hacerle preguntas sobre su conocimiento científico y sobre sus creencias sentimentales. Deseaba interpelarla y cuestionarla sobre los motivos que la llevaron a preparar el cuaderno con las instrucciones para las investigaciones que realizó. Ese cuaderno, que había sido un verdadero manual de trabajo e investigación, se convirtió en un motivo de intranquilidad, de inquietud y hasta de temor. José quería saber si María tenía algún sentimiento hacia él o por qué motivo había empleado su tiempo en que él se cuestionara la diferencia entre el amor y el sexo y, sobre todo, descubriera los sentimientos de afecto y de cariño.

José decidió escribir una carta a María. Aunque no sabía cómo hacer para que ella la recibiera, tenía la necesidad de escribir y poner en un papel lo que estaba pasando. La nota, escrita en hojas que arrancó del cuaderno que María le había entregado, decía:

Querida AMIGA:

No sé si darte las gracias o culparte por el estado en que me encuentro. Estoy en esta mesa desde hace dos días y dos noches sin dormir y sin comer. No me quejo por el cansancio físico, sino por el agotamiento emocional. He leído todos los libros y los documentos que listaste en el cuaderno que me entregaste la última vez que estuvimos juntos. Todo el conocimiento que he adquirido me ha hecho razonar, meditar y reflexionar sobre uno de los principales dilemas que los humanos tenemos: el sexo y el amor. Sobre este tema, he llegado a las siguientes conclusiones:

1. La «Fórmula del sexo, pero NO del amor» me ha hecho entender que el sexo es un proceso bioquímico que se inicia en el cerebro, pasa al sistema límbico y de ahí al sistema endocrino, de donde salen respuestas fisiológicas intensas. ¿Era esto lo que querías que aprendiera?

2. El amor es un proceso emocional, que también tiene bases biológicas, es decir, que deberíamos poder determinar los fundamentos neurológicos de este sentimiento y, por consiguiente, podemos

hacer la «Fórmula del amor, pero NO del sexo».
¿Tienes esta fórmula?

3. Entiendo que la atracción sexual no implica la existencia de atracción romántica. Hay personas que solo sienten la primera pero no la segunda. ¿Estás de acuerdo con esto?

4. La química del amor y la química del sexo son diferentes, pero ambas tienen un mismo objetivo, la reproducción y la perpetuación de nuestra especie. ¿Estás de acuerdo?

Inmediatamente después de escribir estas preguntas, con la misma mala letra de siempre, se quedó profundamente dormido sobre la mesa donde había trabajado durante dos días y dos noches sin descanso y donde también había comido habas tostadas y masticado coca. José se despertó con el sonido de una puerta que se cerraba bruscamente. Lo primero que notó fue que la ventana estaba abierta, varios de los libros que había consultado en las horas anteriores no estaban en el mismo lugar. La bolsa de plástico que contenía las hojas de coca estaba fuera del lugar donde él la había dejado sobre la mesa. Alguien había estado en esa sala de la biblioteca.

José notó que había un papel nuevo sobre la mesa escrito por María en el cual decía lo siguiente:

Deberías saber que las habas tostadas, con las cuales parece que te has alimentado casi exclusivamente en los pasados días, producen exceso de gases; en el sistema digestivo estos gases adquieren olor a azufre. La hediondez y la fetidez que has dejado en esta sala son resultado de la mezcla de sulfuro de hidrógeno, que es el olor característico de los huevos podridos, y el ácido butírico, que es el olor de la mantequilla rancia. Es decir que aquí huele como si hubieran frito huevos podridos en mantequilla rancia.

También deberías dejar de masticar la hoja de coca. Los alcaloides activos que se producen al masticar coca ayudan a superar el mal de altura y asimismo mantienen tus dientes blancos como perlas, pero también aumentan el aire que tragas, el cual es expulsado a través de los pedos, aumentando considerablemente el volumen de sulfuro de hidrógeno y ácido sulfhídrico que has expelido, con la consecuencia de este olor apestoso, pestilente y nauseabundo que no puedo aguantar y que me ha forzado a abrir las ventanas.

He tratado de leer los garabatos que has escrito. Es mucho más fácil descifrar jeroglíficos que entender tu letra. Los jeroglíficos muestran, con símbolos o figuras, lo que se quiere transmitir. Las letras que tú quieres usar para juntarlas y componer las palabras con las que quieres transmitir algo que piensas son completamente ilegibles, indescifrables e ininteligibles.

Por los trazos de las letras con las cuales quieres comunicarte, por la forma de expresarte y por las palabras que he podido entender, puedo confirmar las sospechas que tenía: eres una persona ególatra, soberbia, narcisista y petulante. También eres creído, presuntuoso y vanidoso. En pocas palabras, solo te interesa tu propia persona. No entiendo cómo quieres aparentar ser socialista: eres el verdadero egocéntrico.

Sobre tu pregunta de si existe la «Fórmula del amor, pero NO del sexo», categóricamente te respondo que el AMOR es una virtud que no se adquiere ni se formula, simplemente se siente. Dudo que un día llegues a sentir amor y afecto, pues lo único que sabes sentir es excitación sexual; no sabes controlar tus instintos animales, estas viciado en los deleites carnales.

Una vez más José se sintió molesto, disgustado y enojado con la forma fría como María lo trataba. No entendía por qué ella había ido a la biblioteca. Se preguntaba si se había tomado ese trabajo tan solo para insultarlo, ultrajarlo y denigrarlo, o si lo había hecho porque tenía algún interés en él, algún sentimiento oculto que tal vez no sabía cómo expresar, declarar ni manifestar pero que sus acciones revelaban.

José salió de la biblioteca completamente cansado, extenuado y desanimado. Estaba demacrado, la palidez de su rostro era exagerada, la coloración de su piel en la parte inferior de sus ojos era intensamente oscura, lo que denotaba agotamiento, falta de sueño y mala alimentación. Se fijó en el *Almanaque pintoresco de Bristol*, que siempre lo acompañaba. Era el viernes 26 de marzo de 1971. La fase de la Luna era nueva, un buen momento para desintoxicar el organismo, para meditar, para planificar y, sobre todo, para iniciar una nueva vida. Los rayos del sol tocaron la piel seca, áspera y tirante de José. La luz intensa del astro rey iluminó su rostro con enorme energía. José cerró sus ojos con fuerza, tanto por la necesidad de protegerlos de la radiación solar como para apagar su cansancio, superar la conmoción, vencer la emoción, dominar la agitación y contener el desconcierto en que se encontraba. Con los ojos así cerrados vio destellos penetrantes de una luz que iluminaba sus pensamientos. Vio un túnel oscuro al final del cual la luz del sol iluminaba el agua azul de un lago tranquilo. Escuchó una voz silenciosa pero penetrante que le decía: «Te esperamos, queremos mostrarte el camino para solucionar tus problemas existenciales».

El militante había *estrontado*, es decir, había pasado a una nueva etapa de su existencia y se disponía a iniciar una nueva fase de su vida.

SEGUNDA PARTE

Buscando los sentimientos

Constantino José Indalecio García Tapias, conocido por todos como José, había pasado dos días y dos noches en la biblioteca de la Facultad de Ciencias Farmacéuticas y Bioquímicas de la Universidad Mayor de San Andrés, en La Paz, Bolivia, para intentar descubrir por qué la luna llena tiene una gran capacidad para seducir a las mujeres, para que se entreguen a los placeres sexuales y para que disfruten de la unión carnal de la misma forma que él lo hace.

Bajo la dirección invisible, misteriosa y escondida de María había llegado a entender, desentrañar, descifrar, interpretar y comprender la «Fórmula del sexo, pero NO del amor». José tenía un cuaderno con instrucciones precisas de cómo debía encontrar las señales y los indicios que le ayudarían a entender la relación existente entre la luna llena y él. La misteriosa María había vaticinado, presagiado y anunciado que si José no estudiaba en profundidad y completa atención e investigaba en gran detalle el problema que tenía, continuaría infeliz durante el resto de su vida, en la que dependería de la complacencia física y dejaría de lado la satisfacción sentimental.

Resonaban en la mente de José varias de las palabras que María le había dicho o había dejado escritas en el cuaderno que pasó a llamar «Guía del olfato y del sexo». Las que más se grabaron en su cabeza fueron las que dijo, de forma clara y directa, después de permanecer meditando durante varios minutos en la postura *mudrasana* de yoga:

—Recuerda que la Luna no siempre brilla en el firmamento; también muere y vuelve a nacer. Debes entender que el acto de la reproducción lo hacen los animales y hasta las plantas; los hombres y las mujeres hacemos el sexo como una forma de satisfacción corporal, pero el amor es un sentimiento del que pocos humanos podemos disfrutar.

A José le parecía inaceptable e inadmisible y hasta absurdo que una mujer lo dejara en el estado en que se encontraba sin tocarlo. Recordó que hubo varias mujeres que lo agotaron en el sexo, pero jamás pensó que alguna de ellas tuviera el poder de moderar su ímpetu sexual de forma intelectual. María había hecho que descubriera su problema usando su propio esfuerzo, la correspondiente reflexión y el concerniente razonamiento. De este modo, había podido interpretar la «Fórmula del sexo, pero NO del amor», interpretación que era la llave para ayudarle a encontrar una solución definitiva al enigma que le acosaba.

Deseaba saber el motivo por el que no le había sido posible seducir a María y la explicación a la que llegó fue que la Luna no estaba en su fase llena las veces en que permanecieron juntos. Pensaba que si hubiera sido una noche de luna llena cuando María estuvo a su lado, le hubiera sido posible conquistarla, someterla, seducirla y copular con ella. Y estaba seguro de que en un próximo encuentro con su eventual consejera intelectual y espiritual, en noche de luna llena, se sometería, se doblegaría y se entregaría a sus deseos sexuales y disfrutaría de la unión carnal de la misma forma que él lo hacía.

María no solamente consiguió controlar, sofocar y dominar el ímpetu, el brío y la fogosidad sexual de José, sino que le instigó psíquicamente, le desafió intelectualmente y le aconsejó espiritualmente. A él le dolió profundamente, se puso pensativo y hasta quedó enojado cuando leyó las palabras que María había escrito en el papel que encontró sobre la mesa de estudio en la biblioteca de la Facultad de Farmacia y Bioquímica, que decían:

«Eres una persona ególatra, soberbia, narcisista y petulante. También eres creído, presuntuoso y vanidoso. En pocas palabras, solo te interesa tu propia persona. No entiendo cómo quieres aparentar ser socialista: eres el verdadero egocéntrico».

José salió del edificio central de la universidad completamente cansado, extenuado y desanimado. Tenía agotamiento físico, cansancio mental, debilidad corporal, falta de sueño y desnutrición general. Ignoró el saludo de varios amigos que estaban en la puerta de la universidad y continuó caminando, casi como un sonámbulo, queriendo encontrar un camino que lo llevara a un lugar que él mismo no sabía dónde estaba. La imagen de un lago, cuyas aguas tenían un color azul intenso, que José vio al cerrar con fuerza los ojos para protegerlos de la luz del Sol, y también para calmar su cansancio, superar la conmoción, vencer la emoción, dominar la agitación y contener el desconcierto en que se encontraba, se convirtió en algo místico, espiritual e idealista que al mismo tiempo que satisfacía el placer de sus sentidos le provocaba una inmensa angustia, una intranquilidad indefinida y una incertidumbre imprecisa.

Caminaba por las calles de El Prado, en la ciudad de La Paz, como si estuviera en un laberinto cuya salida le era muy difícil encontrar. El hambre que tenía, después de pasar dos días y dos noches comiendo tan solo habas tostadas y masticando coca, le llevó instintivamente al mercado Camacho, donde había muchos puestos que vendían desayunos desde primeras horas de la madrugada. El mercado Camacho siempre estaba lleno de comerciantes en tránsito, visitantes de todas las condiciones, estudiantes borrachos y amas de casa comprando los ingredientes de las comidas que prepararían para sus familias. También había albañiles, carpinteros, mecánicos y sobre todo viajeros, que antes de continuar su trayecto deseaban alimentarse pagando precios al alcance de sus posibilidades financieras.

En la entrada del mercado Camacho encontró una familia que estaba sentada en las gradas de acceso. El poncho que el hombre llevaba puesto era de color marrón claro, con franjas verticales de un solo tono, que contrastaba con el poncho de Tarabuco que José usaba, con las franjas horizontales de varios e intensos colores. El hombre tenía un cordón multicolor amarrado en la cintura al que estaba atada una pequeña bolsa con hojas de coca. Esa bolsa, que se llama *chuspa*, también se usa para llevar un pedazo de pasta hecha de cenizas vegetales llamada *llujta*, que se consume cuando se mastica la coca. La *llujta* es un reactivo alcalino que se obtiene de quemar los tallos de las plantas de la quinua y de la papa, y sirve para liberar los alcaloides naturales de la hoja de coca y acelerar así su absorción. La masticación de la hoja de coca ayuda a que el oxígeno sea absorbido por la corriente sanguínea y produce una sensación de bienestar corporal y placer mental.

El hombre del poncho de color marrón claro estaba acompañado por una mujer que vestía una especie de camisola de lana de oveja, también de color claro, y una manta de color café oscuro, casi negro, también tejida con lana de oveja. Era afelpada, con largos hilos que colgaban por todos lados, y estaba sujeta a los hombros de la pequeña mujer por un gancho grande y amarrada a la cintura con un cinturón multicolor. Su cabello estaba peinado con pequeñas trenzas que caían a izquierda y derecha de la cabeza. Junto a la pareja estaba un niño, de aproximadamente 9 años de edad, que usaba una vestimenta parecida a la del padre, aunque su poncho estaba suelto, es decir, no tenía el cinturón multicolor de lana. Los tres calzaban abarcas con suelas de llantas usadas.

José saludó a la familia, primero en quechua y después en aimara, pero no obtuvo respuesta. La mujer se dirigió al hombre que vestía el poncho de color marrón claro y le habló en un lenguaje que le pareció desconocido. El niño miró a José de reojo y este le respondió abriendo y cerrando los ojos varias veces, al mismo tiempo que gesticulaba con la frente y hacía muecas con la boca, lo que produjo sonrisas en el pequeño. José continuó tratando de comunicarse con la familia y les dijo en castellano que si tenían hambre les invitaba a tomar un api, que es una bebida típica del altiplano boliviano elaborada con granos de maíz morado. Tendió la mano al chiquillo y este la agarró, primero tímidamente y después con fuerza. La mujer y el hombre se miraron, se pusieron en pie y siguieron a José. Caminaron hasta encontrar una mesa vacía en el comedor donde servían desayunos. José retiró una silla para que la mujer se sentara, pero la ventera, que vio su actitud y se dio cuenta de que indios con trajes típicos se estaban sentando en su sección, se dirigió a ellos y dijo:

—Afuerita nomás, ustedes siéntense en las gradas, si quieren.

A José no le gustó el comportamiento de la ventera y respondió a sus palabras de forma irritada y en voz muy alta:

—Ellos se van a sentar a la mesa y usted les va servir de la misma forma que sirve a todos sus clientes, y si no lo hace así le derrumbo toda la tienda.

La voz de José resonó por todos los cantos de la sección del mercado donde servían los desayunos, la mujer se asustó y los demás comensales miraron hacia el lugar donde se encontraban él y sus invitados. Se produjo un silencio absoluto de varios segundos en el mercado Camacho, el niño apretó la mano de José con mayor intensidad y este rompió el silencio dirigiéndose a la madre del niño: «Siéntese, señora». Y mirando al hombre de la familia, dijo: «Siéntate tú también, compañero». Después retiró otra silla, levantó al niño y lo colocó hincado para que alcanzara la mesa fácilmente. Y en voz alta, como para que todos los que estaban en el puesto de desayunos escucharan, añadió:

—La discriminación contra ustedes va terminar, para eso estamos trabajando en la Asamblea Popular y lucharemos hasta conseguirlo.

Pidió tres apis, seis pasteles fritos, siete marraquetas con mantequilla y ocho empanadas rellenas con queso para los adultos y una taza de leche y una bolsa de galletas para el niño. La ventera quedó sorprendida con el pedido y le miró con cara de incrédula. Él sacó dinero de la billetera, pagó todo el pedido por adelantado con un billete de valor superior al de la cuenta y dijo a la mujer que atendía el puesto que se guardara el cambio.

En cuanto llegó el pedido del desayuno, José se dirigió al niño y le preguntó su nombre en quechua: *Iman sutiyki*. El niño respondió: *Ñoqan kani Santiago*. José continuó el diálogo con Santiago, pero esta vez le preguntó su edad en aimara: *Caucca maranitasa*. Santiago respondió *llatunka*, que quiere decir 'nueve'. Quiso saber entonces en qué idioma hablaba el niño con sus padres, de modo que utilizó el quechua para preguntarle cuál era el de su familia. «Hablamos en puquina», respondió Santiago en castellano. Entonces recordó que el puquina es un idioma que se hablaba en algunas regiones del lago Titicaca, una lengua prehispánica que sigue siendo utilizada por los curanderos tradicionales, conocidos con el nombre de *yatiris*. El puquina está considerada una lengua críptica, es decir, que es incomprensible para quienes no poseen una clave de interpretación adecuada. José llegó a la conclusión de que Santiago hablaba cuatro idiomas: su idioma principal, el que hablaba con sus padres, era el puquina; también hablaba quechua y aimara, que seguramente había aprendido en la comunidad donde vivían, y el castellano lo sabía porque era el lenguaje de alfabetización en el colegio en donde estudiaba. La vivacidad, la astucia, la picardía, la sagacidad y la inteligencia del niño eran notables.

José continuó el diálogo con Santiago y le preguntó en castellano:

—¿Cómo se llaman tus padres?

—Mi papá se llama Eulogio —respondió—, mi abuela me contó que fue el cura del pueblo donde nació quien le dio ese nombre cristiano, pero él es conocido como el yatiri del Titicaca. Mi mamá se llama Encarnación, mi abuela también me contó que el cura del pueblo le puso ese nombre porque nació el 25 de marzo, que según ese curita es el día en que se recuerda que la Virgen María quedó esperando al niño Jesús. Mi mamá también me dijo que el cura que me bautizó decidió que me pusieran el nombre de Santiago porque yo nací el 25 de julio, que según el cura es el día de este santo, que es el patrón de la ciudad española en la que él nació y que se llama Santiago de Compostela. Yo no entiendo eso de los santos y los días de los santos, pero mi papá dice que el único calendario verdadero es el calendario de la Luna, que está claramente representado en la chacana.

José quedó impresionado, deslumbrado y asombrado con la respuesta detallada de Santiago, y sobre todo, con la forma precisa con que se expresaba. Mientras hablaba con el niño, sirvieron el desayuno. Tres mozos llegaron a la mesa con los seis pasteles, las siete marraquetas con mantequilla, las ocho llauchas con queso, los tres apis grandes, la taza de leche y la bolsa de galletas. José, que necesitaba comer, porque estaba con debilidad física y hasta con poco razonamiento mental por la falta de alimento, agarró uno de los pasteles con queso y se lo metió a la boca. Como el pastel había sido freído en aceite muy caliente, casi se quemó el paladar y tuvo que escupir el pedazo que había mordido. En cuanto eso ocurrió, el yatiri del Titicaca tomó la taza que contenía el api caliente y derramó un poco del líquido morado en el suelo, después tomó un pedazo de marraqueta con mantequilla, lo elevó bien alto, lentamente lo bajó al centro, después lo llevó a la izquierda para luego llevarlo a la derecha, y finalmente lo dejó con suavidad sobre la mesa. Mientras realizaba este acto Eulogio balbuceaba palabras que eran imposibles de entender para José. Durante esta ofrenda simbólica de los alimentos a la Madre Tierra, la mujer y el niño habían mantenido la cabeza agachada.

José consiguió recuperarse de haber estado a punto de quemarse la boca con el pastel caliente y también hizo la ofrenda simbólica a la Pachamama derramando un poco de api en el suelo, pero no levantó el pedazo de pan, como había hecho Eulogio, pues consideraba que ese acto era semejante al que hace el sacerdote al levantar la hostia durante la misa. En cuanto a Eulogio, Encarnación y el niño Santiago, comían lentamente sus correspondientes panes con mantequilla y las galletas, recogiendo incluso las migas que caían sobre la mesa, y bebían con absoluta tranquilidad el api y la leche caliente. José engullía con voracidad, glotonería y gula las marraquetas con mantequilla, las empanadas con queso y los pasteles, que estaban recubiertos de miel, pero sorbía con lentitud y delicadeza el api caliente para evitar quemarse la boca otra vez.

Su curiosidad por saber más detalles de sus convidados era muy grande. En cuanto tomó unos pequeños sorbos del api caliente, se puso a analizar la procedencia de sus invitados. Sabía que los yatiris son considerados maestros, guías y sabios sanadores de los pueblos aimara y quechua. Y que, en muchos casos, también son los jefes de sus respectivas comunidades. Recordó que son expertos en hacer augurios, vaticinios, presagios y profecías basados en la interpretación de los mensajes que los espíritus les envían a través de las hojas de coca.

Poco a poco José se ganó la confianza de la familia, que saboreaba con lentitud el desayuno. Intercambió un par de miradas directas con

Eulogio, cuyos ojos eran de color café oscuro, casi negro. Su mirada era intensa y penetrante y se sentía como si el yatiri le estuviera mirando el alma. Después de consumir el abundante desayuno, salieron del mercado Camacho y se sentaron en una de las aceras próximas. Eulogio extendió un tejido de lana roja, con la apariencia de ser muy antiguo y usado, y colocó sobre él una bolsa en la que llevaba una gran cantidad de hojas de coca que tenían el aspecto de ser frescas, porque brillaban y relucían bajo el radiante sol. José también sacó la bolsa de plástico que contenía el resto de hojas de coca que había consumido mientras estuvo en la universidad. A diferencia de las hojas de Eulogio, las que José se ponía en la boca eran opacas y estaban casi todas quebradas.

El hecho de mascar hojas de coca es conocido como *acullico*. Las hojas se colocan entre la mejilla y la mandíbula y se mastica despacio. El efecto principal de la hoja de coca es mejorar la absorción del oxígeno por el cuerpo, lo que es muy útil en grandes altitudes, donde la cantidad de oxígeno disponible para los pulmones es menor. Las hojas de coca contienen una gran cantidad de alcaloides que producen la estimulación del organismo, lo que disminuye la fatiga; también contienen numerosas proteínas y vitaminas que aportan mucha energía al cuerpo y son ricas en flavonoides y antioxidantes, que previenen en el organismo la aparición de enfermedades.

La costumbre de mascar hojas de coca se llama *acullicar* o *coquear*. Esta costumbre ya era practicada por los aimaras y los quechuas desde mucho antes de la llegada de los invasores españoles. El *acullico*, que también se conoce con el nombre de *coqueo*, es una tradición tanto religiosa como social que al mismo tiempo conlleva connotaciones culturales. La coca es un símbolo de fraternidad y solidaridad, y el coqueo es uno de los pocos restos de cultura autóctona que conservan los antiguos pueblos que habitan desde los Andes occidentales hasta la selva amazónica. Los rituales de la coca fortifican el espíritu de solidaridad, favorecen la paz y aumentan la armonía entre los pueblos y las comunidades.

José también recordó que los yatiris están considerados sabios y dueños de la verdad y de la luz. Se comunican con los espíritus que habitan en las montañas, saben cuándo la tierra necesita recibir ofrendas y son expertos en la lectura de las hojas de coca. Con el niño Santiago como intérprete, José pidió a Eulogio que le leyera el futuro. El yatiri seleccionó entonces las mejores hojas de coca que llevaba en su chuspa, descartando las incompletas por estar rotas o dobladas. Mientras hacía esto, el yatiri del Titicaca balbuceaba palabras que José no podía entender, pero cuya entonación lo aturdía levemente. Eulogio también había puesto sobre el tejido de lana roja un pequeño monolito de unos veinte centímetros de altura que parecía estar tallado en piedra negra. La figura, que aparentaba tener muchísimos años de antigüedad, no estaba bien pulida, pero reflejaba la luz del Sol, que ya estaba alto en el firmamento claro de la ciudad de La Paz. Junto a la mano derecha de Eulogio había una pequeña campana que no parecía ser tan antigua, sino una campanilla de monaguillo, aunque el mango era de madera rústica y áspera. Eulogio tocó la campanilla mientras la dirigía hacia los cuatro puntos cardinales. Luego levantó un puñado de hojas de coca, las colocó entre las palmas de las manos y con ellas cerradas las elevó lo más alto que pudo, también hacia los cuatro puntos cardinales. Dejó caer las hojas sobre el manto rojo, y haciendo señales con las manos, pidió a José que agarrara unas cuantas, se las pusiera en la boca y las masticara. A los pocos minutos, y usando de nuevo al niño como intérprete, Eulogio le preguntó si las hojas que estaba mascando tenían un sabor amargo o dulce. Como José había mascado las hojas de coca compradas días atrás y que tenían un gusto muy amargo, sintió la dulzura de las hojas que Eulogio le ofreció y dijo a Santiago que le parecían muy dulces.

José recordó entonces el rito para leer las hojas de coca: el yatiri pide permiso para leerlas a la Pachamama, la Madre Tierra, y después dice en puquina varias oraciones en voz alta. Al que se le va leer el futuro se le pide que mastique las hojas de coca para saber si el sabor que siente es dulce o amargo. Si es amargo, no se procede con la lectura; si es dulce, el yatiri procede a leer el futuro que espera al interesado.

Eulogio, al conocer que el sabor que José había sentido al mascar las hojas era dulce, tomó dos de las más grandes y las colocó en los extremos del tejido rojo que había extendido minutos antes. Una de ellas, la que fue colocada en el lado derecho, mostraba su cara frontal brillante, mientras que la otra hoja, en el lado izquierdo, mostraba su reverso opaco. El yatiri tomó nuevamente un puñado de hojas, las levantó lo más alto que pudo y las dejó caer sobre el manto rojo para iniciar la lectura. José recordó que las hojas se interpretan de varias formas y que una de ellas es verificando si hay más hojas con la parte frontal o con la parte posterior hacia arriba. La cara frontal representa una respuesta positiva, y la trasera, una negativa. Si hay una mayor cantidad de hojas que muestran su cara frontal, con un color verde intenso y brillante, la respuesta a la pregunta es positiva, pero si hay una mayor cantidad que muestra su cara posterior, que es de color verde claro y opaca, la respuesta es negativa.

Por algún extraño motivo, el yatiri no podía descifrar el significado de las hojas que habían caído sobre el manto rojo. Repitió el procedimiento tres veces consecutivas y al observar las hojas por tercera vez levantó la cabeza hacia el Sol, cerró los ojos, respiró profundamente y comenzó a orar en voz alta. Inmediatamente, Santiago y Encarnación bajaron la cabeza también y oraron con la misma entonación con que Eulogio lo hacía. José no sabía, ni entendía, ni comprendía, ni podía deducir lo que estaba pasando. A los pocos minutos se hizo un silencio profundo, como si la bulla de la muy transitada calle hubiera sido apagada por las oraciones de los nuevos amigos de José. El yatiri rompió el silencio y con voz muy suave, casi en susurro, dijo a su hijo varias palabras en puquina. José quedó atónito, asombrado y muy confundido por la situación. Finalmente, Santiago comenzó a traducir lo que su padre había dicho y dirigiéndose a José le dijo en castellano:

—El yatiri del Titicaca dice que necesitas, con mucha urgencia, purificar tu espíritu. Has asimilado influencias de la Luna que afectan a tu cuerpo y tu espíritu. Para solucionar esto tienes que ir al lago Titicaca, donde primero tendrás que purificar tu cuerpo y después hacer lo mismo con tu espíritu. En la ciudad de Copacabana, en las orillas del lago sagrado, tienes que bañarte y lavar tu poncho. Después tienes que caminar en la isla del Sol y pasar una noche de luna llena en la isla de la Luna. El yatiri está conectado con los espíritus que viven en los cerros, y si haces lo que él te dice te librarás de las influencias negativas que has absorbido.

José se quedó pensativo y al cabo de algún tiempo, y con Santiago como intérprete, le contó a Eulogio la visión que tuvo al salir del edificio principal de la universidad, cuando vio un túnel oscuro al final del cual la luz del sol iluminaba el agua azul de un lago tranquilo mientras escuchaba una voz suave, pero penetrante, que decía: «Te esperamos, queremos mostrarte el camino para solucionar tus problemas existenciales». Al escuchar esto, el yatiri del Titicaca miró fijamente a José, hasta el punto de que este tuvo que desviar la mirada, tomó tres hojas de coca que estaban sobre el manto rojo que tenían la cara brillante hacia arriba, balbuceó una oración en puquina y dijo a Santiago:

—Dile a nuestro amigo que lo que ha visto es el lago sagrado, al que tiene que ir para purificar su espíritu. Dile que abra sus manos y que le voy a decir lo que tiene que hacer.

Después de que Santiago hiciera la traducción, José obedeció y mostró sus dos palmas abiertas. El yatiri alzó entonces una de las de las tres hojas que había escogido y le dijo:

—Tienes que lavar tu poncho en las aguas claras del lago Titicaca, donde dejarás que el agua se lleve esta hoja.

El yatiri colocó una de las tres hojas de coca en la palma de la mano derecha de José, levantó la segunda hoja y dijo:

—En la isla del Sol tienes que recorrer toda la extensión del sendero Willka Thaki, en lo más alto del cerro, hasta llegar a la Chinkana, donde dejarás caer esta hoja en uno de los pozos profundos que allí existen.

Puso también la segunda hoja en la palma derecha de José, y sin retirar la mirada profunda de sus ojos, levantó la tercera y dijo:

—Solamente después de que cumplas las dos tareas podrás ir hasta la isla de la Luna, donde tendrás que dormir durante una noche de luna llena. Al despertar, dejarás que el viento lleve esta hoja.

El yatiri del Titicaca agarró la mano izquierda de José y la puso sobre la mano derecha, las juntó y las levantó. Se hizo un silencio profundo, José sintió que la mirada del yatiri había penetrado en su cerebro y grabó de forma permanente las instrucciones sin necesidad de que Santiago hiciera la traducción; era como si el yatiri hubiera establecido una comunicación directa con su mente. Después guardó las tres hojas de coca en la cartera de cuero donde llevaba sus documentos y el dinero.

Ingerir tanta cantidad de carbohidratos produjo en José una euforia temporal que le llevó a invitar a Eulogio a visitar la Asamblea Popular. Caminaron hasta el Palacio Legislativo, donde se estaba perfilando la instauración de un gobierno popular. Al llegar a la puerta del edificio, varias personas saludaron a José y todas le preguntaron por qué había faltado varios días a las reuniones de las comisiones en las que participaba. Él ignoró las preguntas y procedió a entrar en el recinto principal del palacio, pero Eulogio rechazó hacerlo y sin más explicación se dio la vuelta y salió hacia la plaza Murillo, hasta donde le siguieron Encarnación y Santiago. José no quiso abandonar a sus invitados y también salió del recinto, de modo que todos se sentaron en un banco de la plaza Murillo, frente al Palacio Quemado. José preguntó entonces a Santiago qué había pasado y el niño explicó que cuando el yatiri sentía vibraciones negativas en algunos ambientes prefería retirarse, y dirigiéndose a su padre, le preguntó lo que había sentido. Eulogio respondió en puquina y Santiago hizo la traducción para que José entendiera:

—El yatiri del Titicaca dice que ha visto mucha muerte en ese edificio, pero que también ha visto que después de un tiempo ese lugar será ocupado por gente como nosotros, es decir, descendientes de los primeros habitantes de estas regiones.

Después de estar sentados durante varios minutos, Eulogio se levantó, se despidió de José, le tendió la mano y dijo:

—En la comunidad llamada Yampupata, en las orillas del lago sagrado, tienes que buscar al balsero Juan Bautista, que siempre sale a pescar cuando hay luna llena. Él te llevará a la isla del Sol y a la isla de la Luna. Entrégale esto y así sabrá que eres nuestro amigo.

El yatiri del Titicaca entregó a José el muy pesado monolito y la familia se alejó caminando despacio.

02

El peregrino decidido

José realizó todos los esfuerzos posibles para localizar a María, pero no pudo encontrarla. De la misma forma que apareció en una noche sin Luna, como salida de la nada, también desapareció sin dejar huellas. Nadie en la Facultad de Farmacia y Bioquímica la conocía. Preguntó a los catedráticos, a los alumnos, a los porteros y al personal de limpieza de la facultad por la enigmática y misteriosa mujer. Elaboró minuciosas descripciones de su físico, de su rostro, de su forma de vestir, de sus cualidades intelectuales, de su personalidad y hasta del tono de su voz, pero todos dijeron no conocerla. Investigó y trató de rastrear el paradero de la que creyó que era su orientadora espiritual, pero no obtuvo ningún resultado. Parecía que María había sido un sueño, una invención o una fantasía. Los amigos que tenía en la Facultad de Psicología, que lo conocían y sabían que bebía mucho, llegaron a diagnosticar que padecía psicosis paranoica, es decir, que percibía cosas que modificaban el sentido de la realidad y creaba en su mente acontecimientos que parecían reales, pero que tan solo habían sido creados por su propio pensamiento.

Independientemente de que encontrara o no a María, de si ella de verdad existía o no, José necesitaba una solución al problema que había descubierto sobre la influencia que la luna llena tenía en su comportamiento sexual. Estaba desanimado, abatido, alicaído y deprimido. Se emborrachaba casi todos los días y había descuidado su higiene personal hasta el punto de que sus camaradas y amigos evitaban aproximarse a él, tanto por el tufo a alcohol que exhalaba como por el fuerte olor a llama que su poncho emitía.

Había logrado descubrir que la luna llena causaba en su organismo el aumento, en cantidad, y el incremento, en intensidad, de las feromonas que producía e irradiaba. Los olores que se manifestaban en su sudor y en su aliento eran captados por el olfato de las mujeres que se le aproximaban, causando en ellas un aumento instantáneo de la atracción y el deseo sexual. Así, la reacción biológica al olor generado por el cuerpo de José provocaba, en las mujeres que se le acercaban, la disposición biológica para la unión carnal. Había encontrado una explicación científica para el enigma de la luna llena, pero no había hallado la solución para su problema. Sabía la causa y el origen del proceso que su cuerpo experimentaba en las noches de luna llena, pero no sabía cómo controlar esa situación. En realidad, su problema había dejado de ser un enigma para convertirse en una realidad que tenía que afrontar y resolver.

Eulogio, el yatiri del Titicaca, le había indicado el camino que debía seguir para encontrar la solución al misterio que lo amargaba. La lectura de las hojas de coca fue el medio que el yatiri utilizó tanto para diagnosticar el problema como para solucionarlo. Según Eulogio, si José visitaba la ciudad de Copacabana, junto al lago Titicaca, y cumplía determinados rituales en la isla del Sol y la isla de la Luna, su problema estaría resuelto. El yatiri del Titicaca se convirtió así en orientador espiritual, consejero emocional y guía místico de José.

En los días posteriores al encuentro con el yatiri, José pasó un par de horas cada tarde en el Palacio Legislativo de Bolivia, en la ciudad de La Paz, donde se estaba organizando la Asamblea Popular. Estudiaba allí todas las informaciones que encontraba sobre el lago Titicaca, sobre la isla del Sol y, especialmente, sobre la isla de la Luna. Leyó todos los libros, revistas y documentos que encontró sobre el lago. Y examinó con atención los mapas que halló de la ciudad de Copacabana y de cómo llegar a la isla del Sol y a la isla de la Luna.

Tomó entonces la decisión de olvidar a María, fuera real o producto de su imaginación, y seguir las orientaciones del yatiri del Titicaca. Las instrucciones precisas que Eulogio le había dado quedaron grabadas en su mente de forma permanente, como si el yatiri hubiera entrado en su cerebro y estampado en él todos los detalles de lo que debía hacer. Consultó el *Almanaque pintoresco de Bristol* para saber cuándo sería la siguiente luna llena, porque quería estar en la isla de la Luna en esa fecha. Por una extraña sincronía, la luna llena del mes de abril de 1971 coincidía con la fecha en que, según el calendario católico, se celebra el Sábado Santo que antecede al Domingo de Resurrección.

En la mañana del domingo 4 de abril de 1971 José inició su peregrinación al lago sagrado. Fue hasta la zona del cementerio general de La Paz, desde donde partían los vehículos que se dirigían a la ciudad de Copacabana, junto al lago Titicaca. Al ver el camposanto recordó el cementerio de Sucre, su lugar predilecto para estudiar y donde conoció a Tania, la reclutadora, que fue la responsable de que no se incorporara a las guerrillas de Teoponte. El cementerio también le hizo recordar, con gran angustia, inconmensurable aflicción e inmensa melancolía, a los camaradas que fueron asesinados en Teoponte. Pensar que él también podía haber estado entre los muertos le dio una sensación de miedo, le produjo un estremecimiento interno y todo su cuerpo tembló. No sabía a quién debía dar gracias por estar vivo, si a Tania, que le dio un fuerte somnífero y evitó que embarcara en el transporte que debía llevarlo de Sucre a La Paz para incorporarse a las guerrillas en Teoponte, o si a la luna llena, que hizo posible que sedujera a la reclutadora.

El viaje de La Paz a Copacabana duraba aproximadamente cuatro horas, si no se producían derrumbes o accidentes. En cuanto inició el trayecto, y mientras admiraba el paisaje de la Cordillera Real, no pudo evitar pensar en María. Ella había servido de catalizador para que descubriera el fenómeno que experimentaba su cuerpo en las noches de luna llena. Le había llevado a descubrir el problema, pero no le había dado la solución. En cambio, el yatiri le indujo a iniciar un proceso de transformación profundo que lo estaba llevando al lago Titicaca, donde esperaba conseguir una solución mística y espiritual para su problema. Sin embargo, y aunque había conseguido alcanzar una conclusión lógica y científica sobre la química del sexo y la relación entre su cuerpo y los ciclos de la Luna, no había conseguido comprender la filosofía del amor.

Una de las características de María que más marcó a José fue la capacidad olfativa que poseía. Se puso a recordar cuando María hizo una descripción cabal, completa y precisa de los olores de su poncho y de la fetidez que había dejado en la biblioteca de la Facultad de Farmacia y Bioquímica, donde había estudiado durante dos días y dos noches la «Fórmula del sexo, pero NO del amor». Aunque no sabía con certeza si María existía, o si tan solo era una invención, las conclusiones a las que había llegado eran reales.

Mientras su mente estaba con estos pensamientos, su olfato sintió un fuerte hedor a cebolla, ajo y otros condimentos con una base de ácido sulfhídrico, que es comúnmente conocido como 'azufre'. Eran olores de las flatulencias de los pasajeros que viajaban a Copacabana en la pequeña furgoneta, que tenía las ventanillas completamente cerradas para evitar que entrara el frío matinal. En los estudios realizados sobre olores y hedores corporales, José había aprendido que una persona adulta tiene la capacidad de producir y expulsar un gran volumen de gases intestinales a través de las flatulencias o ventosidades que son comúnmente conocidas como 'pedos'. Y también que cuanto mayor es la elevación sobre el nivel del mar, mayor es la cantidad de ventosidades producidas por el cuerpo humano. A nivel del mar, una persona sana genera una media de quince pedos al día, mientras que a una elevación de 3800 metros sobre el nivel del mar, que es la de La Paz, un individuo tiene la capacidad de producir aproximadamente cincuenta y ocho pedos al día, debido a que la presión atmosférica es menor cuanto mayor es la altitud. Si la presión atmosférica, es decir, la fuerza que ejerce el aire sobre la superficie terrestre al nivel del mar, es de mil milibares, a 3800 metros de altitud la presión atmosférica es aproximadamente de seiscientos milibares. La conclusión a la que José había llegado es que los habitantes de lugares situados a mayor altura expulsan una mayor cantidad de gases intestinales, es decir, que retienen menos los gases resultantes de la digestión, lo que permite que el cuerpo esté menos contaminado aunque el entorno sí lo esté por el mal olor.

Todos estos pensamientos se esfumaron cuando el chófer de la furgoneta anunció que habían llegado al estrecho de Tiquina y pidió a los pasajeros que bajaran. Los viajeros debían atravesar el estrecho en una pequeña embarcación, mientras que el vehículo lo haría en un pontón, que es una plataforma flotante que sirve para transportar vehículos y carga a través del lago.

03

El lago sagrado

E l viaje desde La Paz a la localidad que tiene el nombre de San Pablo de Tiquina, situada en la orilla derecha del lago Titicaca, duró aproximadamente tres horas. El estrecho de Tiquina une las dos masas de agua que forman el lago a lo largo de unos 780 metros que deben ser atravesados en embarcación, pues no existe un puente para cruzarlo. José se bajó de la furgoneta, estiró sus largas piernas, orinó, expulsó los gases intestinales que se habían formado en su estómago, caminó un poco y luego subió al pequeño barco que llevaría a los pasajeros hasta el otro lado del estrecho. La movilidad fue transportada a bordo de la plataforma flotante.

Cuando ya estaban atravesando el estrecho de Tiquina, se puso a pensar en lo que había leído sobre el Titicaca. Sabía que es el lago navegable más alto del mundo y uno de los más profundos, y que debido a su inmensa profundidad las aguas cristalinas se ven muy azules. Su nombre original es Tite Kjarka. En aimara, *tite* quiere decir 'puma', y *kjarka*, 'piedra'. Es decir, que el nombre del lago Titicaca traducido al castellano es Puma de Piedra. Los invasores españoles no supieron pronunciar el nombre en el idioma nativo, por lo que lo llamaron Titicaca.

Según la leyenda, la región donde está situado el lago era un valle muy fértil cuyos habitantes eran muy felices y dichosos. La tierra producía los alimentos necesarios para la subsistencia y todos vivían en completa paz y armonía. Además, el valle estaba protegido por los Apus, que eran los espíritus guardianes de la naturaleza. La única prohibición que tenían los habitantes del valle era que no debían subir a las montañas donde ardía el fuego sagrado, pero fueron tentados por los espíritus malignos para ascender a las cimas, pues el fuego les daría vida eterna. Entonces los Apus, al descubrir que sus órdenes habían sido desobedecidas, decidieron exterminar a los habitantes y enviaron a cientos de pumas para que devoraran a todos los que vivían en el valle. Viendo lo que había sucedido, Inti, el dios Sol según la mitología inca, lloró durante cuarenta días y cuarenta noches hasta inundar la región y convertir el hermoso y fértil valle en un inmenso lago. Y los pumas que habían devorado a los habitantes del valle fueron transformados por Inti en estatuas de piedra.

Después de la inundación aparecieron un hombre y una mujer navegando en el lago sobre una balsa de totora. Y cuando vieron los pumas de piedra pasaron a llamarlo Tite Kjarka. Esta leyenda es corroborada por el hecho de que, si se observa desde una gran altitud, el lago Titicaca se asemeja a un puma que corre detrás de una vizcacha, que es la liebre de los Andes. No se sabe cómo los primeros habitantes de esa zona pudieron visualizar esta forma, a no ser que la vieran desde el espacio y dieran el nombre apropiado al lago navegable más alto del planeta.

José también había leído que en la memoria colectiva de los quechuas y los aimaras el Titicaca representa los orígenes del mundo, donde nacieron el Sol y la Luna, que fueron formados según la voluntad del creador del universo, que es conocido como Viracocha. Fue en este lugar donde la flora y la fauna renacieron después del gran diluvio.

Al ver el lago con sus propios ojos, José comprendió la razón por la que es considerado un lugar sagrado. El paisaje que se observa es agradable, tranquilizador, apaciguador y recrea el espíritu. Él mismo sentía una paz absorbente que le proporcionaba sensaciones de placer y sentimientos de armonía. La placidez, el sosiego, la tranquilidad, la calma y la serenidad que percibía al contemplar las aguas azules del lago estimularon su imaginación, activaron su autoconfianza y despertaron su esperanza de encontrar una solución a su problema.

Pensaba en todo esto mientras el Sol bañaba las cristalinas aguas del lago con sus rayos dorados y recordó lo que le habían enseñado en la escuela sobre Manco Kapac y Mama Ocllo, que se presentaron en el Titicaca como hijos del Sol y de la Luna. El mensaje que traían de los dioses era el de esfuerzo en el trabajo, honradez en el comportamiento y sinceridad en los actos. Este mensaje fue el fundamento filosófico del imperio incaico, cuyos mandamientos eran *Ama Sua, Ama Llulla, Ama Quella*, que quiere decir 'no robar, no mentir y no estar ocioso'.

El lago Titicaca está geográficamente dividido en dos partes. La menor, situada al sur del estrecho de Tiquina, se denomina Wiñay Marka, que en aimara significa 'ciudad eterna'; la mayor, en la zona norte, se llama Chucuito. Existe una controversia sobre el significado de este último nombre, pues algunos historiadores indican que procede del aimara *chuco*, que quiere decir 'manta', y que la terminación *-ito* sería utilizada como diminutivo, por lo que Chucuito significa 'manta pequeña'. Las mujeres de la región usan una pequeña manta para cubrirse la cabeza, lo que habría dado origen al nombre. Sin embargo, otros investigadores señalan que el término procede de las palabras aimaras *chuki*, que significa 'oro', y *witio*, 'colina', por lo que Chucuito equivaldría a 'colina de oro'. Probablemente esta segunda interpretación sea la correcta, pues se sabe que en esa región había mucho oro.

Después de atravesar el estrecho de Tiquina, los pasajeros en el pequeño barco y la movilidad en el pontón, el viaje prosiguió y en las últimas horas de la tarde llegaron a la ciudad de Copacabana, que está situada en las orillas del lago Titicaca, en la provincia de Manco Kapac, del Departamento de La Paz, Bolivia.

04

La diosa de la fertilidad

Al llegar a Copacabana, José pudo ver el cerro del Calvario que el yatiri del Titicaca le había dicho que debía visitar. La movilidad que lo llevó desde la ciudad de La Paz se detuvo frente a la iglesia, que fue construida en el mismo lugar donde quechuas, aimaras y otros pueblos que habitaban en las orillas del lago Titicaca realizaban cultos y rituales a Copakawana, la diosa de la fertilidad. Esta deidad andina es semejante a Afrodita, en la mitología griega, y a Venus, en la romana. Los invasores españoles, desconocedores del valor de las culturas de otros pueblos, desmantelaron y destruyeron los símbolos de la cultura incaica, y en el caso del ídolo de la fertilidad sustituyeron su nombre original, Copakawana, por el de Copacabana y levantaron un templo católico en el mismo sitio en el que se realizaban cultos a esta divinidad andina.

La fascinación, el encantamiento y la alucinación que José tenía por la Luna le habían llevado a estudiarla como figura mitológica en diversas culturas del mundo. Así, descubrió que desde los orígenes de la humanidad han existido diferentes cultos a la Luna. Los pueblos que habitaban los archipiélagos de Polinesia y Melanesia, en el continente de Oceanía, así como varias tribus del Amazonas y África, consideraban que la Luna era un ser vivo que compartía sus alegrías y sus tristezas. En Mesopotamia, es decir, en la zona de Oriente Próximo, entre los ríos Tigris y Éufrates, se rendía culto a Bilquis-Ilumquh, el dios lunar. El culto a esta divinidad se extendió por el Medio Oriente y en todas las grandes ciudades de Babilonia y Asiria existen templos dedicados a ella.

En la mitología griega, la Luna está representada por varias diosas, una de las cuales es Artemisa, que es la diosa de la caza, hermana gemela del dios Apolo, que recorre los bosques por la noche y lleva una antorcha en sus manos que sirve para iluminar su camino. Otra diosa lunar de la mitología griega es Selene, que es la encargada de otorgar visiones psíquicas a los humanos y está representada por una joven pálida. Las dos diosas griegas asociadas con la Luna también simbolizan la feminidad, la belleza, el amor y, sobre todo, el sexo y la reproducción.

En la mitología incaica, la Luna es Mama Quilla, la diosa madre, guardiana de las mujeres, defensora de la tierra y protectora de la fecundidad. Los quechuas, los aimaras y otros pueblos que viven en el entorno del lago Titicaca celebran en su honor una gran fiesta denominada Coya Raymi Killa que tiene lugar en el equinoccio de la primavera, alrededor del 21 de septiembre. Esta celebración representa el renacer, el germinar de las semillas, la fertilidad de las mujeres y la reproducción.

José había leído que en Copacabana existía una estatua de aproximadamente dos metros de altura que estaba esculpida en piedra turquesa, mineral que tiene un color azul verdoso muy intenso y cuya textura visual es brillante. La turquesa es una piedra preciosa que está relacionada con la energía lunar y que purifica el espíritu, unifica las energías masculinas con las femeninas, promueve la autorrealización y ayuda a resolver los problemas de una forma creativa. El rostro y el busto de la estatua que existía en Copacabana era el de una mujer, y aunque sus rasgos faciales no estaban bien definidos, la parte inferior era claramente la cola de un pez, lo que revelaba que se trataba de la estatua de una sirena.

Según la mitología incaica y las creencias populares, en el Titicaca existen seres que son mitad humanos y mitad peces, similares a las sirenas de la mitología griega. Las leyendas sobre las ninfas del lago están corroboradas por el hecho de que existen cerámicas y pinturas de época precolonial, y también de la colonial, que muestran imágenes de estos seres. Durante la conquista española, y como parte del proceso de extirpación de idolatrías, la estatua del ídolo que existía en Copacabana fue destruida y sus fragmentos de turquesa fueron llevados a España. Lo mismo ocurrió con muchos otros ídolos esculpidos en plata y oro que existían en Copacabana y en toda la región del imperio inca.

La iglesia de Copacabana tiene el nombre oficial de basílica de la Virgen de la Candelaria de Copacabana. Esta edificación fue construida en 1550 en estilo arquitectónico morisco. El vocablo 'morisco' deriva de la palabra 'moro' y es el término utilizado para designar a los musulmanes de la corona castellana que fueron convertidos forzosamente al cristianismo. La construcción de la iglesia católica fue concluida entre 1601 y 1619, ya en estilo renacentista. También existe una capilla abierta en la parte externa donde los miembros de antiguos pueblos del lugar realizan ceremonias ancestrales de forma paralela a las católicas. De esta manera, la basílica de la Virgen de la Candelaria de Copacabana engloba elementos de tres religiones: la musulmana, la católica y la incaica.

El ídolo de piedra turquesa que existía en Copacabana fue sustituido por la imagen de la Virgen de la Candelaria. Inicialmente, la imagen fue labrada en arcilla por el escultor Francisco Tito Yupanqui, un descendiente de los incas. Pero el párroco que estaba a cargo de la iglesia consideró que la estatua era muy tosca y desgarbada, sin proporciones, y con el rostro no muy bien definido, por lo que ordenó que fuera retirada del altar. El escultor Yupanqui se sintió humillado y fue a la ciudad de Potosí a aprender a esculpir según el estilo de los invasores. Yupanqui decidió tallar una nueva estatua, para la que usó como modelo la imagen de la Virgen de la Candelaria, ya que el párroco de Copacabana era de la ciudad de Tenerife, que está situada en las islas Canarias, donde se rinde culto a esta advocación de la Virgen María.

En la región andina no hay maderas apropiadas para ser talladas, razón por la que se usan troncos y hojas secas de plantas cactáceas para esculpir. Con este tipo de pasta, conocida como 'pasta de Maguey', el escultor Yupanqui talló una imagen que parece ser una copia de la Virgen de la Candelaria, pero con rasgos indígenas en el rostro y piel morena. El cura encargado de la iglesia, que pertenecía a los dominicos, cuya orden estaba a cargo del santuario de Nuestra

Señora de la Candelaria en las islas Canarias, quedó contento con la nueva escultura y mandó colocarla en el santuario de Copacabana.

La imagen mide poco más de un metro de altura y sostiene en su brazo izquierdo un niño que parece que está a punto de caer. Es probable que hasta llegar a la versión final Yupanqui tallara varios prototipos, los cuales fueron a parar a manos de comerciantes que llevaban a España muchos de los valiosos objetos de arte que eran hallados y creados en los territorios conquistados.

José también había leído, en las revistas brasileñas *O'Cruceiro* y *Manchete* que encontró en la biblioteca de la Universidad de San Andrés, la historia del nombre de uno de los más conocidos barrios de la ciudad de Río de Janeiro, la famosa playa de Copacabana. Esta playa se llamaba Sacopenapã y debe su actual nombre al hecho de que unos náufragos encontraron la imagen de la Virgen flotando junto a la lancha con la que trataban de salvarse, la subieron al bote y pidieron que les ayude. Los náufragos se salvaron, y cuando llegaron a una playa de Río de Janeiro y descubrieron que se trataba de la imagen de la Virgen de Copacabana, construyeron una capilla en señal de agradecimiento, colocaron en ella la imagen y dieron ese nombre a la playa, que es uno de los mayores atractivos turísticos de Río de Janeiro.

05

La pequeña mariposa

José se bajó de la furgoneta que le había llevado de La Paz a Copacabana, en las orillas del lago Titicaca, y lo primero que hizo fue preguntar cómo podía llegar a la dirección que Eulogio le había dado para encontrar al barquero Juan Bautista. Le informaron de que la localidad de Yampupata, que es una comunidad de pescadores, está situada al noroeste de Copacabana, aproximadamente a unos 18 kilómetros de distancia. Como ya era tarde, y no le daría tiempo de llegar a su destino con la luz del día, decidió permanecer en Copacabana esa noche. La ciudad estaba repleta de peregrinos y era difícil encontrar un albergue, pero una familia de indios de Tarabuco, que usaban ponchos similares al suyo, al ver que no conseguía un lugar para pernoctar le invitaron a su pequeña vivienda. José aceptó la invitación y entró en la casa, en la que descansaban varias familias que habían llegado caminando desde Tarabuco para visitar el santuario. Se acomodó en una esquina de la habitación que servía de dormitorio a los peregrinos y durmió tranquilo, sosegado, quieto y sereno. Cuando despertó, casi al mediodía del día siguiente, se sintió completamente descansado. Sus nuevos amigos de Tarabuco ya habían salido del recinto, aunque él ni siquiera se había dado cuenta.

Decidió entonces subir el cerro Calvario. Esta colina tiene una altitud de algo más de 4000 metros sobre el nivel del mar. Existe una larga gradería que permite ascender a la cima, pero José prefirió subir por el lado oeste, donde hay un camino muy rústico, con una ladera muy pronunciada, motivo por el que es muy poco usado por los peregrinos. Después de caminar por el empinado sendero durante algún tiempo, sintió que necesitaba descansar y recuperar el aliento. Se quitó el poncho, lo extendió en el suelo, se quitó la chompa de lana de oveja, se subió las mangas de la camisa, se sentó plácidamente sobre el poncho y permaneció en completa calma y quietud mientras contemplaba el lugar y disfrutaba de su belleza.

Por algún extraño motivo, y sin una explicación lógica, vino a su mente la imagen de la hermosa Jasí Panambí que había conocido en el oriente boliviano. En ese mismo instante, una pequeña mariposa se posó en su brazo. El pequeño insecto tenía alas aterciopeladas de color azul con intensidades diferentes y adoptaba tonalidades púrpura hacia los bordes. Las alas posteriores eran de un color violeta muy intenso y tenían una franja de color negro profundo. Era tanta la hermosura de la pequeña mariposa que José se quedó inmóvil e incluso llegó a interrumpir la respiración durante varios segundos para evitar que la bella criatura se espantara. La diminuta mariposa paseaba mansamente sobre su robusto y varonil brazo y le producía una sensación semejante a la que se siente cuando la piel es rozada ligeramente por los suaves dedos de una doncella.

El precioso y agraciado insecto levantó el vuelo, pero no se alejó del lugar. Revoloteaba con su grácil silueta en el aire puro del lago Titicaca y hacía piruetas que parecían danzas perfectamente coreografiadas que entretenían, divertían y deleitaban a José. Los movimientos rítmicos de la bella mariposa cautivaron la atención del joven peregrino, que cerró los ojos despacio hasta quedar adormecido mientras en su memoria se repetía el momento en que vio por primera vez a la bella india chané, cuya singular belleza estaba permanente estampada en su mente. Su pensamiento reproducía la figura de la hermosa mujer india, que tenía el cabello de color negro muy intenso y cuyos grandes ojos, también negros y rasgados hacia la parte superior de su rostro, transmitían alegría y reflejaban una inocencia angelical. Revivió aquellos instantes en que le preguntó en idioma guaraní: *¿Mba'éichapa nderéra mitãkuña?*, que en castellano quiere decir «¿Cómo se llama, jovencita?»; a lo que ella respondió: *Cheréra Jasí Panambí*, que quiere decir «Me llamo Luna Mariposa».

Un cosquilleo en la cara hizo que abriera los ojos y viera que la diminuta mariposa se había posado en la punta de su nariz. Con una delicada pero profunda mirada, observó la mariposa y recordó la imagen de la joven mujer chané, que tenía la piel morena muy suave y tersa como las alas de la mariposa. El color negro intenso de los bordes de las alas del bello insecto le hizo recordar el color del cabello que cubría parcialmente la frente de la hermosa mujer. También recordó el lunar negro, perfectamente situado en el centro de su frente, que destacaba en su alegre rostro como si hubiera sido colocado por las manos de un pintor impresionista.

La mariposa alzó el vuelo de nuevo y realizó movimientos oscilantes similares al balanceo y al vaivén de una hamaca, lo que le hizo revivir el inolvidable encuentro que tuvo con Jasí en una noche de luna llena, cuando copularon varias veces en una hamaca. Recordó que se acercó despacio y caminó varias veces alrededor del local donde estaba colgada la hamaca para observar con detenimiento el cuerpo de la bellísima mujer. Recordó también que se agachó con suavidad hasta alcanzar la altura de su rostro y poder besar el lunar que adornaba su amplia frente y luego también su boca mientras acariciaba el cuerpo de aquella hermosa mujer, que también disfrutaba de los besos y de las caricias que recibía. Y también que se quitó la ropa con prisa, se acomodó en la hamaca y con la colaboración de su bella pareja copularon y realizaron, con mucha suavidad, movimientos sensuales que les daban mutua satisfacción. Rememoró que al compás y al ritmo del balanceo constante de la hamaca hicieron el acto sexual varias veces, como mariposas copulando en el aire. También recordó que en esa noche la luna llena brillaba en el firmamento y que los dos se quedaron tiernamente dormidos, entrelazados y llenos de placer.

Estos agradables recuerdos hicieron que José entrara en un estado de reposo profundo. Mientras dormía, los rayos del sol lo acariciaban y lo calentaban. Pasaron varias horas y ya era casi de noche cuando un niño pastor, que buscaba a una oveja perdida, lo despertó diciendo:

—¿No has visto a una oveja por aquí?

José despertó de su sueño con mucha calma y preguntó al pastor:

—¿Y tú no has visto a mi bella mariposa?

—Hay muchas mariposas en este lugar —dijo el chico—, pero a esta hora ya están durmiendo. Vuelan durante el día, no durante el atardecer. Lo que yo necesito es encontrar a mi oveja para llevarla al corral, para que también ella pueda dormir.

José se levantó, se puso el jersey de lana y el poncho de Tarabuco y preguntó al pastor:

—¿Cómo te llamas?

—Me llamo David Huanca, pero me dicen Awatiri.

Antes de la llegada de los españoles a América no había ovejas ni caballos en los alrededores del lago Titicaca y la llama cumplía las funciones de proveer de lana y carne y de transportar la carga. La llama, la alpaca, la vicuña y el guanaco pertenecen a la familia de los camélidos, que fueron domesticados en el entorno del lago. José había leído que estos mamíferos no se aparean de la forma en que lo hacen los equinos, los bovinos y casi todos los animales mamíferos, en que el macho monta a la hembra. En el caso de las llamas, y de todos los mamíferos camélidos, el acto de reproducción se realiza con la hembra recostada y el macho montado sobre ella. El apareamiento puede durar hasta cuarenta y cinco minutos. Otra diferencia con el resto de los mamíferos es que la hembra camélida no necesita estar ovulando, sino que el apareamiento hace que produzca los óvulos que son fertilizados por los espermatozoides del macho.

La llama tiene numerosas utilidades, pues las fibras de su lana se emplean para hacer costales, alforjas, arneses para caballos y otros utensilios de gran durabilidad. También sirven para la confección de ponchos, chalinas, tapices, alfombras, chompas, calcetines y otros productos artesanales. Otra función de la llama es la del transporte, pues posee una gran capacidad de carga que puede llegar hasta los 75 kilos. La carne de llama se consume fresca o secada al sol en forma de charqui. De su cuero se obtienen sogas y lazos de gran resistencia.

Cuando ya estaba a punto de oscurecer por completo encontraron a la oveja perdida. José se la puso sobre los hombros y siguió al pastor, que estaba muy contento porque con la ayuda de su nuevo amigo había encontrado a la oveja descarriada. Después de dejarla en el encerradero construido con piedras, entraron a la casa del pastor, también construida con piedras, donde José saludó a los padres del chico, quienes le invitaron a cenar y pasar la noche en su humilde vivienda.

David le despertó antes de que saliera el Sol, porque tenía que llevar a las ovejas y a las llamas a pastar en los alrededores de Copacabana y después ir al colegio. José le ayudó a conducir el pequeño rebaño, en el que estaba la oveja que había ayudado a encontrar. Después, el pastor le mostró el sendero, trazado por llamas y ovejas, que lo llevaría hasta el mirador de Copacabana que había tratado de alcanzar el día anterior. Quedaron en encontrarse al final de la tarde en el mismo lugar donde se habían conocido.

06

Del mirador al observatorio

Mientras caminaba por el sendero de ovejas y llamas hacia el mirador de Copacabana, José se acordó de que existen varias versiones sobre el origen de este nombre. Según una de ellas, ese lugar era llamado Ccota kjahuaña. En aimara *ccota* quiere decir 'lago', y *kjahuaña*, 'mirar', es decir, que el lugar era conocido con el Mirador del Lago. Esta interpretación tiene mucho sentido por la formación orográfica del lugar. El alto cerro, que hoy es llamado Calvario, es una cima que ofrece una vista extraordinaria del Titicaca, desde donde se puede contemplar la inmensidad, la belleza y la hermosura del lago navegable más alto del mundo.

Durante la colonización, los sacerdotes europeos trataron de convertir a los dioses incaicos en imágenes de los apóstoles cristianos y sus santos. Para desplazar los rituales que se realizaban en la cima del cerro que está próximo al puerto de Copacabana, las figuras que allí existían fueron sustituidas por catorce cruces que representan las estaciones del vía crucis y dieron al lugar el nombre de Calvario en alusión a la colina del Gólgota, próxima a Jerusalén, donde Jesús fue crucificado.

Como era Semana Santa, todo estaba lleno de peregrinos y comerciantes que venden miniaturas de casas de yeso y camiones de madera. Los romeros que visitan Copacabana compran estas miniaturas, pues existe la creencia de que la Virgen les beneficiará con una casa o un camión de verdad.

Después de contemplar durante algunos minutos la inmensidad y la belleza del lago sagrado, José decidió bajar del cerro Calvario por las graderías en las que había numerosos peregrinos y turistas. Al llegar a la plaza principal de Copacabana preguntó cómo podía llegar al cerro Kesanani y le explicaron que se encontraba a unos 600 metros hacia el sur. Tomó dos vasos grandes de zumo de naranja exprimido en el momento y se encaminó hacia la parte más alta de la colina, donde está el observatorio astronómico llamado Pachataka, palabra que en aimara quiere decir 'lugar donde se mide el tiempo'. En este sitio existen dos bloques paralelos de piedra que sirven para determinar las estaciones del año. Entre el 20 y el 23 de junio del calendario gregoriano, el Sol naciente proyecta un rayo entre las dos piedras y marca el inicio del año nuevo aimara, que coincide con el solsticio de invierno en el hemisferio sur.

Según cálculos astronómicos realizados por el Instituto de Física Cósmica de Bolivia, el observatorio fue construido alrededor del año 1700 antes de la era cristiana. Durante esa época, en la ribera oriental del lago Titicaca se desarrolló la cultura chiripa, que fue la que antecedió a la de los quechuas y a la de los aimaras y que tenía grandes conocimientos de agricultura y arquitectura. Las paredes de las habitaciones de las construcciones residenciales eran dobles y el espacio entre las dos era utilizado para almacenar alimentos, como si se tratara de una especie de armario empotrado de nuestros días. Las paredes dobles también servían para proteger el interior de las casas del frío de los Andes. Las puertas de entrada a las residencias, y también las interiores, eran corredizas y penetraban en una ranura hecha en la pared. Los muros de adobe estaban pintados y decorados con varios adornos, los pisos eran de tierra apisonada y compacta y los techos eran de paja.

José permaneció durante algún tiempo en el observatorio y se puso a pensar en la inmensa sabiduría de las culturas que habitaron en el entorno del lago Titicaca. Le parecía increíble y asombroso que los pueblos que vivieron en un lugar bastante inhóspito, donde hace mucho frío y donde la agricultura es muy limitada, fueran capaces de construir un observatorio de los cielos y un mirador para contemplar la belleza del lago más alto del mundo. Cuando vio a un niño que servía de guía a unos turistas a los que contaba detalles sobre el lugar, recordó que tenía que encontrar a David, comenzó el descenso y en el camino hacia el punto de encuentro decidió comprar un camión de madera con el que obsequiar a su amigo. Llegó casi al final de la tarde llegó y vio a David arreando sus ovejas. Dijo su nombre en voz alta y el pastor le respondió con un silbido muy agudo que resonó en todo el cerro y en el entorno del lago. Cuando se juntaron, José dejó el camión en el suelo, alzó a su amigo, que estaba muy alegre, le dio el camión de madera y lo abrazó con fuerza, como cuando un padre abraza a su hijo.

Llegaron al corral, encerraron a las ovejas y se pusieron a jugar con el camión de madera hasta que oscureció del todo y la luz de la Luna, que ya estaba cerca de ser llena, alumbró las siluetas de los dos amigos, que entraron a la casa muy contentos. Los padres del chico saludaron a José y preguntaron a David por el camión que tenía en las manos, a lo que respondió que se lo había regalado José y que un día manejaría su propio camión y llevaría a toda la familia a pasear.

Durante la cena, José contó el motivo de su visita al lago y preguntó cómo podía llegar a Yampupata, donde tenía que encontrar al balsero del Titicaca. Por coincidencias del destino, resultó que sus anfitriones conocían al balsero, pues era el padrino que hizo bautizar a David. Y también conocían al yatiri del Titicaca, que siempre les orientaba para que tuvieran una vida sana y próspera. Le explicaron que caminando por el sendero que David le mostraría al día siguiente, llegaría al lugar donde vivía el balsero del Titicaca, que se llamaba Juan Bautista.

Juan Bautista

07

El balsero del Titicaca

Jos“ comenz” a caminar bien temprano desde la casa de sus amigos en Copacabana hacia la península de Yampupata, una distancia de 18 kilómetros que son los que separan el puerto de la comunidad de pescadores del lago Titicaca. En el trayecto encontró a varias personas y todas lo saludaron e incluso algunas inclinaron la cabeza en señal de respeto. José correspondía al saludo levantando la mano derecha y con voz alta y alegre les decía: *Kunamastasa Jilata, Kullaka*, que quiere decir «¿Cómo estás, hermano?». Unos niños pastores que conducían ovejas caminaban en sentido contrario y se paró para jugar con ellos. Usaba su poncho en el juego, levantaba los brazos bien alto y escondía la cabeza bajo el poncho para parecer un bulto sin cabeza que se movía en todos los sentidos. Los niños se asustaban y comenzaban a gritar, pero entonces él sacaba de nuevo la cabeza y los brazos para alegría de los niños pastores.

No sabía dónde estaba el lugar exacto en el que vivía el hermano de Eulogio y tampoco sabía su apellido, de modo que preguntaba simplemente por el balsero del Titicaca, pero todos parecían saber de quién se trataba y le decían que tenía que continuar por la senda hasta encontrar el lago. Finalmente, después de caminar durante varias horas, José llegó hasta una pequeña casa que estaba al final del sendero, muy cerca del lago. Las paredes de la vivienda eran de piedra y el techo de totora. A pocos metros se veía el majestuoso lago Titicaca, donde estaba anclada una balsa de un tamaño mayor que las que había visto hasta ese momento. Llamó a la puerta varias veces hasta que se abrió y apareció un hombre corpulento que identificó como Juan Bautista, el balsero del Titicaca.

El hombre era muy alto y robusto. Su caja torácica era amplia, lo que indicaba que estaba completamente adaptado para respirar a gran altura, donde el oxígeno es escaso. Sus manos también eran grandes y sus brazos parecían gruesos. Por debajo del pantalón de lana de alpaca que llevaba se notaba que sus piernas estaban bien desarrolladas y musculosas. Y sus pies eran grandes y anchos, lo que le proporcionaría un excelente equilibrio. Su piel, de color cobrizo, brillaba bajo el sol radiante. Tenía la cabeza cubierta por un gorro con orejeras para protegerse del viento helado de los Andes. Su rostro era ancho y estaba descomunalmente marcado por cientos de líneas y arrugas que eran el resultado de pasar muchas horas expuesto al Sol; los pómulos eran sobresalientes, y la nariz, carnosa; y los ojos oscuros, casi negros, no muy grandes, pero de profunda mirada. Las arrugas estampadas en el rostro de aquel hombre corpulento serían capaces de asustar a muchas personas, pero la expresión que transmitía era de ingenuidad, simpleza e inocencia, aunque por momentos su mirada manifestaba susceptibilidad, suspicacia y, sobre todo, desconfianza.

El poncho de Tarabuco que José llevaba puesto pareció llamar la atención de Juan Bautista, que lo hizo pasar al interior de su humilde casa. Con voz muy suave y en aimara, el hombre preguntó dónde había encontrado aquel poncho. José, que estaba más interesado en mostrar el monolito que el yatiri del Titicaca le había dado, ignoró la pregunta, sacó la figura de su morral y la puso sobre la mesa. Juan Bautista inmediatamente la agarró y la levantó.

—¿De dónde lo has sacado? —preguntó con tono de sorpresa.

Le explicó que Eulogio se lo había dado para entregárselo. La estatua antropomorfa de piedra negra, de unos veinte centímetros de altura, fue el motivo principal para que el diálogo se iniciara entre ellos.

José comenzó la conversación relatando cómo conoció a Eulogio, a su esposa Encarnación y a su hijo Santiago. Contó, con lujo de detalles, todo lo que había sucedido desde el momento en que encontró a la familia en las escaleras que dan acceso al mercado Camacho, en la ciudad de La Paz, hasta el instante en que se despidieron en la plaza Murillo, frente al Palacio Quemado y el Palacio Legislativo de Bolivia. Juan Bautista prestaba mucha atención y José usaba sus mejores habilidades de narrador de historias para detallar minuciosamente todos los momentos del encuentro. La descripción que hacía incluía gesticulaciones, el sonido de palabras que fueron dichas durante los primeros minutos, en las escaleras de entrada al mercado Camacho, y hasta las muecas que hicieron sonreír a Santiago.

La narración del episodio en que la ventera de desayunos del mercado Camacho no quería que la familia de Eulogio se sentara a la mesa tomó vida cuando José gritó y vociferó las mismas palabras que había dicho en aquella ocasión: «Ellos se van a sentar a la mesa, y usted los va servir de la misma forma que sirve a todos sus clientes, y si no lo hace así le derrumbo toda la tienda». Al escuchar aquel grito tan agudo, Juan Bautista se asustó y se puso en pie. Luego, cuando se dio cuenta de que se trataba de una parte del relato del encuentro entre la familia de Eulogio y José, se puso a reír a carcajadas y le pidió que repitiera una y otra vez esa parte de la historia, ante la que se reía mucho cada vez que la escuchaba.

También le contó el pedido del desayuno, que consistió en seis pasteles, siete marraquetas con mantequilla, ocho llauchas con queso, tres apis grandes, una taza de leche y una bolsa de galletas para Santiago. Y le explicó que casi se quema la boca al tratar de comer el pastel frito, lo que fue otro motivo para que Juan Bautista se riera. El ambiente ya estaba distendido, pero cuando José comenzó a relatar la lectura de las hojas de coca, también con lujo de detalles, lo hizo con mucha seriedad. Le dijo que el motivo por el que estaba en el lago Titicaca era visitar la isla del Sol y la isla de la Luna de acuerdo con las instrucciones que el yatiri del Titicaca le había dado. Y también hizo un relato detallado de los encuentros sexuales que mantenía en noches de luna llena y de la conclusión a la que había llegado, es decir, que la luna llena era la razón de sus conquistas.

Poco a poco, Juan Bautista empezó a tener más confianza en el nuevo amigo que su hermano había enviado y comenzó a conversar con él. Lo hacía con mucha calma, con mucha tranquilidad, con una forma de hablar muy diferente a la de José, pues este lo hacía con mucha rapidez y gran agitación. Por momentos el corpulento pescador hablaba en aimara, la lengua que él prefería, pero en otros lo hacía en castellano, lo que era una manera de mostrarse gentil y educado con su nuevo amigo. Juan Bautista le contó pausadamente cómo consiguió el monolito que ahora estaba de nuevo en sus manos.

—Durante una noche de luna llena en que fui a pescar, solté la red como de costumbre y al arrastrarla noté que tenía un peso muy superior al que estaba acostumbrado. Pensé que la cantidad de peces que había atrapado era grande, y para no romper la red la fui sacando hacia la balsa poco a poco, con mucho cuidado y suavidad. Fue mucha mi sorpresa cuando vi que no había ni un pez y que en la red tan solo estaba este pedazo de piedra que tú llamas monolito. Lo puse en la balsa y continué pescando. Esa noche conseguí tanto pescado que tuve que parar, pues ya no me cabían más peces. Como no sabía lo que era esta piedra que había sacado del lago, se la mostré a mi hermano Eulogio, que inmediatamente se puso a rezar, pues dijo que es una piedra sagrada que fue tallada por nuestros antepasados y me pidió que se la entregara, pues él la usaría para ayudar a personas con problemas.

La historia intrigó a José, que cogió el monolito con cuidado y se puso a examinarlo con mucha atención, con gran interés y con todo detalle. La figura era pequeña y cabía en la palma de la mano, pero tenía que asirla con las dos porque pesaba mucho. En los estudios sobre el lago Titicaca que había realizado antes de su viaje leyó que el monolito de Pokotia es una estatua antropomorfa de piedra, de un metro y medio de altura, que fue descubierta alrededor de 1960 en Pokotia, a unos dos kilómetros aproximadamente de la ciudad de Tiahuanaco. El monolito que ahora estaba en sus manos era exactamente igual al de la descripción que había leído, por lo que llegó a la conclusión de que la figura que Juan Bautista había extraído del lago Titicaca era una versión en miniatura del monolito de Pokotia. Lo que le intrigaba era el peso de lo que parecía ser piedra, por lo que supuso que era de plomo y que estaba negro debido a la oxidación.

Recordó haber leído también que el monolito de Pokotia tiene inscripciones realizadas con símbolos de características geométricas pictográficas. Estos símbolos son conocidos como *quillcas*, que son pictogramas, petroglifos o signos ideográficos. Según una interpretación, las *quillcas* que aparecen en el monolito de Pokotia explican que más o menos al mismo tiempo que Manco Kapac y Mama Ocllo aparecían en las aguas del lago, desaparecía del cielo una estrella que estaba junto a la Cruz del Sur. La explicación dada por algunos investigadores es que los habitantes de ese planeta, en la galaxia de la Cruz del Sur, enviaron a la Tierra una nave en la que viajaban Manco Kapac y Mama Ocllo con la misión de habitarla, pero cayó en el lago Titicaca. Esta es una posible explicación del presunto origen extraterrestre de los pueblos que habitan los alrededores del lago sagrado.

Juan Bautista quedó fascinado con la historia que José le contó sobre el monolito y continuó hablando en voz baja y pausada. De nuevo preguntó dónde había encontrado el poncho que llevaba, que era muy vistoso por los colores, la forma y el tamaño y, sobre todo, porque tenía un símbolo que le era familiar, la chacana. José comentó que había notado que el poncho de Tarabuco llamaba mucho la atención y que muchas personas se quedaban contemplándolo, pero que pensaba que se debía a sus intensos colores. Le explicó con lujo de detalles cómo había conseguido el poncho y lo que le sucedió en Tarabuco, cuando acompañado de Mercedes Goicoechea Corrales, que era una mujer descendiente de los yamparas y agente de la CIA, le ofreció el poncho que ahora usaba todos los días y que había sido testigo de sus encuentros amorosos en noches de luna llena.

El relato que hizo sobre el poncho fue completo y minucioso e incluyó varios detalles de sus encuentros sexuales en noches de luna llena, en los que el poncho de Tarabuco había servido de cama. Parecía que al balsero no le interesaban estos pormenores, pero cuando José comentó que el yatiri del Titicaca le había dicho que tenía que lavar el poncho en las aguas del lago sagrado, Juan Bautista se puso en pie y dijo: «Vamos ahora a lavar tu poncho, así dará tiempo de que se seque hasta la noche». Salieron los dos de la habitación y fueron hasta la orilla del lago, donde José se quitó el poncho, los zapatos y las medias.

El contacto con el agua fría le llenó de energía y decidió quitarse el resto de la ropa para meterse en el lago completamente desnudo. Y sumergió el poncho de Tarabuco en el agua del Titicaca para lavarlo, conforme le había instruido el yatiri.

Juan Bautista, que observaba desde la orilla todos los movimientos que realizaba, se acordó de las tres hojas de coca que el yatiri había entregado a José para que soltara una en el lago sagrado, otra en la isla del Sol y la tercera en la isla de la Luna. Llamó a su amigo y este regresó a la orilla, donde había dejado la ropa, buscó su billetera y notó que una de las hojas que había guardado sobresalía en medio de los documentos y el dinero que tenía. La agarró suavemente, regresó al lago y puso la hoja de coca sobre las tranquilas aguas. La hoja flotó y se fue alejando despacio. Después de unos segundos, se formó de pronto un remolino y la hoja de coca desapareció. En ese momento José sintió un alivio extraño en su cuerpo, como si le hubieran quitado un peso de encima, como si su piel se hubiera despojado de muchas escamas, como si hubiera eliminado varios kilos de más y, sobre todo, como si su mente hubiera expurgado pensamientos no necesarios.

A los pocos minutos salió del agua y Juan Bautista le entregó ropas de lana de alpaca para que se vistiera. El poncho de Tarabuco ya estaba limpio y reluciente y quedó extendido sobre unas piedras tocadas por los rayos del sol para que se secara, junto a las otras prendas que también habían sido lavadas. Después regresaron a la casa de piedra, donde los dos amigos se pusieron a conversar como si lo fueran de mucho tiempo.

Las Sirenas del Lago Sagrado

08

Las sirenas del lago

Se estaba haciendo de noche y Juan Bautista comenzó a preparar la cena. Mientras encendía el fuego, contó la leyenda de dos hermosas sirenas mellizas que aparecían en el lago Titicaca en las noches que anteceden a la luna llena. De acuerdo con las informaciones que tenía, las dos sirenas eran exactamente iguales, hasta el punto de que no se sabía si las personas que las describían habían tenido visiones o estaban borrachas y veían doble. Ya fueran una o dos sirenas, tenían el poder de atraer a los hombres con sus melodiosos cantos. Los que se aproximaban a ellas eran atrapodas, llevados al fondo del lago y forzados a tener relaciones sexuales con el objetivo de ser fecundadas para reproducir su especie. Al día siguiente, cuando el Sol comenzaba a brillar, los hombres que se habían sometido a las tentaciones de las sirenas aparecían en la orilla del lago sin testículos y sin su órgano viril. Los que no morían quedaban locos para el resto de sus vidas.

José había leído sobre Quesintuu y Umantuu, que eran dos hermanas gemelas con las cuales pecó Tunupa, una deidad andina. Él no creía en ese tipo de historias, pero deseaba, ambicionaba y anhelaba tener relaciones sexuales con mellizas, sobre todo si eran gemelas idénticas, pues pensaba que sería una oportunidad para cumplir su deseo. Comentó con Juan Bautista que le gustaría encontrar a las sirenas del Titicaca, verlas y hasta tocarlas. El balsero, que creía con fervor en todos los mitos de su pueblo, reaccionó asustado, asombrado y temeroso, se llevó las manos a la cabeza y dijo:

—No voy a dejar que hagas esa locura. Sería tu muerte, o lo que es peor, perderías tus órganos sexuales, y sé muy bien que no quieres que pase eso.

José era un romántico obstinado, empecinado y libidinoso y seguramente sucumbiría, se sometería y se entregaría fácilmente a la seducción y al encantamiento de las sirenas, por lo que sería una presa fácil para ellas. Recordó que en la mitología griega el personaje de la *Ilíada*, Ulises, que también es conocido como Odiseo, se hizo amarrar al mástil de la embarcación en la que viajaba para vencer la atracción de las sirenas y poder atravesar el peligroso estrecho entre Escila y Caribdis. José permaneció fijo en su propósito y en su determinación de enfrentarse a la seducción de las sirenas, y después de conversar con Juan Bautista durante un rato, en el que incluso le habló de la *Ilíada*, consiguió convencerlo de que lo atara a la parte delantera de la embarcación de totora, que se encontraba anclada en la orilla del lago. De esta forma podría ver las sirenas sin aproximarse a ellas y sin que lo pudieran atrapar y transportar al fondo del Titicaca.

Antes de que oscureciera del todo, los dos hombres fueron hasta la embarcación y el extremo delantero fue utilizado para amarrar a José. Con gruesas cuerdas trenzadas con lana de llamas, el balsero ató a su amigo, regresó corriendo a casa, trancó la puerta y se puso a terminar la cena.

La Luna comenzó a iluminar las orillas del lago y fue entonces cuando José pudo escuchar el seductor canto de las criaturas que Juan Bautista le había mencionado. Primero percibió un encantador murmullo que fluía en el aire con inmensa dulzura y musicalidad. Poco a poco, a medida que la luz de la Luna iluminaba progresivamente el lago, el murmullo se convirtió en hipnóticos susurros emitidos por las provocativas bocas de las encantadoras criaturas. Después de un tiempo, por fin pudo ver a las sirenas del Titicaca. Tenían una extraordinaria apariencia, con cabellos muy largos y ondulados, pero no brillantes. Se esforzaba en distinguir sus semblantes y sus facciones, pero solo le era posible determinar sus siluetas y sus perfiles. Pudo entrever los senos de las dos mujeres, que eran visiblemente redondos, firmes, con grandes areolas circulares que adornaban los erguidos pezones. Las cejas eran gruesas y tupidas; las narices, respingadas, finas y altas; las bocas, muy sensuales, con los labios pulposos y voluminosos. Parecían idénticas a los seres humanos, pero no podía divisar las piernas ni ver sus pies. Notó que cuando se trasladaban de un lugar a otro lo hacían con rapidez y meneando las caderas de la misma forma que lo hacen las mujeres cuando quieren llamar la atención de los hombres, pero también como lo hacen los peces cuando se deslizan bajo el agua.

Las dos bailaron varias veces en perfecta sincronía. Sus movimientos primero fueron sensuales, pero después se convirtieron en exóticos, insinuantes y provocadores. Toda la exhibición tenía como único objetivo sugerir la unión sexual. Sus ojos brillaban con la luz de la Luna y transmitían una picardía lujuriosa que resultaba casi imposible de soportar. La Luna mostraba que su piel era extremadamente blanca, como si nunca hubiera sido tocada por los rayos del Sol. El torso de las dos era arqueado y mostraba un marcado atractivo sexual.

La sensación hipnótica de los cantos libidinosos de las sirenas del Titicaca surtió efecto. José quería liberarse de las fuertes ataduras que el balsero había hecho a petición suya, pero no podía. Las sirenas insistían para que se soltara de las cuerdas y se sumergiera en el agua con ellas. Continuaron cantando con voces tiernas y agradables mientras él intentaba inútilmente deshacer las ataduras que Juan Bautista había hecho.

Al mismo tiempo que deseaba entrar en el agua para poder tocar a las seductoras sirenas, quería vencer a la seducción. Pensaba que si Ulises lo había hecho, también él lo conseguiría. Pero su voluntad, y sobre todo las ataduras del balsero hecho, no permitieron que entrara en el agua. Estaba decidido a triunfar en la batalla que haría posible encontrar los sentimientos y estaba soportando el canto de las sirenas que representaba el poder del hechizo, del espejismo, de la tentación y de la seducción. Necesitaba descubrir la diferencia entre el deseo carnal y el verdadero amor. Tenía que vencer en la lucha interna entre el afecto y el erotismo. Debía aprender a distinguir entre el cariño y el apetito sexual.

Las sirenas desaparecieron cuando la Luna se escondió tras las montañas. La luz del Sol comenzó a iluminar el lago y José se sintió maravillado por el espectáculo, al mismo tiempo que estaba sorprendido, atónito, desconcertado y estupefacto por lo que había pasado esa noche. Las sirenas mellizas representaban el poder maligno y el hechizo capaces de apartar al hombre de su camino, de su ruta y de su objetivo. Y llegó a la conclusión de que el sexo no debía ser el aspecto principal de su vida, sino algo secundario, una consecuencia del amor, y no lo contrario.

09

La isla del Sol

Juan Bautista llegó a la balsa después de que Sol apareciera por completo en el horizonte para estar seguro de que las sirenas del Titicaca ya no estaban cerca. Cuando se dio cuenta de que José había sobrevivido al asedio, al acoso y a la tentación de copular con las sirenas, se puso muy contento, soltó las ataduras que el día anterior había hecho para evitar que las ninfas acuáticas, con busto de mujer y cuerpo de pez, llevaran a su amigo al fondo del lago y lo dejaran sin sus órganos viriles. José estaba muy cansado, agotado, exhausto y debilitado, así que cuando el balsero desató las cuerdas que lo sujetaban se desvaneció, se desplomó y entró en un sueño profundo. Juan Bautista lo acomodó y lo tapó con el poncho de Tarabuco, que estaba limpio y reluciente, izó la vela de su embarcación y con la ayuda de los remos inició el recorrido para atravesar el estrecho de Yampupata. Son aproximadamente ochocientos metros de aguas tranquilas y cristalinas los que separan la bahía de Copacabana de la isla del Sol. Para permitir que su amigo descansara durante un buen rato, Juan Bautista dejó que la balsa se deslizara suave y tranquilamente sobre las mansas aguas del lago mientras soltaba la red para pescar.

Después de navegar durante un par de horas llegaron a Saxamani, que es el principal puerto de la isla del Sol. Cuando José despertó, el balsero le ofreció agua fresca en una vasija de barro con dos asas y cuello estrecho, que agarró con desesperación para beber todo su contenido con avidez, pues estaba sediento y deshidratado. Juan Bautista también le dio un plato de barro con quinua hervida y varias bogas fritas, que son peces que viven en el lago Titicaca. José devoró el pescado y toda la quinua y preguntó si había más, lo que el balsero negó con la cabeza mientras le advertía de que no comiera mucho, pues su día estaría lleno de actividades.

La balsa estaba repleta de pescado y Juan Bautista comentó que hacía mucho tiempo que no conseguía tantos peces de buena calidad. Dijo también que había puesto en la embarcación el monolito que años antes había sacado del lago y que seguramente por ese motivo había conseguido tanto pescado que podría vender en Copacabana, porque había mucha demanda durante la Semana Santa. Con voz muy clara y suave, Juan Bautista continuó hablando y dijo:

—Has sido muy valiente y has sobrevivido a las tentaciones de las sirenas del Titicaca. Ellas han sido vencidas y no volverán a aparecer durante muchas lunas. Pero hoy tienes otro gran desafío aquí, en Intikjarka: tienes que subir el cerro y caminar hacia el norte sobre la cresta. He preparado comida para que pases el día.

José sabía que Intikjarka es la palabra que en aimara se usa para referirse a la isla del Sol. Está formada por los términos quechuas *inti,* que quiere decir 'sol', y *kjarka,* que significa 'peñasco'. Levantó la cabeza despacio y observó el empinado cerro Choquesani, cuyo relieve es bastante accidentado pero con muchas terrazas niveladas. Los pueblos que habitaron el entorno del lago Titicaca construyeron terrazas en los cerros con el fin de aprovechar las laderas de las montañas para cultivar papa, oca, quinua y maíz.

Mientras se preparaba para bajar de la balsa, Juan Bautista le entregó una bolsa de tela en cuyo interior había mote, que son granos de maíz cocidos que aportan mucha energía, oca cocida, que es un tubérculo nutritivo muy rico en carbohidratos, y quesillo de leche de cabra, que contiene muchas proteínas. Le dio también, con la misma suavidad con la que siempre hablaba, algunas instrucciones y consejos:

—Estamos en el lado sur de la isla. Primero llegarás a la comunidad de Yumani, pero no te distraigas conversando con los pobladores, pues has de seguir caminando por el sendero hasta llegar a la roca sagrada. Tienes que detenerte en las tres fuentes y beber mucha agua de cada una de ellas, con bastante calma, saboreándola y manteniéndola en la boca para poder apreciar sus cualidades. Camina después por el sendero hasta llegar al final, donde encontrarás el laberinto de la Chinkana, del que lograrás salir solo cuando hayas cumplido lo que el yatiri del Titicaca te mandó, es decir, dejar la segunda hoja de coca. Yo voy a llevar el pescado a Copacabana y luego seguiré pescando, pero al final de la tarde estaré en la playa que encontrarás al salir de la Chinkana.

José guardó los alimentos, se despidió de Juan Bautista, se bajó de la balsa de totora y comenzó a caminar. Primero visitó el palacio de la Pilkokaina, que es una edificación levantada con piedra tallada. Esta inmensa construcción era la residencia temporal del Inca cuando visitaba la isla del Sol. En sus paredes existen varios nichos trapezoidales que sirvieron para colocar las huacas, los ídolos sagrados de los quechuas y los aimaras. En algunos casos las huacas eran momias de antepasados y existía la costumbre de sacarlas a pasear en procesiones durante el equinoccio de junio. Esta tradición se ha mantenido hasta nuestros días, aunque las imágenes de los santos han sustituido a las momias.

Observó que todas las puertas de la Pilkokaina se abren hacia el este, en dirección al nacimiento del Sol, excepto la puerta principal, que lo hace hacia el noroeste, donde está situado el Nevado Illampu. Esto se debe a que el Nevado Illampu está considerado un lugar sagrado en el que habitan los Achachilas, que son los espíritus protectores de las comunidades.

Descansó durante unos minutos en el palacio de la Pilkokaina y percibió que recibía una inmensa cantidad de energía que alimentaba tanto su cuerpo como su espíritu. A pesar de no haber dormido durante la noche anterior, sentía una fuerza corporal y una claridad mental que no había experimentado antes. Era conocedor de que el planeta es capaz de irradiar una forma de energía que es físicamente palpable y que crea los terremotos, y también de que genera una energía espiritual que solo es captada por algunas personas. La energía que emana de la Tierra, y también la de la Luna, tiene polaridad negativa, mientras que la del Sol es positiva. Por alguna extraña razón que José no había conseguido descubrir, en las noches de luna llena su cuerpo irradiaba una gran cantidad de energía positiva, que es característica del sexo masculino, y esto era lo que atraía a las mujeres, que están cargadas de polaridad negativa. Sabía también que para una vida normal es muy importante que exista equilibrio entre estas dos energías y eso era justamente lo que necesitaba y esperaba encontrar en el entorno del lago Titicaca.

Después de descansar en el palacio de la Pilkokaina, continuó subiendo por la escalinata empedrada hasta llegar a un lugar que es conocido con el nombre de las Tres Fuentes Sagradas, en el que hay tres vertientes de las que fluye agua muy clara y cristalina. El agua de cada uno de estos manantiales tiene un sabor diferente y cumple un objetivo distinto. Recordó entonces que el balsero le había dicho que debía tomar el agua de cada fuente con mucha calma y tranquilidad y saboreándola despacio. El agua de la primera vertiente tenía un sabor dulce, pues es la que ayuda a purificar el espíritu. El agua de la segunda tenía un sabor amargo, ya que es la que mejora la salud. Y el agua de la tercera, que fluía en mayor cantidad, no tenía ningún sabor, pues es el agua de la vida. José tomó mucha agua de cada uno de los manantiales hasta quedar satisfecho y saciado.

Lleno de energía, continuó subiendo la empinada montaña hasta llegar a la cresta del cerro, desde donde pudo contemplar todo el perímetro de la isla. Se sentó en una roca, observó la inmensidad del lago y admiró las aguas azules, que en el horizonte parecían besar las nubes blancas del cielo. El firmamento tenía un color tan intensamente celeste que, entrelazado con el resplandor del Sol, causaba un pequeño fastidio en la vista, lo que le obligaba a cerrar los ojos de vez en cuando. Después de meditar y pensar detenidamente en las sensaciones que su cuerpo y su mente sentían, continuó caminando por el sendero Willka Thaki, que es conocido en castellano como la ruta sagrada de la eternidad del Sol. Este sendero está en la cumbre del cerro Choquesani, que tiene una altitud de más de 4000 metros sobre el nivel del mar. Después de caminar durante un par de horas, en las que disfrutó de la belleza del lago y respiró el aire puro de los Andes mientras el Sol acariciaba su piel morena, se detuvo para comer lo que Juan Bautista había preparado. Los granos de maíz estaban bien cocidos, con textura suave y sabor semidulce, y el queso de leche de cabra era bastante cremoso y salado. La combinación del maíz y el queso producía un sabor equilibrado que deleitaba su paladar al mismo tiempo que satisfacía su apetito.

El descenso del sendero Willka Thaki fue rápido y llegó a una construcción semisubterránea que tiene muchos pasillos que conducen a salas con varias puertas de acceso, que a su vez se abren hacia corredores que se bifurcan. Este laberinto es conocido como la Chinkana y tiene la finalidad de producir momentos de meditación, reflexión e introspección. José estaba muy sorprendido de no sentir cansancio a pesar de haber caminado unos veinte kilómetros, pero se mantenía dispuesto a recorrer otro tanto. Una vez dentro de la Chinkana recordó una de las instrucciones del yatiri acerca de dejar una de las hojas de coca en ese lugar. Sacó de su billetera una de las dos hojas que quedaban y se puso a buscar el lugar apropiado para dejarla. En pocos minutos vio un agujero profundo en el suelo, junto a una de las paredes. Se aproximó, notó que el hueco aspiraba el aire, colocó la hoja de coca cerca del orificio y en unos segundos desapareció en las profundidades de la tierra.

Al final de la tarde, justo cuando comenzaba a anochecer, salió del laberinto de la Chinkana y vio que Juan Bautista se acercaba al pequeño puerto con su balsa repleta de pescado.

10

La isla de la Luna

Estaba muy cansado después de haber pasado el día caminando por la isla del Sol, con mucha hambre y mucha sed. Subió a la balsa y Juan Bautista le mostró el lugar donde estaba guardada la tinaja de barro con agua fresca. También le dio un plato de barro con quinua, papa y pescado frito. José bebió mucha agua, comió todo el contenido del plato, se acomodó en la pequeña balsa y durmió profundamente. Mientras tanto, Juan Bautista fue al puerto de Copacabana, donde descargó el pescado, ancló la balsa y también durmió.

Para cuando el Sol comenzó a iluminar las tranquilas aguas del lago sagrado, Juan Bautista ya estaba navegando. La travesía del puerto de Copacabana a la parte oriental de la isla de la Luna fue tranquila, pero José despertó un poco alborotado y preguntó dónde estaban. El balsero le dijo que habían llegado a la isla, donde tenía que subir hasta lo más alto de la montaña. Era un excelente lugar para contemplar la imponente y formidable belleza del lago sagrado, para observar la grandiosidad de los nevados de la cordillera de los Andes y para ver en la noche la luna llena. Juan Bautista regresaría a su casa y al día siguiente lo recogería en el otro lado de la isla.

La isla de la Luna es un lugar muy apacible, placentero, sosegado y tranquilo; el panorama, el paisaje y la perspectiva que se ve del horizonte aportan una vista sensacional, admirable y magnífica. Desde el momento en que José puso los pies en la orilla comenzó a sentir una inmensa paz, una enorme tranquilidad y una serenidad casi absoluta. El ruido que las pequeñas olas hacían al acariciar las piedras de la playa estaba acompañado del suave trinar de cientos de pajaritos que se aproximaban a las orillas para beber agua y comer los pequeños moluscos que aparecen después de las noches de luna llena.

Muy cerca de la playa había varios arbustos cuyas flores, de forma acampanada, son muy vistosas y de colores variados. Estas flores tienen el nombre de *cantuta*. Hay una especie que tiene tres colores:

rojo intenso, amarillo oro y verde oscuro, que son los colores de la bandera de Bolivia, motivo por el que la cantuta es una de las flores nacionales del país. La otra flor nacional de Bolivia es el patujú, que también tiene los colores rojo, amarillo y verde.

José había leído acerca de la gran influencia que tiene la Luna sobre el lago Titicaca, hasta el punto de que produce mareas que hacen aumentar casi un metro el nivel del agua. Este hecho le hizo meditar sobre la influencia que la luna llena tenía sobre él y reforzaba el motivo por el que los quechuas, los aimaras y muchas otras culturas veneran a la Luna. Estaba muy contento, pues pasaría la noche a cuatro mil metros de altitud, es decir, que estaría más cerca del satélite natural del planeta Tierra que tanta influencia tenía sobre su cuerpo y su mente.

No se imaginaba que la isla de la Luna, también conocida por el nombre de Koati, hubiera sido alguna vez una prisión para sus camaradas. En 1972, el dictador Banzer mandó llevar a la isla de la Luna a presos políticos, en su mayoría estudiantes. Después de permanecer mucho tiempo aislados, convencieron a varios balseros para que los llevaran al Perú, donde pidieron asilo.

Caminó por las playas desiertas de la isla y después comenzó a subir el cerro hasta llegar a una planicie en forma de anfiteatro, donde está el Iñak Uyu o templo de las Vírgenes del Sol. En este templo vivían las *ñustas,* que en quechua quiere decir 'princesas', adolescentes vírgenes escogidas para ser las esposas de los soberanos del imperio incaico. Estas jóvenes aprendían varios oficios y tejían prendas de lana de llama y alpaca. Eran guiadas por una mujer mayor, casi anciana, a quien llamaban Mamá-Cuna, que era la suma sacerdotisa que las recluía y vigilaba.

En tres de los lados del patio rectangular hay varias habitaciones cuyas puertas parecen grandes nichos. Esta construcción forma parte del templo dedicado a la Luna. Según la leyenda, fue en esta isla donde el Viracocha ordenó a la Luna que comenzara su recorrido por el cielo. José había leído que en el centro del patio se encontraba una estatua de mujer, con cabeza y pecho labrados en oro y el resto del cuerpo en plata, pero fue robada por los invasores españoles. También hay una leyenda según la cual las paredes y los techos de estas construcciones estaban cubiertos de planchas pulidas de plata que, en las noches de luna llena, reflejaban la luz para iluminar las aguas del lago sagrado.

Caminaba cuesta arriba y al mismo tiempo apreciaba los picos nevados de la majestuosa Cordillera Real de los Andes que se alzan en el horizonte en contrapunto con las aguas azules del Titicaca. Se detuvo en varias ocasiones, tanto por el cansancio como para poder disfrutar de la belleza natural, y llegó a la cima al mismo tiempo que el crepúsculo vespertino se aproximaba. El Sol se escondió, la luna llena surgió entonces en el horizonte y su luz convirtió el color azul vibrante de las aguas del lago sagrado en un plateado intenso. A la vez que observaba este fenómeno percibía una energía interna que nunca había sentido antes. Amontonó pajas que estaban desperdigadas en los alrededores y preparó una especie de cama. Se sentó despacio, apoyó el cuerpo sobre una piedra y se cubrió con el poncho de Tarabuco que brillaba bajo la intensa luz de la Luna. Era tanta la belleza de la luna llena que hubiera querido dormir con los ojos abiertos para poder admirar su esplendor durante la noche. Poco a poco se fue colocando en posición horizontal hasta quedar profundamente dormido. Las pajas de totora relucían como hilos de plata sobre las piedras, el viento helado de los Andes acariciaba su rostro, el poncho de Tarabuco le protegía del frío y los dibujos simétricos de las trece chacanas resplandecían bajo la luz de la luna llena. Las montañas coronadas de la nieve blanca de los Andes, las silenciosas piedras que le servían de almohada y las pajas de totora que formaban su cama fueron testigos silenciosos de lo que estaba sucediendo.

En ese ambiente, bajo un cielo transparente, respirando el aire cristalino de los Andes y durmiendo con una tranquilidad angelical, José soñó que la Luna le hablaba y le decía:

Soy la diosa Luna.
Soy la consciencia femenina.
De mí fluye el amor.
No tengo luz propia, reflejo la luz del Sol.
También reflejo todos los aspectos de la vida.
La Madre Tierra nutre el cuerpo.
Yo alimento el espíritu.
Soy el alma de la Madre Tierra.
Mi amor siempre está fluyendo.
Tu amor también debe fluir.
Tú has absorbido algunas de mis cualidades y
las llevas en la profundidad de tu ser.
Tienes que aprender a encauzar tus sentimientos.
No busques el sexo, busca el verdadero amor.
Descubre el afecto, la ternura y el cariño.
Sobre todo, aprende la diferencia que hay
entre el sentimiento del amor y el deseo sexual.

La noche transcurrió tranquila. La Luna continuó su camino, se escondió tras las montañas y el Sol brilló sobre el lago Titicaca hasta devolver el tono azulado a sus aguas y el color dorado a la paja que le había servido de cama. José se despertó muy sereno y tranquilo, abrió sus ojos despacio, con mucha calma y absoluta suavidad, como queriendo prolongar el sueño agradable que había tenido. Era como si algo nuevo estuviera naciendo dentro de él.

En los días y noches que había pasado en torno al lago Titicaca había conseguido asimilar la sabiduría de los Andes, la conciencia fluida de las aguas y la iluminación sentimental de la Luna. Veía todo lo que estaba a su alrededor con absoluta claridad. Su respiración era pausada, inhalaba el aire cargado de iones negativos, lo que aumentaba su relajación física, ampliaba su serenidad mental y fortalecía su sosiego espiritual. Se levantó con mucha tranquilidad mientras contemplaba la intensidad del color azul del lago, lo que agrandaba su paz interior.

Sacudió las pajas del poncho y se dirigió hacia el local donde Juan Bautista lo estaría esperando. El ritmo de sus pasos era rápido, tanto por el declive acentuado del terreno como por su impaciencia por reunirse con su amigo y contarle lo que había soñado. Mientras caminaba se iba preguntando a sí mismo acerca de lo que había sido su vida hasta entonces. En ese mismo instante, una chinchilla, que es un conejo nativo de los Andes, saltó de entre los arbustos y echó a correr ante él. José se detuvo bruscamente y respondió a su `propia pregunta: «Estoy huyendo de mí mismo», dijo en voz alta. Su voz retumbó en la montaña y el eco repitió varias veces la última palabra. Había encontrado la respuesta que buscaba. Un escalofrío estremecedor recorrió su cuerpo desde la punta de los dedos de las manos hasta la punta de los dedos de los pies. Su cuerpo temblaba, tanto por la emoción interna como por el frío externo. Se mantuvo en posición estática durante unos segundos porque debía procesar simultáneamente los pensamientos, los sentimientos y las sensaciones por los que había pasado en los días y noches anteriores y por la belleza del entorno que lo rodeaba. Observaba el ambiente que lo envolvía y sus pupilas distinguían todas las tonalidades de los colores de la naturaleza. Contemplaba el celeste del cielo, el blanco de las nubes, el azul del agua, el amarillo de la paja, el verde de los pequeños arbustos, el café del tronco de los árboles y el gris de las piedras y todos los colores se mezclaban en su mente hasta producir una mágica sensación. Había descubierto lo que buscaba, sabía hacia dónde se dirigía. Caminaba hacia sí mismo. No estaba detrás de las cosas, sino dentro de las cosas.

Después de permanecer inmóvil durante unos segundos comenzó a caminar de nuevo, pero esta vez lo hizo con lentitud, con calma, con serenidad y con seguridad. Meditaba y se decía a sí mismo:

«Qué tonto he sido, no he sabido interpretar los signos, ni los símbolos, ni las señales que la vida me ha mostrado. Es como si hubiera despreciado las letras y solo hubiera querido comprender las palabras, sin aceptar que estas son posibles porque existen las letras que las forman. He escuchado la música sin pensar que es posible porque existen las notas musicales. He visto las montañas sin fijarme en los millones de piedras que las constituyen. He respirado el aire sin pensar que está compuesto de oxígeno, ozono y otros gases nobles. He bebido el agua sin entender que el líquido vital para los seres vivos está formado por dos átomos de hidrógeno y uno de oxígeno. He despreciado las pequeñas cosas que me rodean sin comprender que la felicidad es la suma de todas ellas. He querido huir de los sentimientos sin aceptar que son ellos la razón de nuestra vida y de nuestra existencia».

Una amplia sonrisa se dibujó en su rostro. Continuó caminando, pero ahora ya lo hacía con pasos lentos y seguros mientras en su mente se formaban los siguientes pensamientos:

«Hasta hoy he huido de mí mismo, he tenido miedo de mí mismo y al escapar de mí mismo me he perdido. Ahora estoy encontrando el camino, estoy descubriendo que lo importante no es llegar al destino, sino disfrutar del camino. A partir de hoy quiero disfrutar de cada paso que doy, quiero regocijarme con las cosas que veo y quiero deleitarme con el paisaje del camino sin importarme el destino al que me dirijo. Todos tenemos el mismo destino, que es la muerte, pero lo que nos diferencia a unos de otros es la forma en que viajamos hacia nuestro destino final».

Se detuvo de nuevo y cerró los ojos con fuerza, como lo había hecho al salir del edificio de la universidad, pero esta vez no vio destellos, sino que sintió una inmensa paz, una inconmensurable tranquilidad, una colosal tranquilidad y una grandiosa serenidad. Llegó a la conclusión de que hasta ese momento solo había corrido sin sentido para ganar tiempo al tiempo y espacio al espacio con el fin de hallar nuevas sensaciones para su cuerpo, que había utilizado para deleitar sus sentidos mientras abandonaba sus sentimientos. Siguió caminando hacia el lugar donde se encontraría con Juan Bautista y pensó que tanto el yatiri como el balsero le habían hecho descubrir una nueva dimensión de su existencia. Junto al lago Titicaca había descubierto los sentimientos, había comprendido las emociones y había aprendido a interpretar las sensaciones.

Andaba con absoluta firmeza y seguridad, como quien sabe a dónde tiene que ir, cómo debe proceder, qué tiene que hacer y, sobre todo, como quien entiende y comprende lo que siente. Respiraba lenta pero profundamente, absorbía todo el oxígeno que cabía en sus pulmones, esperaba varios segundos antes de exhalarlo y todo lo hacía con mucha suavidad. Miraba a su alrededor como si estuviera viendo el mundo por primera vez. Percibía el ambiente que lo rodeaba en sus mínimos detalles.

A los pocos minutos vio que la balsa de totora de Juan Bautista se aproximaba a la orilla del lago. El balsero del Titicaca arrimó la balsa al muelle y José subió a la embarcación con suavidad, con delicadeza, con tranquilidad y con serenidad. Juan Bautista le recibió con los brazos abiertos y los dos se abrazaron como se abrazan amigos que se conocen de toda la vida.

El balsero estaba muy contento y la alegría de los dos amigos se convirtió en cánticos. Juan Bautista le cedió el timón de la embarcación, él se puso a tocar el charango y los dos cantaron alegremente hasta llegar al puerto de Copacabana, que estaba vestido de fiesta para el Domingo de Resurrección.

11

Los sentimientos revelados

Durante el viaje de regreso a la ciudad de La Paz desde el puerto de Copacabana, José pensó, meditó y reflexionó sobre lo que había sucedido desde que conoció a María; contemplaba el hermoso paisaje de la Cordillera Real de los Andes mientras hacía un resumen mental de los principales acontecimientos durante su visita al lago sagrado. Sacó de su morral el *Almanaque de Bristol*, que siempre le acompañaba, y se puso a investigar, indagar y averiguar todas las fechas correspondientes a los eventos recientes más importantes. Recordó que conoció a María el 24 de febrero de 1971, en Miércoles de Ceniza, que es el inicio de la Cuaresma; el domingo en que hizo el viaje al lago Titicaca coincidió con el Domingo de Ramos; la larga caminata que realizó en la isla del Sol ocurrió en el Viernes de Pasión; la noche en que durmió en la isla de la Luna fue el Sábado Santo, y el día en que despertó a una nueva vida era el Domingo de Resurrección.

José no era un católico practicante, pero había recibido las enseñanzas religiosas sobre la Cuaresma, la Semana Santa y la Pascua de Resurrección. Cuando se dio cuenta de que los eventos de la semana que había pasado en el entorno del lago coincidían con los hechos más relevantes de la vida de Jesús de Nazaret, es decir, con la pasión, la muerte y la resurrección de Cristo, le sobrevino un estremecimiento interno y todo su cuerpo tembló. En ese exacto momento, la movilidad pasó por un puente que estaba asfaltado, cesaron las sacudidas y sintió que flotaba en el aire.

El viaje prosiguió por otra carretera sin asfaltar y él continuó elaborando, de forma absolutamente objetiva, el recuento de los recientes acontecimientos. Recordó el encuentro con el yatiri y su familia, la información que buscó en la biblioteca sobre el Titicaca, el viaje y las noches que pasó en Copacabana, la tarde en que una pequeña mariposa lo hipnotizó y le hizo dormir en el cerro Calvario, la visita al mirador y al observatorio, la caminata que hizo para llegar a la casa de Juan Bautista, la tentación de las sirenas del lago, el recorrido que hizo en la isla del Sol y el sueño que tuvo en la isla de la Luna. Después de meditar durante varios minutos sobre estos hechos, llegó a la conclusión de que la misteriosa aparición de María, el encuentro con el yatiri, el encantamiento del Titicaca y la contemplación de la luna llena le habían inducido a despertar a una nueva vida.

El acontecimiento más importante fue el sueño que tuvo en el que la Luna le explicaba la diferencia que existe entre el amor y el sexo. Fue después de ese sueño cuando comenzó a ver y sentir la vida de una forma diferente. Su mundo ya no era enigmático, sino claro y evidente. Al fin había conseguido comprender y entender lo que muchos años atrás había leído en *La Galatea*, la primera novela escrita por Miguel de Cervantes Saavedra, que trata sobre la naturaleza del amor y la psicología de la pasión. En esta obra, el pastor Lenio le dice al pastor Tirsi: «Amor y deseo son dos cosas diferentes: que no todo lo que se ama se desea, ni todo lo que se desea se ama».

En los días y noches junto al lago Titicaca había logrado solucionar el enigma de la luna llena y había experimentado la afectividad, el aprecio, el apego, la simpatía y la amistad. Y lo más importante, había descubierto la diferencia que existe entre el placer sexual y el sentimiento del amor. Llegó a la conclusión de que mientras el deseo sexual es una pretensión, un capricho, una obsesión que tiene componentes biológicos y químicos, los sentimientos son estados de ánimo emocionales que nos permiten apreciar, querer y amar a las personas. Había descubierto que los humanos tenemos la capacidad de percibir, comprender y apreciar a las personas de una forma espiritual. Y había aprendido que las emociones, si bien son expresiones fisiológicas resultantes de estímulos externos, también son consecuencias de estados de ánimo interiores. Sus pensamientos habían reaccionado a los estímulos que había recibido junto al Titicaca y el resultado era que su forma de pensar y de sentir había cambiado. Con intensa claridad y vehemente exactitud llegó a la conclusión de que su espíritu, y no su cuerpo, debía dirigir su vida.

José había comprendido que es posible estar al mismo tiempo en paz con uno mismo y con el mundo externo; que la afectividad es la capacidad que tiene una persona de reaccionar a los estímulos que proceden del exterior, pero que se manifiestan en el interior; que el apego es un vínculo que se desarrolla entre dos personas con el fin de mantener proximidad; que la simpatía es la capacidad de percibir y sentir las emociones de otra persona, lo que implica afinidad sentimental; que la amistad es una relación afectiva que mantiene a las personas unidas aunque se encuentren físicamente separadas. Y que el amor es un sentimiento emocional que una persona tiene por otra, independientemente del contacto físico.

Junto al lago Titicaca aprendió a distinguir la diferencia que existe entre la necesidad fisiológica del sexo y el deseo emocional de los sentimientos. Llegó a la conclusión de que el deseo sexual es el resultado de una acción química del cuerpo, mientras que los sentimientos surgen como resultado de una emoción. La tranquilidad del lago, la inspiración de la naturaleza, el estímulo del yatiri y la iluminación que recibió de la luna llena le permitieron entrar en conexión con él mismo y le hicieron descubrir que el verdadero objetivo de la vida son los sentimientos y no el sexo.

Al mismo tiempo que la furgoneta que lo llevaba de Copacabana a la ciudad de La Paz se deslizaba sobre el camino de tierra y piedras, recordó las palabras sobre la atracción romántica y la atracción sexual que estaban escritas en los papeles que había encontrado en la mesa de la biblioteca de la Universidad de San Andrés, donde pasó dos días y dos noches buscando una explicación científica a la gran influencia que la Luna tenía en su vida. No podía entender cuál fue el motivo que indujo a María a querer encontrar una solución para su problema, pero llegó a la conclusión de que debía hacer un nuevo intento por encontrar a su misteriosa amiga y darle las gracias por haberle ayudado a solucionar su problema.

Había surgido un nuevo José, más centrado, sereno, prudente, sensato y estable, porque había encontrado el camino hacia sí mismo. Lo que no sabía era cuán difícil sería aprender a recorrerlo. De momento solo había *estrontado*, es decir, pasado de una etapa de la vida a otra, pero aún le faltaba vivir su nueva realidad.

12

José apaciguado, el militante agitado

En cuanto llegó al cuarto que tenía alquilado en la ciudad de La Paz, José se puso a limpiarlo y ordenarlo. Barrió el suelo, limpió los estantes, colocó en su lugar los pocos muebles que tenía y hasta limpió los vidrios de la diminuta ventana que había en la habitación. Organizó el montón de documentos que poseía, desechó aquellos que no eran importantes y guardó los demás de acuerdo con su tema. Colocó los libros en una repisa hecha con cajones de madera y también los organizó meticulosamente. Lavó la ropa, algo que no hacía a menudo, y guardó sus pocas prendas de vestir en la maleta de cuero que había traído de Sucre. Al llegar la noche extendió el poncho sobre el catre de madera, reposó su cuerpo y se quedó tranquilamente dormido.

El lunes 12 de abril de 1971, a primera hora, José fue al edificio del Congreso Nacional de Bolivia para participar en las reuniones que se estaban llevando a cabo. El movimiento político en Bolivia estaba agitado, convulsionado y muy activo, porque la Asamblea Popular boliviana se estaba estructurando, instituyendo e instaurando. José representaba al sector estudiantil y su participación en las reuniones era muy activa. Durante los enardecidos debates resumía los puntos de vista de las diversas ideologías que se encontraban representadas, los explicaba con detalle, los aclaraba minuciosamente, recapitulaba los puntos importantes con mucha claridad y casi siempre conseguía la aprobación del documento que él había preparado.

Su ausencia de las reuniones para la formación de la Asamblea Popular fue observada por sus camaradas, por sus amigos y por todos los que le habían visto pronunciar airados discursos en manifestaciones, reuniones, encuentros y asambleas. Todos se preguntaban qué había pasado con José, a quien habían apodado El Militante. Algunos decían que había sido asesinado por agentes extranjeros; otros, que una de las muchas amantes que tenía lo había matado por celos. Cuando lo vieron, todos sus amigos le saludaron con cordialidad y mucho afecto. Sus camaradas lo abrazaron y le preguntaron por lo que había pasado, dónde había estado y por qué

había faltado a tantas reuniones. Él simplemente respondía que se había tomado unas vacaciones en el lago Titicaca.

Si bien la vida interior, emocional, mística y espiritual de José estaba definida, tranquila y apaciguada, su militancia política se encontraba en plena ebullición, efervescencia y cambio. En menos de un año había militado en tres frentes diferentes: fue foquista, es decir, que se mostraba a favor de iniciar la revolución a partir de un foco guerrillero al que las masas populares se unirían; también fue muy activo en la formación de la Unión de Campesinos Pobres, que pregonaba la revolución desde el campo, y participaba de forma muy eficaz en la instauración de la Asamblea Popular junto a obreros, campesinos y mineros. Existía en él un debate interno sobre cuál de estas tres formas de lucha sería la mejor para que el pueblo boliviano consiguiera su liberación.

Tenía dudas de si la clase obrera, que en el caso boliviano estaba formada en su mayoría por mineros, estaba lista para asumir el poder. Los mineros no eran los proletarios que Marx describió en su libro *El Capital*; aunque no poseían las herramientas de trabajo, por lo cual se les podía considerar proletarios, en realidad eran campesinos que habían sido desplazados de la agricultura para trabajar en los socavones, también eran los descendientes de los quechuas y los aimaras que habían sido avasallados, dominados y oprimidos primero primero por los invasores españoles, y después explotados por la oligarquía minera boliviana.

En febrero de 1971 había participado en el Ampliado Nacional de Dirigentes Campesinos de Bolivia, en el que los campesinos decidieron dar apoyo incondicional a la formación de la Asamblea Popular. También participó en la primera Asamblea Popular departamental que fue instaurada en Cochabamba en marzo de ese mismo año. La Asamblea Popular de Bolivia debía estar formada por delegados del pueblo y tener el objetivo de determinar las reglas para el funcionamiento del poder público, así como definir el sistema

político y la forma de gobierno. Debía quedar instaurada como un poder paralelo con el fin de realizar una revolución socialista.

La activa participación de José tuvo como objetivo determinar el funcionamiento de la Asamblea Popular. Había estudiado el trabajo de las asambleas populares de otros países, especialmente los del bloque soviético, y también el funcionamiento de la Asamblea Popular Nacional de China. Durante los acalorados debates, José se mantuvo firme en la propuesta de que el funcionamiento de la Asamblea Popular debía ser permanente y organizarse en los centros de trabajo, en el campo y en las minas, así como que deberían existir asambleas locales, regionales y departamentales cuyos trabajos estarían coordinados por la nacional. En largos y detallados discursos exponía la idea de que la elección y revocabilidad de los delegados debía estar basada en la democracia directa, es decir, que los miembros del poder ejecutivo debían ser elegidos por votación directa de los ciudadanos. Pese a todas las aclaraciones y explicaciones que hacía sobre cómo debía funcionar la Asamblea Popular en Bolivia, sus propuestas no fueron aprobadas por la dirección burocrática tradicional, que tenía miedo de perder el control del movimiento popular boliviano.

José insistió también en la formación de milicias populares armadas, a semejanza de las que habían sido constituidas en 1952 y que fueron la clave para el triunfo de la revolución dirigida por el Movimiento Nacionalista Revolucionario. Gracias a aquellas milicias había sido posible el cambio de las instituciones políticas, la nacionalización de las minas y la reforma agraria. El razonamiento utilizado, los argumentos expresados y las palabras empleadas para manifestar los objetivos de la Asamblea Popular generaron un clima de temor en los sectores empresariales, en los propietarios de latifundios y en los partidos políticos tradicionales. Además, el general Juan José Torres no tenía el completo control del ejército y no había sido posible la formación del brazo armado de la Asamblea Popular, como era el deseo de José.

Sus amigos y camaradas notaron que su vida privada había cambiado. Ya no salía a beber después de las reuniones políticas como lo hacían casi todos ellos. Varias de las amigas con las que había mantenido relaciones sexuales echaban de menos ser acosadas y perseguidas como José había hecho en el pasado. Muchas decían que quizá estuviera enamorado y que por eso evitaba tener encuentros con mujeres por las que solo sentía atracción física. Y algunas consideraban la posibilidad que se hubiera vuelto homosexual. Tampoco participaba en ninguno de los muchos encuentros sociales que acontecían casi a diario y que por lo general terminaban en borracheras. Después de trabajar hasta primeras horas de la noche en el Palacio Legislativo, se recluía en su cuarto, leía algún libro y se dormía temprano. Por las mañanas, a primera hora, iba al mercado Camacho con la esperanza de encontrar a Eulogio, que le había impulsado a viajar al lago Titicaca, donde había tenido lugar el cambio de su vida. Se acordaba con frecuencia de la noche que pasó en la isla de la Luna, la paz exterior que existe en ese punto geográfico donde le fue posible encontrar su paz interior. Recordaba todos los detalles del sueño que tuvo cuando la Luna le hizo entender la diferencia que existe entre el sexo y el amor.

El sábado 1 de mayo de 1971 se convocó a la Asamblea Popular, que debía comenzar a funcionar el 22 de junio siguiente. Fue nombrado presidente de la misma el líder minero Juan Lechín Oquendo, cuyo grupo dirigente estaba integrado por representantes de los trabajadores, los campesinos, los constructores, los ferroviarios, los petroleros, los docentes y los estudiantes. El objetivo principal de la Asamblea Popular era la instauración de un gobierno obrero que conduciría al establecimiento del socialismo en Bolivia. Fue uno de los momentos más emblemáticos y representativos de la historia política del país. La plaza del 16 de Julio se llenó de banderas y estandartes de obreros, de campesinos, de estudiantes y de todos aquellos que querían un cambio de gobierno con el fin de mejorar el nivel de vida de los bolivianos.

Durante la marcha por la libertad, José encontró a su camarada y gran amigo Lucas Martínez Rodríguez, con el que había participado en la toma de una hacienda en Chane Bedoya, en el departamento de Santa Cruz de la Sierra. Después de un largo y caluroso abrazo, los dos se apartaron de la manifestación y se sentaron a conversar en un café. Lucas, que no había visto a José desde poco antes de la invasión de la hacienda por el regimiento Rangers, quería saber por qué él no había sido apresado. Le contó que en la noche anterior a la llegada del regimiento a la hacienda había ido a buscar a Jasí Panambí, la india chané con la que mantuvo relaciones íntimas en una hamaca. Era una noche muy oscura, la Luna no brillaba en el firmamento y hasta las estrellas estaban escondidas entre las nubes. Le dijo que caminó durante varias horas por un sendero que debía llevarle a las chozas donde esperaba encontrar a Jasí Panambí, pero que se perdió, se quedó exhausto, cansado y agotado, se sentó para descansar y acabó dormido apoyado en un árbol. Cuando un campesino del lugar lo despertó y le contó que la hacienda había sido retomada por el ejército, no le quedó otra alternativa que regresar a Sucre.

José también contó a Lucas las actividades revolucionarias que estaba realizando en La Paz y le habló de la formación de la Asamblea Popular, de los debates y confrontaciones que tuvo que afrontar para hacer que el documento final de la Asamblea Popular contuviera varias de las proposiciones del partido en el que los dos militaban.

La amistad que existía entre los dos jóvenes revolucionarios iba más allá de una simple camaradería. Los dos tenían fama de ser conquistadores, donjuanes, galanes, enamoradizos y mujeriegos. Lucas, que tenía cinco años más que José, lo había presentado a la Juventud del Partido Comunista Marxista Leninista en Santa Cruz de la Sierra, lo había adoctrinado e instruido en el marxismo, el leninismo y el maoísmo y sobre la historia del movimiento comunista en Bolivia. Recordaron los encuentros clandestinos que mantenían a orillas del río Piraí, en Santa Cruz de la Sierra, cuando estaban organizando el movimiento estudiantil revolucionario en esa ciudad.

Lucas estaba desanimado y se le veía muy cansado y angustiado. Y mientras lamentaba la fracasada toma de la hacienda de Chane Bedoya, recordó a quienes fueron asesinados en Teoponte y hasta derramó lágrimas al nombrar a algunos de sus amigos muertos. Para completar el estado de desánimo, angustia y desconsuelo en que se encontraba, Lucas había tenido una discusión con su esposa, uno de los motivos por el que se encontraba en la sede del gobierno boliviano.

José entendió, comprendió y descifró el estado de abatimiento, desánimo y desaliento de su camarada. Hizo todo lo posible para transmitirle energía moral y darle la seguridad necesaria para que actuara positivamente. Con voz muy firme y pronunciando todas las palabras con claridad, le dijo:

—Querido amigo y camarada Lucas: solo está vencido quien cree estarlo. En momentos de crisis como el que estás pasando hay dos opciones: o nos rendimos o luchamos por la causa. La vida es la suma de fracasos que superamos, y la muerte es el único fracaso que no podemos superar. Fracasamos en la toma de la hacienda en Chane Bedoya, perdimos muchos amigos en Teoponte y está siendo muy difícil incluir la ideología del partido en el documento final de la Asamblea Popular, pero no podemos rendirnos, camarada, tenemos que continuar la lucha por la liberación del pueblo boliviano. La discusión que tuviste con tu esposa también se va a arreglar y tendréis hermosos hijos.

Hizo una pausa, tomó otro sorbo de zumo de naranja y continuó hablando con su amigo, que lo escuchaba con toda atención.

—Recordemos que el camarada Mao Zedong fracasó al implementar su programa del Gran Salto Adelante, cuyo objetivo era transformar la nación china en una sociedad comunista a través de la industrialización de los centros urbanos y la colectivización de la agricultura. Hoy, Mao está tratando de hacer la Revolución Cultural proletaria y tiene muchos problemas, pero estoy seguro de que nuestro camarada chino no se dará por vencido. Y aunque la

Revolución Cultural fracase, China será una gran potencia mundial en el próximo siglo.

José pasó un brazo por los hombros de Lucas y continuó con su razonamiento:

—El fracaso es tan solo una oportunidad para comenzar de nuevo. Aprendamos de nuestros fracasos, aprendamos a vivir, no necesitamos aprender a morir, porque eso llega de modo natural. Es posible que fracasemos en la institución de la Asamblea Popular, pero la lucha del pueblo boliviano continuará hasta lograr que Bolivia tenga el gobierno que necesita para progresar. Recuerda que quienes no fracasan son aquellos que no lo intentan. Y nosotros continuaremos en la lucha hasta la victoria final. ¡Patria o muerte! ¡Venceremos!

Las elocuentes, significativas y expresivas palabras de José levantaron el ánimo de Lucas. Los dos camaradas se pusieron en pie, se abrazaron fraternalmente y alzaron y chocaron sus vasos, como se hace cuando se brinda con alguna bebida alcohólica. Tomaron casi la mitad del contenido, se sentaron de nuevo y Lucas dijo:

—Querido amigo y camarada José, me has devuelto el ánimo. Sabes que siento un gran aprecio y un inmenso afecto por ti. No estamos bebiendo, pero quiero decirte, desde lo más profundo de mi corazón, que yo te estimo, que es lo que diríamos si estuviéramos bebiendo. Siempre podrás contar conmigo y estaré a tu lado en las buenas y en las malas. Cuando me necesites, estaré a tu lado.

Lucas quiso saber detalles sobre la vida íntima de su camarada. Le habían contado que faltó varios días a las reuniones para la formación de la Asamblea Popular y que corrían rumores de que estaba enamorado. Pidió una ronda más de zumo de naranja y le preguntó:

—¿Quién es la mujer que te está robando el corazón? Me han contado que estás enamorado, al menos eso es lo que dicen para explicar el motivo por el que faltas a las reuniones.

José tomó un sorbo largo de su vaso y con voz tranquila, muy clara y sonora dijo:

—Sí, amigo y camarada Lucas, es así, estoy enamorado —hizo una pausa y continuó diciendo—: Estoy enamorado, pero enamorado de la vida. Me he enamorado del amor, de la naturaleza y de la Luna y las estrellas. Pasar varios días y noches junto al lago Titicaca me ha enseñado que no debemos buscar el amor fuera de nosotros y que nuestra felicidad interior depende única y exclusivamente de nosotros. La felicidad no depende de lo que tenemos, sino de lo que sentimos. La felicidad es la aceptación de nuestra existencia, es la adecuación de nuestra voluntad interna a la realidad externa.

Hizo una nueva pausa de varios segundos y continuó diciendo con el mismo tono de voz:

—Durante el tiempo que pasé junto al lago descubrí que la felicidad es una actitud mental que debemos asumir conscientemente y que ser feliz es una decisión solamente nuestra. Debemos aceptar nuestro pasado tal como fue, aceptar nuestra condición actual tal como es y, sobre todo, dedicarnos a construir nuestro futuro de acuerdo con nuestros principios, nuestras creencias y nuestras convicciones.

Tomó un nuevo sorbo de zumo de naranja y continuó su exposición.

—Dejemos de lado la filosofía, querido camarada y gran amigo Lucas. Voy a ser objetivo y te voy a contar el proceso interior por el que he pasado en los últimos meses. Todo comenzó cuando conocí a una mujer llamada María Pacheco Jiménez. No me vas a creer, pero he visto a esta mujer tres veces y no he conseguido tocarla, mucho menos tener relaciones sexuales con ella, pero ha sido un factor fundamental para el cambio que ha sucedido en mi vida. Bajo la dirección invisible, misteriosa y escondida de María me ha sido posible entender, desentrañar, descifrar, interpretar y comprender la «Fórmula del sexo, pero NO del amor».

José sacó de su morral el cuaderno de anotaciones que tenía por título «Guía del olfato y del sexo» y lo entregó a su camarada. El rostro de Lucas mostraba expresiones de escepticismo, de duda, de desconfianza y hasta de ironía. Echó una ojeada rápida al cuaderno y al ver la compleja fórmula le dijo:

—No me digas que también estás estudiando química, pensé que estudiabas Derecho y economía. Seguro que esa María es una bella mujer que te ha conquistado, y como no has podido llevártela a la cama, estás haciendo cosas que ella te pide para luego someterla a tus caprichos masculinos.

José le respondió con vehemencia, con brío y con energía, pero sin alzar la voz.

—Camarada y amigo Lucas, sé muy bien la fama de mujeriego que tengo, pero todos evolucionamos y nos transformamos constantemente. He pasado por una gran *estrontación*. Esta palabra no existe en el diccionario, la creé con un amigo que es psiquiatra y se refiere a cuando pasamos de una etapa de la vida interior a otra. Los humanos nos desarrollamos físicamente y somos conscientes de estas etapas fisiológicas que atravesamos, pero dejamos de lado las etapas psicológicas. Es muy difícil descubrir lo que somos, nos cuesta aceptar como somos y aún es más difícil saber lo que debemos ser. Estos son temas filosóficos y en la vida diaria necesitamos ser realistas. Ya tendremos más oportunidades de hablar de todo esto.

José tomó el resto de zumo que le quedaba en el vaso, pidió la cuenta y antes de despedirse de su amigo le preguntó:

—Camarada y amigo Lucas, quiero hacerte una pregunta: ¿sabes algo de las familias de indios chané que tenían sus chozas muy próximas a la hacienda que intervenimos y entregamos a los campesinos pobres de la región? Me gustaría saber dónde puedo encontrar a Jasí Panambí.

Lucas también tomó el resto de zumo de naranja que estaba en su vaso, se levantó, puso su brazo derecho sobre el hombro izquierdo de José y le dijo:

—Me he enterado de que la familia de indios chané se fue a vivir a Ascensión de Guarayos. Vino a visitarme uno de los camaradas campesinos que colaboró en la toma de la hacienda y me contó que

Jasí Panambí está esperando un bebé. Tal vez seas el padre de esa criatura y debas buscar a Jasí para asumir la paternidad.

José quedó sorprendido, desconcertado y perplejo, pero al mismo tiempo se puso muy alegre, contento y animado, pues seguramente él era el padre del bebé que Jasí llevaba en su vientre. Y entonces tomó la decisión de ir al encuentro de la bella mujer que sería la madre de su descendiente.

TERCERA PARTE

La Mariposa de la Luna

01

Siguiendo la intuición

Constantino José Indalecio García Tapias, conocido por todos como José, el militante, había descubierto los motivos por los que la luna llena tenía una gran influencia en su capacidad para seducir a las mujeres y para que ellas se entregaran a los placeres sexuales y disfrutaran de la unión carnal de la misma forma que él lo hacía. Bajo la dirección misteriosa y escondida de María Pacheco Jiménez, la enigmática estudiante de último año de Ciencias Farmacéuticas y Bioquímicas, le fue posible entender, desentrañar y descifrar la «Fórmula del sexo, pero NO del amor». La interpretación de esta fórmula fue la clave que lo llevó a encontrar una explicación científica sobre la gran influencia que la luna llena tenía sobre su cuerpo. Sin embargo, descifrarla no solucionaba el problema al que José debía hacer frente: había descubierto la causa, pero no había hallado la solución.

Después de pasar varios días, con sus noches, en la biblioteca de la Facultad de Ciencias Farmacéuticas y Bioquímicas de la Universidad Mayor de San Andrés (UMSA), en la ciudad de La Paz, estudiando los libros que María le había recomendado, José salió del recinto universitario completamente cansado, extenuado y desanimado. Los rayos del sol tocaron su piel seca, áspera y tirante y la luz intensa del astro rey iluminó su rostro con enorme energía. Cerró los ojos con fuerza tanto por la necesidad de protegerlos de la radiación solar como para atenuar el cansancio, superar la conmoción, vencer la emoción y contener el desconcierto en que se encontraba. Con los ojos cerrados vio una luz brillante, al final de un túnel oscuro, que iluminaba el agua azul de un lago tranquilo mientras escuchaba una voz penetrante que le decía: «Te esperamos, queremos mostrarte el camino para solucionar tus problemas existenciales».

En un encuentro fortuito con Eulogio, el yatiri del Titicaca, José recibió orientaciones precisas para visitar el puerto de Copacabana, en las orillas del lago Titicaca, permanecer algunos días en la isla del Sol y dormir, en una noche de luna llena, en la isla de la Luna. Fue en el entorno del lago sagrado donde descubrió los sentimientos y encontró la solución definitiva para el enigma que lo acosaba. La contemplación de la luna llena lo llevó a una nueva vida y a descubrir la afectividad, el aprecio, el apego, la simpatía y la amistad. Fue en la isla de la Luna donde José comprendió la diferencia que existe entre el amor y el deseo. La tranquilidad del lago, la inspiración de la naturaleza y la iluminación de la luna llena le permitieron entrar en conexión con su interior y le hicieron descubrir que el verdadero objetivo de la vida son los sentimientos y que el sexo es algo secundario. José comenzó entonces a ver y sentir la vida de una forma diferente y comprendió la gran diferencia que existe entre el sentimiento permanente del amor y el placer temporal que el sexo nos puede brindar.

Durante el breve encuentro que tuvo con su camarada y gran amigo Lucas Martínez Rodríguez, con el cual había participado en la toma de una hacienda en Chane Bedoya, en el departamento de Santa Cruz de la Sierra, se enteró de que Jasí Panambí la bella mujer chané con la que tuvo relaciones sexuales en una hamaca durante una noche de luna llena, estaba esperando un bebé y que seguramente él era el padre de la criatura. Esta noticia despertó en José un impulso instintivo y espontáneo que lo llevó a decidir ir a buscar a la bella mujer y asumir la paternidad.

Inmediatamente después de despedirse de Lucas, comenzó a caminar hacia al cuarto donde vivía en la ciudad de La Paz. Las calles estaban llenas de obreros, campesinos, mineros y estudiantes que participaban en la inmensa marcha del Primero de Mayo de 1971. Caminaba con rapidez y se abría paso entre la multitud de personas que estaban concentradas. Tropezaba con conocidos, amigos y camaradas que lo saludaban efusivamente y lo convidaban a participar en celebraciones por la instauración de la Asamblea Popular. Ignoraba estas invitaciones y continuaba caminando con mucha prisa hacia el cuarto donde su cuerpo reposaba y donde se encontraban las pocas pertenencias que tenía.

Para eludir la multitud y poder llegar lo antes posible, decidió avanzar por calles que no habían sido tomadas por los manifestantes y por las que circulaban automóviles. Andaba apresuradamente hacia el sur por la Avenida 6 de Agosto y por momentos trotaba y hasta corría. No se fijaba en los carros que rodaban por las calles de ese barrio. Cuando llegó a la esquina con la calle Campos estuvo a punto de ser atropellado por una vagoneta marca Toyota, modelo Land Cruiser, de color verde claro con los laterales de color crema. El vehículo frenó bruscamente y se detuvo a pocos centímetros de su cuerpo. Se repuso rápidamente del susto y observó que en los asientos delanteros del vehículo estaban el conductor y un hombre corpulento, los dos con ternos de color negro y lentes oscuros. En la parte de atrás viajaba una mujer cuyo atractivo semblante le era conocido: su cabello estaba suelto y tenía el rostro bronceado y muy maquillado; los párpados de sus grandes y brillantes ojos estaban resaltados con sombras de color turquesa que adornaban y aumentaban su luminosidad. José la reconoció al instante: era Mercedes Goicoechea Corrales, la agente de la CIA con la que meses antes había tenido relaciones sexuales en la iglesia de San Pedro de Montalbán, en la localidad de Tarabuco. La mujer también lo reconoció. Intercambiaron miradas profundas, como dos enamorados que no se han visto en mucho tiempo, pero también como dos adversarios que se encuentran en el campo de batalla. José percibió que Mercedes llevaba una cámara profesional colgada del cuello, seguramente con la intención de fotografiar a los participantes en la marcha obrera para identificarlos, ficharlos, registrarlos e informar a la CIA.

Al ver a Mercedes, José primero se alegró y recordó los apasionados momentos que disfrutó con ella en Tarabuco, y también en Sucre. Miró fijamente el rostro de la bella fémina y recordó la forma arrogante con que la agente de la CIA había tratado a la mujer tarabuqueña que le vendió el poncho de lana de oveja que usaba todos los días y que en ese momento también lo protegía del intenso y seco frío de La Paz. También recordó a los guerrilleros que habían sido asesinados en Teoponte y cuyos cuerpos aún no habían sido recuperados. Estos pensamientos despertaron en él sentimientos de repulsa y desprecio, y en vez de sentir atracción, como sucedió la primera vez que la vio, sintió un odio profundo que fue creciendo hasta transformarse en rabia, furor y cólera. En un impulso de audacia, osadía e intrepidez, el militante abrió su morral con rapidez y sacó el revólver de color negro, calibre 22, que meses antes había tomado del bolso de la agente de la CIA. Empuñó el arma con mano firme y apuntó en dirección a Mercedes. La experimentada espía se dio cuenta de lo que estaba sucediendo y trató de abrir su bolso, seguramente con la intención de sacar su arma. José miró fijamente a los ojos de quien una vez fue su amante y la agente de la CIA notó que la mirada del militante expresaba furia, ira y violencia, por lo que gritó: «José, José, por favor, no dispares, no me mates con mi propio revólver».

José, al escuchar la voz aguda y desesperada de Mercedes y percibir en su rostro los carnosos y brillantes labios que había besado y que habían susurrado en sus oídos la canción *Balada para un loco*, vaciló antes de disparar. Sin embargo, los sentimientos de odio y rencor fueron más intensos que el afecto que un día tuvo por aquella mujer. Sin esperar ni medio segundo más, extendió su brazo y disparó contra el vehículo. El impacto de la bala perforó el parabrisas, el ruido agudo y penetrante del disparo asustó al hombre que conducía, que aceleró de inmediato, y José tuvo que saltar a un lado para no ser atropellado al mismo tiempo que disparaba todas las balas que quedaban en el revólver. El vehículo se alejó rápidamente con los vidrios fragmentados, prosiguió por la calle Campos y giró a la derecha por la calle Arce. José nunca supo si los disparos habían impactado en Mercedes o si la sangre salpicada en los vidrios traseros era de uno de los hombres que acompañaban a la agente de la CIA.

Las pocas personas que estaban cerca del lugar no se percataron de los disparos, pues las explosiones de los petardos que los mineros participantes en la marcha obrera detonaban producían sonidos de tal intensidad que el ruido de los disparos del revólver calibre 22 no llamaron la atención. José inhaló el olor a pólvora quemada, la difusión volátil de la explosión penetró en su orificio nasal y su sentido del olfato fue accionado. Las diminutas partículas sólidas de pólvora llegaron a sus glándulas pituitarias y al hipotálamo. El sistema límbico que regula las emociones y la memoria se activó. Practicaba con mucha frecuencia el tiro al blanco y disparaba con absoluta precisión, lo que le proporcionaba mucha satisfacción, regocijo y complacencia y por lo que su sistema límbico estaba acostumbrado a reaccionar en forma positiva al olor de pólvora quemada. El militante sintió alegría, gusto y placer, y al mismo tiempo, un fuerte impulso para proseguir firmemente con la decisión que había tomado de viajar al oriente boliviano para buscar a Jasí Panambí, la Mariposa de la Luna, y asumir la paternidad.

El revólver que había pertenecido a la agente de la CIA humeaba levemente. José sopló el cañón y al meter el arma en su morral se dio cuenta de que no tenía más balas. Decidió entonces ir al lugar donde guardaba municiones de todos los calibres, que también era donde celebraba reuniones clandestinas para enseñar a disparar, fabricar bombas químicas de tiempo y preparar los tenebrosos cócteles molotov. La casa estaba situada en el barrio Kantutani, a pocas cuadras de donde se encontraba en ese momento, muy próxima al cuarto que alquilaba. Caminó deprisa y llegó a la vivienda semiabandonada. Sin perder tiempo, ni verificar si alguien lo observaba, accionó con firmeza el mecanismo metálico para abrir la puerta. El recinto estaba oscuro, el olor a pólvora era notorio. Entró con rapidez, encendió la luz y sin cerrar la puerta con llave comenzó a buscar el maletín de médico en el que conservaba las municiones de calibre 22 que necesitaba.

El calibre 22 es un tipo de munición que tiene un gran poder de penetración, sobre todo cuando es disparado a corta distancia. Este proyectil, cuando impacta en un cuerpo vivo, realiza una trayectoria errática e imprevisible que puede causar daños considerables y mortales. José había inspeccionado el arma que perteneció a la agente de la CIA y había llegado a la conclusión de que no se trataba de un revólver común. El cañón tenía hendiduras helicoidales que dan al proyectil un movimiento giroscópico con el que adquiere mayor velocidad y alcanza con precisión el objetivo deseado. El revólver que el militante acababa de disparar había sido modificado para ser un arma más precisa aún. Debido a su pequeño tamaño, fácil manejo y poco peso, y porque causa el mayor daño posible en quien impacta sin darle tiempo a que reaccione, es el arma preferida por los agentes secretos del sexo femenino.

José encontró el maletín de médico que buscaba. Las balas del calibre 22, que estaban bien organizadas en su interior, habían sido especialmente preparadas por él. Tenían un corte transversal en la punta, lo que provoca que el proyectil se expanda dentro del cuerpo y cause la destrucción irreparable de los órganos afectados. El militante estaba inspeccionando la munición cuando de repente escuchó un ruido tras la puerta. Retiró los cartuchos vacíos, cargó el revolver con los proyectiles que había preparado y fue hasta la puerta de entrada, pero no encontró a nadie. Tomó el maletín de médico y salió del recinto, sin apagar la luz. Cerró la puerta de entrada con brusquedad, sin cerciorarse de si estaba debidamente trancada, y se dirigió hacia el cuarto que tenía alquilado.

Abrió el candado y empujó la puerta con suavidad. La habitación estaba impecablemente arreglada. Observó que alguien había introducido un papel por debajo de la puerta. El papel era cuadriculado y similar al del cuaderno que María Pacheco Jiménez, la enigmática y misteriosa mujer que había conocido en una noche sin luna, le entregó en el piso 11 del edificio principal de la Universidad Mayor de San Andrés. Con letras claras y grandes, estaban escritos los siguientes pensamientos:

Guíate por tus intuiciones, no por tus impulsos.
La intuición es la lucidez que la mente ignora.
La intuición sin acción insensibiliza el alma.
Sigue tu intuición y encontrarás tu camino.
La intuición es una facultad espiritual.

La intuición ve más allá que tus ojos.
Confía en tus instintos.

M. P. J.

José se quedó intrigado, pensativo, abstraído y sorprendido. No entendía cómo María había podido descubrir el lugar en el que vivía. Lo que más sorpresa le causó fue la sincronía de lo que manifestaban los pensamientos escritos en aquel papel cuadriculado.

Colocó el maletín de médico encima de la única mesa que había en su cuarto. Se quitó el poncho de Tarabuco y lo extendió con cuidado sobre la cama. Se sentó en la única silla que había en la habitación y se puso a meditar sobre las palabras que estaban escritas en el papel que tenía en sus manos. José había tomado la decisión de asumir la paternidad, estaba siendo guiado por su intuición. Y tenía la clara percepción de que él era el progenitor de la niña o niño que estaba en el vientre de Jasí Panambí, la Mariposa de la Luna. Sus instintos lo llevaban a confirmar esa verdad; quería escuchar de los labios de la bella mujer chané que él era el padre de la criatura que iba a nacer.

Durante varios minutos José permaneció en completo silencio, hasta que la tranquilidad del momento fue bruscamente interrumpida por fuertes golpes en la puerta de la habitación que se repetían con insistencia. José quedó sorprendido, pues ninguno de sus amigos o camaradas conocían la dirección en la que se alojaba. Los golpes continuaron y decidió indagar quién lo estaba buscando. Empuñó el revólver por precaución y con voz firme preguntó:

—¿Quién es? Identifíquese.

Una voz femenina respondió al otro lado de la puerta con voz alta y muy aguda:

—Darío, soy yo, Tania. Por favor, abre la puerta.

José quedó desconcertado, confuso e indeciso. Reconoció la voz de la reclutadora, la única que sabía que su nombre de guerra era Darío. Se preguntó cómo le había sido posible a Tania descubrir el lugar que tenía alquilado. Al mismo tiempo, recordó cuando la conoció en el cementerio de Sucre, cuando estaba siendo reclutado para participar en la guerrilla de Teoponte, y que para identificarse tenía que responder a una pregunta con la contraseña secreta. Si era Tania quien estaba al otro lado de la puerta, respondería correctamente. Con voz muy firme, preguntó:

—¿Qué estás estudiando?

—Derecho Agrario —respondió la mujer con voz aguda.

No había duda: era Tania, la reclutadora. Inmediatamente le vino a la memoria la noche de luna llena en que durmieron juntos, tiernamente abrazados y con las piernas entrelazadas. Recordó que Tania lo despertó con una copa en sus labios y le dio a beber, hasta la última gota, el vino mezclado con un fuerte somnífero que le hizo dormir profundamente durante varias horas; y que por ese motivo no pudo embarcar en el transporte que debía llevarle a La Paz para incorporarse a las guerrillas de Teoponte, lo que hubiera significado su muerte.

José se colocó a un lado de la puerta, con el revólver en la mano, listo para disparar si la persona que entraba no era Tania, la reclutadora, o si estaba acompañada. Con voz firme y en tono elevado, casi gritando, dijo:

—¡Puedes entrar! ¡La puerta está abierta!

Tania esperó unos segundos, que a él le parecieron varios minutos. Al fin, la reclutadora abrió la puerta despacio, pero no entró. Miró en el interior del recinto, y al no ver a José, sacó una pistola del bolso. El militante, al darse cuenta, se puso de un salto frente a Tania, le quitó el arma con movimientos rápidos y certeros y la dominó de forma brusca y violenta.

—Suéltame, Darío, me estás haciendo daño —dijo Tania.

—¿Estás sola? —preguntó él.

—Sí. ¿No me ves? No hay nadie más conmigo.

José guardó el revólver calibre 22 en su cintura y arrancó la pistola de las manos Tania. Miró a su alrededor, se aseguró de que no había nadie más y cerró la puerta con rapidez, pero con suavidad, calma y delicadeza.

Tania se arregló el cabello, se abotonó la blusa, se acomodó el bolso y se puso a mirar, observar y contemplar el orden, la limpieza y la armonía que había en el recinto que José habitaba. Con voz suave, pero con un tono irónico y sarcástico, dijo:

—¿Quién limpia y arregla tu cuarto? Debes de tener una empleada muy cuidadosa y detallista. Además, tiene una bonita letra y te escribe poemas.

José ignoró las palabras de Tania y se puso a retirar la munición de la pistola semiautomática que momentos antes había arrebatado de las manos de la reclutadora. El arma era una pistola Makárov semiautomática, accionada por retroceso y con cañón fijo. La culata tenía empuñaduras de color café claro y relucía. El militante notó que el arma tenía residuos de crema para las manos, que seguramente Tania se ponía en todo su diminuto cuerpo para compensar el clima seco de La Paz.

José conocía muy bien la pistola rusa, pues era el arma utilizada por los agentes secretos del Comité para la Seguridad del Estado de la Unión Soviética, comúnmente conocido como KGB, e infirió que Tania era una agente a su servicio. Rápidamente accionó el botón para expulsar el cargador, extrajo las ocho balas que contenía y examinó detalladamente los relucientes proyectiles. No eran los apropiados para ese tipo de arma. La pistola Makárov usa cartuchos de 9,25 milímetros de diámetro, es decir, 0,25 milímetros más que la usada por pistolas similares, y 18 milímetros de longitud. La finalidad del diámetro mayor es evitar que las tropas enemigas puedan utilizar en sus propias armas las municiones de agentes soviéticos muertos o capturados. La Makárov puede ser cargada con cartuchos de 9 milímetros que sirven para otras pistolas, como Beretta, Browning o Parabellum, pero los de la soviética solo pueden ser disparadas por esta pistola. Además, cargarla con munición equivocada es un artificio utilizado por el KGB para evitar que agentes desafectos usen sus armas contra sus propios camaradas.

Si bien José consiguió desarmar a la reclutadora, el hecho de que ella lo hubiera seguido silenciosamente hasta su habitación creó desconfianza en el militante, que consideró la posibilidad de que Tania fuera una agente doble. El descubrimiento de que la pistola estaba cargada con munición falsa demostraba que no tenía entrenamiento apropiado para la lucha armada, pero también significaba que la agencia de inteligencia para la que trabajaba, el KGB, no confiaba plenamente en ella. Por tanto, el militante debía tener todo el cuidado necesario para no caer en manos de una versión moderna de Mata Hari, la legendaria espía alemana que trabajó como agente doble para Francia. Tania, la reclutadora, podía ser una agente del KGB, pero también podía pertenecer al Ejército Popular de Liberación de la República Popular China.

Tania se aproximó despacio a José y extendió los brazos hacia arriba para abrazarlo; ella era de corta estatura, y el militante, muy alto y fornido. José sintió el aroma floral que emanaba del cuerpo de la diminuta mujer y recordó la noche de luna llena, cuando entró en el aposento medio iluminado y la vio cepillando y alisando su larga cabellera frente al espejo. La reclutadora había soltado el moño alto de su cabello que caía en forma absolutamente vertical sobre sus hombros, sin formar rizos ni ondulaciones. Recordó también cuando se inclinó para darle un beso y ella le puso las manos alrededor del cuello, de forma similar a lo que estaba tratando de hacer en esos momentos. Las dudas que el militante tenía sobre la lealtad de Tania a la causa revolucionaria lo llevaron a tomar los brazos de la pequeña mujer, bajarlos despacio y evitar así que ella se colgara de su cuello. El militante dio un paso atrás y con voz muy firme, pero suave, preguntó:

—¿Cómo has descubierto el lugar donde descanso?

El rostro de Tania expresaba sorpresa, pasmo y extrañeza. Miró con firmeza a los ojos del militante y dijo:

—Darío, ya no eres el militante que conocí, te he estado siguiendo desde tempranas horas de la mañana. Te vi cuando te apartaste de la gran marcha popular para reunirte con tu camarada Pekinés, del que no sé su nombre. Los seguí hasta el local donde entraron y me senté en la mesa de al lado. Escuché la amigable conversación que tuvieron cuando le dabas consejos sentimentales; para eso eres bueno. Después te seguí y vi el incidente que tuviste con los gringos, cuando disparaste al automóvil del consulado yanqui. Tu coraje es sorprendente. Yo estaba lista para ayudarte y hasta saqué la pistola que acabas de quitarme. Después de tu valiente actuación contra los gringos, te seguí hasta el lugar donde guardas armas y municiones. Eres tan descuidado que te olvidaste de apagar la luz y no cerraste bien la puerta; no te preocupes, ya lo hice yo. Definitivamente, ya no sirves para ser guerrillero.

Estas palabras causaron tan profundo disgusto en el militante que estuvo a punto de manifestar su enfurecimiento, pero prefirió ser muy cauteloso a la hora de responder a la reclutadora. Después de todo, si ella no le hubiera dado el fuerte somnífero, seguramente ya estaría muerto, como casi la totalidad de los que se incorporaron a la guerrilla en Teoponte. También quería mantener la amistad de Tania para poder descubrir la verdadera ideología que ella profesaba: si era de verdad una revolucionaria o si tan solo era una aventurera o una espía internacional, como Mata Hari.

Tania bajó la cabeza, se sentó en la cama, sobre el poncho que el militante había extendido minutos antes, y se puso a sollozar mientras decía:

—No seas injusto conmigo. No te puedes imaginar lo que he pasado en los últimos meses. Conocía a todos los camaradas que fueron asesinados en Teoponte. Ahora las madres, las hermanas, los parientes y los amigos de los 67 compañeros que reiniciaron la lucha armada que el Che Guevara comenzó en Ñancahuazú me miran como si yo fuera la culpable de lo que ha sucedido. Aunque no todos saben que fui yo quien los reclutó, me siento la única culpable. No sé por qué no dejé que tú también fueras a Teoponte, pensé que nos encontraríamos otra vez y ahora que estamos juntos de nuevo me rechazas.

El llanto se intensificó y las inspiraciones bruscas y entrecortadas eran seguidas de largas espiraciones, incesantes lamentos y constantes sollozos. José se conmovió, quedó muy emocionado, sintió pena y tuvo compasión por Tania; pensó que si estaba vivo en aquellos instantes era porque ella evitó que él se uniera a la fracasada guerrilla. Se sentó al lado de la reclutadora y puso sus varoniles brazos sobre los pequeños hombros de ella. Tocar la sedosa y larga cabellera le produjo una leve descarga eléctrica, similar a cuando tocó en Sucre la cabellera de Mercedes, la agente de la CIA. Tania reaccionó, paró de sollozar y con voz firme dijo:

—Retira tus manos de mis hombros. ¿No ves que estoy con rabia? Hasta chispas estoy emitiendo.

—Nada de eso —respondió José—, son solo pequeñas descargas de electricidad estática que se acumulan en el cuerpo y que acabas de traspasar al mío a través de tu linda cabellera.

Tania juntó su cuerpo al de José moviendo sus diminutas piernas y uniéndolas a las de él. Continuó hablando y dijo:

—Estoy organizando a las madres, hermanas y esposas de los camaradas que fueron asesinados en Teoponte. Queremos que el ejército nos entregue sus restos mortales.

La conversación continuó en torno a las actividades que Tania realizaba. José la escuchaba con atención. El cansancio les llegó a los dos y se quedaron dormidos, vestidos y cubiertos con el poncho de Tarabuco. La fría madrugada transcurrió y los primeros rayos del sol entraron en el cuarto por la pequeña ventana. José se despertó, separó suavemente el cuerpo caliente de Tania, lo cubrió por completo con el poncho y comenzó a prepararse para el viaje al oriente boliviano. Dejó una nota escrita para la reclutadora que decía:

Tania: Disculpa por haber sido un poco torpe contigo ayer. Tú sabes por lo que pasé. Me voy a Santa Cruz de la Sierra. No sé cuándo estaré de regreso, ni si volveré. Te puedes quedar en el cuarto. Voy a informar a la dueña de que eres una pariente. El alquiler está pagado hasta agosto. Sigue ayudando a los parientes de los camaradas caídos en Teoponte. Ellos ahora te necesitan. ¡Patria o muerte, venceremos!

Darío

Rosario

02

Buscando asumir
la paternidad

José era amigo del secretario general de la Confederación Sindical de Trabajadores Ferroviarios y sabía que había un tren de carga que salía los domingos rumbo a Oruro y Cochabamba. Se subió a un taxi y pidió que lo llevara rápidamente a la Estación Central de Trenes de la ciudad de La Paz, localizada en la avenida Perú. En la estación preguntó por el jefe y le dijeron que estaba durmiendo, pues el día anterior había participado en la marcha popular y había estado de celebración con los miembros del sindicato hasta altas horas de la madrugada. El militante se abrió paso, empujó la puerta de la oficina de la gerencia y encontró a su camarada Felipe Figueroa Barrenechea, que estaba durmiendo. Lo despertó y le dijo que el comité central del partido le había dado instrucciones para viajar a Cochabamba con la finalidad de entrenar militarmente a los camaradas cochabambinos. Felipe, que conocía al militante por los elocuentes discursos a favor de la formación de la Asamblea Popular, llamó a su asistente y le ordenó que acomodara a José en el próximo tren de carga. Para realizar el viaje de La Paz a Oruro hay que subir a más de cuatro mil metros de altitud y el frío es intenso en el altiplano, aún más si se viaja en un vagón de carga. Una muy amable mujer le ofreció un poncho de lana de vicuña. La mujer, de baja estatura, tenía un gran parecido con la tarabuqueña que le había vendido el poncho multicolor de lana de oveja con el que había tapado a Tania, la reclutadora. La vendedora, hablando en aimara, dijo:

—Doctorcito, te vendo este poncho que recién he acabado de tejer. Es de la lana de las vicuñas que viven en los alrededores de Achacachi, junto al lago Titicaca, que mi hermano y los de mi pueblo trasquilan una vez al año.

El poncho, de color marrón rojizo, con toque suave y muy terso, era también liviano. José sabía que la lana de vicuña ofrece excelente protección térmica, no retiene agua y es resistente a la radiación solar. La mujer también le vendió un pasamontañas del mismo color que serviría para proteger su cabeza y sus orejas del frío intenso del altiplano. Pagó el precio que la mujer pidió sin pedir descuento, lo que es muy habitual en Bolivia. Se colocó el poncho y el gorro con orejeras y siguió al ayudante del jefe de la estación hasta el vagón de carga con destino a la ciudad de Cochabamba.

Aparte del morral, que de costumbre cargaba, José llevaba el maletín de médico con las municiones para el revólver calibre 22 que estaba en su cintura. El maletín lo había comprado a un estudiante de medicina e incluía varios instrumentos y material médico para ser utilizados en todo tipo de emergencias. Entre los instrumentos y remedios estaban:

- Estetoscopio para explorar los sonidos producidos por los órganos en las cavidades del tórax y del abdomen.
- Estuche de metal con jeringas de vidrio y agujas hipodérmicas.
- Pinzas quirúrgicas de sujeción.
- Mazo de percusión con cabeza de goma que se utiliza para golpear sobre tendones, músculos y nervios con el fin de comprobar la activación de un reflejo.
- Botiquín compacto, con remedios como antibióticos, analgésicos, calmantes, alcohol, algodón, gasas, vendas y telas adhesivas.
- Una botella de vidrio oscuro, muy bien protegida para no romperse de forma accidental, cuya etiqueta tenía el diseño de una calavera grande y la palabra «cloroformo».

José y el ayudante del jefe de la estación llegaron al vagón del tren de carga que salía rumbo a Oruro y que continuaría hasta Cochabamba. El vagón estaba cargado con bolsas de yute que contenían quinua, kiwicha y cañihua, cereales muy nutritivos producidos en el altiplano boliviano. El ayudante dejó de masticar el bolo de hojas de coca que tenía en la boca y dijo:

—Este es el único vagón que va al valle cochabambino, no te vas a bajar en Oruro, donde cambiarán de locomotora y este vagón lo acoplarán a otros que vienen de Villazón. Voy a mandar un telegrama

En los días y noches que había pasado en torno al lago Titicaca José había conseguido asimilar la sabiduría de los Andes, la conciencia fluida de las aguas y la iluminación sentimental de la luna. Ahora le tocaba asumir la paternidad.

El tren llegó a Cochabamba con retraso y José tuvo que correr para alcanzar el ómnibus que salía a las 6 de la tarde y que llegaría a Santa Cruz de la Sierra a las 6 de la mañana del día siguiente, siempre y cuando el tramo conocido como la Siberia estuviera libre de derrumbes y deslizamientos. En esa parte de la carretera entre Cochabamba y Santa Cruz de la Sierra la niebla es constante debido a la alta humedad. Las capas rocosas de los cerros caen abruptamente arrastrando con ellas la exuberante vegetación, lo que impide que los vehículos puedan continuar el viaje.

El ómnibus se detuvo en la localidad de Epizana para que los pasajeros pudieran cenar. En este punto se inicia la carretera que va a Sucre, pasando por Aiquile. José se encontró con varios amigos que viajaban con rumbo a la ciudad de Sucre, donde José había nacido y estudiado. Algunos de los estudiantes le reconocieron y le preguntaron dónde había estado. También le comentaron que pensaban que se había integrado en la guerrilla en Teoponte y que estaría muerto. Sin dar muchas explicaciones, el militante les dijo que estaba trabajando para la liberación de Bolivia a través de la formación de la Asamblea Popular. Comió un sándwich, tomó un refrescante Papaya Salvietti y después de orinar se subió al ómnibus para continuar el viaje a Santa Cruz de la Sierra.

El autobús se puso de nuevo en movimiento a un ritmo muy lento, pues el camino tiene muchas curvas, bajadas y subidas. Para llegar a los llanos de Santa Cruz de la Sierra desde Cochabamba es necesario atravesar la Cordillera Oriental, lo que requiere ascender a más de tres mil metros de altitud. La construcción de esa carretera se inició en 1942 y después de casi diez años de difícil y laboriosa construcción fue inaugurada en 1951. El camino siempre tuvo grandes dificultades para ser usado. José estaba sentado en la parte trasera del ómnibus y el banco de al lado no estaba ocupado, por lo que podía usarlo para asentar el pesado maletín que contenía las municiones, los instrumentos médicos y los remedios.

Finalmente, el ómnibus llegó a Samaipata, donde José se bajó para orinar llevando consigo el maletín. Después de realizar las necesidades fisiológicas, se alejó de los lugares con luz, levantó la cabeza y miró al cielo buscando la constelación de la Cruz del Sur. En la noche del 2 de mayo, esta constelación se ve desde el hemisferio sur en forma de cruz perfecta. Mientras buscaba la menor constelación de la Vía Láctea vino a su memoria la noche con Mercedes en Tarabuco, cuando encontraron juntos la Cruz del Sur. Recordó la inmensa alegría que esto les causó y que se transformó en un fuerte abrazo, una mirada penetrante y un beso profundo en la boca que duró varios segundos. Al pensar en esto sintió un terrible arrepentimiento por haber disparado contra la mujer con la que pasó maravillosos e inolvidables momentos íntimos. Pensar en Mercedes despertó en José el deseo sexual; se sorprendió al sentir que estaba teniendo una erección por el solo hecho de recordar a la bella argentina. La energía psíquica había sido accionada por el pensamiento de algo que sucedió en el pasado. A los pocos minutos escuchó la bocina del ómnibus, que llamaba a los pasajeros para continuar el viaje. Reaccionó con rapidez, miró con absoluta concentración al firmamento y finalmente divisó la constelación de la Cruz del Sur. Sintió una inmensa alegría y comprendió la perfecta armonía que existía en el cielo en ese momento.

Cuando entró en el ómnibus vio que el banco en el cual se sentaba había sido ocupado por una mujer. La atractiva joven, con el pelo lacio de color negro y muy brillante, tenía mucho parecido con Tania, la reclutadora, que se había quedado durmiendo en su cuarto de la ciudad de La Paz cubierta con el poncho de Tarabuco. El diálogo con la nueva pasajera se inició. Ella preguntó:

—Buenas noches, ¿es este tu sitio?

José respondió:

—Era, pero puedes seguir sentada, yo me acomodo en el otro.

—Me llamo Rosario Terán Cárdenas, doctor. ¿Cómo te llamas?

—Me llamo José. No soy doctor, ¿por qué me dices eso?

—El maletín que llevas te delata. Entonces debes ser estudiante de medicina en Sucre. Tengo una amiga que estudia en esa ciudad.

José intentó colocar su maletín en el portaequipaje superior, pero no lo conseguía, porque además de ser de un tamaño mayor al espacio disponible, era muy pesado. Al ver las dificultades por las que José pasaba al intentar colocar el maletín en el portaequipaje, Rosario dijo:

—Puedes poner tu maletín bajo mis pies, soy chiquita y no me va a incomodar. Con tus piernas tan largas seguro que te va costar acomodarte en un asiento.

José, con voz suave, respondió:

—Gracias, Rosario. Eres muy amable, simpática y bonita.

Al colocar el maletín debajo de los pies de la joven mujer, José sintió el aroma floral de la loción que Rosario usaba. Era el mismo olor que había sentido en el cuerpo de Mercedes y también en el de Tania. Después de poner el maletín bajo los pies de Rosario, José se irguió de forma muy varonil y dijo:

—Tienes el nombre muy apropiado, exhalas el aroma de las rosas, eres como un bello capullo y tus ojos muestran una inteligencia superior.

Rosario sonrió y dijo con voz firme y entonación imperativa:

—Eres muy amable, galán y cortejador, pero debes saber que estoy casada y que mi esposo, que es muy celoso, me está esperando en Santa Cruz de la Sierra.

El ómnibus comenzó a moverse. José intentó sentarse con calma, pero el rápido y brusco desplazamiento del vehículo hizo que se sentara bruscamente. Rosario sonreía mientras José trataba de acomodar sus largas piernas en el espacio que había quedado reducido por el respaldo reclinado del pasajero de la fila de delante, que dormía profundamente. José aprovechó la ocasión para observar, con disimulo, el dedo anular de la mano izquierda de Rosario: si estaba casada, como ella acababa de mencionar, llevaría la alianza matrimonial en ese dedo. Al ver que ninguno de los pequeños dedos de la joven mujer llevaba un anillo confirmó su sospecha: Rosario no estaba casada ni comprometida. José entendió la mentira piadosa, porque sabía que muchas mujeres usan la artimaña de presentarse como casadas para evitar ser cortejadas. También notó que Rosario usaba pantalones de campana, ceñidos en la parte superior y anchos en la parte de abajo, lo que denotaba que era una mujer que le gustaba vestir a la moda. Sin embargo, notó que en lugar de llevar una camisa femenina abotonada, usaba una chompa de cuello tortuga, muy suelta, lo que impedía que pudiera determinar el tamaño de los senos de Rosario.

Después de que José consiguiera acomodarse en el asiento junto a su nueva amiga, la joven mujer le dijo:

—Te vi observando el firmamento con mucho detalle y curiosidad, y si el chófer no llega a tocar la bocina varias veces para llamar tu atención, te hubieras quedado en el lugar del reposo entre las montañas, que es lo que quiere decir el nombre Samaipata. Puedo inferir que tú también te crees una montaña y querías reposar.

José quedó sorprendido por la astucia de Rosario. Su dicción era clara, hablaba pausadamente, pronunciaba todas las palabras y su acento era neutro. Evidentemente, el término Samaipata significa en quechua 'lugar de reposo entre las montañas'. Ese lugar fue un asentamiento religioso construido por los chané y los incas. Para no iniciar una discusión con su compañera de viaje, prefirió no responder a las insinuaciones de la atractiva mujer que había conocido minutos antes. Después de varios segundos de permanecer en silencio, con voz dócil, muy suave, inocente y casi infantil, pero también con mucha firmeza, José dijo:

—Estaba observando la Cruz del Sur, que aunque es la más pequeña de las 88 constelaciones que existen en la Vía Láctea, es la que mayor significado tiene para los que habitamos el planeta Tierra, sobre todo para nosotros, que estamos en el hemisferio sur. En esta noche, 2 de mayo, podemos ver la Cruz del Sur como una cruz perfecta, en posición vertical respecto al polo sur.

Rosario respondió rápidamente. Con vigor, energía y una entonación sarcástica, dijo:

—¡Vaya! Aparte de ser estudiante de medicina, también sabes de astronomía y seguramente dominas la astrología. Si quieres saber la fecha en que nací, tendrás que decir primero la tuya, así yo escojo el mes apropiado para decirte el signo zodiacal al que pertenezco. Esto me permitirá controlar lo que yo quiero representar para ti.

Las respuestas de Rosario eran inteligentes, las decía con elegancia, claridad y delicadeza, al mismo tiempo que expresaban sarcasmo, burla e ironía. La vivacidad, energía y rapidez mental de su nueva amiga hizo que José recordara a María Pacheco Jiménez, la misteriosa mujer que había conocido en una noche sin luna y que fue la que lo indujo a descubrir el enigma que lo acosaba. Rosario también tenía la elegancia de Mercedes, la agente de la CIA, y la astucia de Tania, la reclutadora. Su forma de hablar se asemejaba a la de Magdalena, la empleada doméstica con la que tuvo su primer encuentro sexual. Rosario era algo así como una síntesis de las mujeres que habían marcado la vida de José.

Para evitar incomodar a los otros pasajeros, José incitó a Rosario, con gestos de sus manos y su rostro, a permanecer en silencio. Cruzó los brazos, cerró los ojos y fingió que dormía mientras Rosario miraba por la ventana tratando de ubicar la constelación que él había mencionado.

El ómnibus inició el descenso desde Samaipata, ubicada a 1670 metros de altitud, a Santa Cruz de la Sierra, que está a 416 metros sobre el nivel del mar. El vehículo se movía lentamente debido al mal estado del camino. El calor del cuerpo de José, cubierto con el poncho de lana de vicuña, fue percibido por Rosario, contagiada por el aparente dormir de su compañero de viaje. La cabeza de la joven mujer se apoyó sobre el fornido brazo de José, que inclinó su cabeza poco a poco hasta acomodarla suavemente sobre la de Rosario. Los movimientos continuos del vehículo hicieron el resto de trabajo. Después de algunos minutos, el rostro de Rosario estaba mirando arriba y el de José abajo. Una suave sacudida del ómnibus causó que los labios de los dos se juntaran. José se dio cuenta de lo que estaba aconteciendo, pero prefirió permanecer con los labios inmóviles para no despertar a Rosario, que parecía disfrutar del momento. Los dos se quedaron con los labios unidos, como dos muñequitos con la cabeza imantada que se besan cuando se los aproxima.

Después de algún tiempo, cuando el ómnibus estaba a punto de llegar a La Guardia, Rosario apartó su cabeza del hombro de José. Lo hizo con mucha delicadeza y suavidad, para no despertarlo. Ella sabía que se detendrían en esa localidad y que el camino hasta Santa Cruz de la Sierra sería una línea recta. Cuando el vehículo paró, Rosario dio un pequeño empujón a José y dijo:

—Despierta. ¡Cómo te gusta dormir! Ya llegamos a La Guardia. El camino de aquí a Santa Cruz de la Sierra es una línea recta. Seguramente quieres bajar. Puedes ir, yo cuido de tu maletín.

José se arregló los largos cabellos, estiró su amplia barba, miró fijamente a los ojos de Rosario y notó que sus pupilas estaban dilatadas, lo que denotaba satisfacción y placer. El sol ya había aparecido en el firmamento, el cielo se presentaba de color celeste intenso; viento soplaba del lado sur y la temperatura era baja. Todo esto indicaba que el otoño había llegado a Santa Cruz de la Sierra. Con voz suave y con un tono de conquista, dijo:

—Gracias por despertarme. Hubiera preferido seguir durmiendo, porque soñé que los labios de una hermosa doncella besaban los míos. La historia cuenta que el príncipe besó a la cenicienta y ella se despertó, pero en mi sueño una princesa me beso y yo dormí plácidamente.

Rosario sonrió, pero esta vez no era la sonrisa sarcástica de antes, sino una sonrisa genuina y simpática. Los dos se miraron y sonrieron al mismo tiempo. La joven mujer reinició la conversación y dijo con voz suave y femenina:

—Si no te vas a bajar, déjame paso, que yo sí quiero.

José, con varios movimientos suaves, consiguió ponerse en pie para dar paso a Rosario. Se sacó el poncho de lana de vicuña, lo puso sobre el hombro de la joven mujer, que quedó completamente cubierta y protegida, y le dijo con voz paternal:

—¡Cúbrete! Estas caliente y afuera hace frío. No quiero que agarres una gripe.

Rosario respondió con voz alegre y con un tono de voz muy suave y romántica dijo:

—Eres muy gentil. Te pareces a mi padre, que no me deja salir si no estoy bien abrigada. Tu poncho está caliente y tú eres muy afectuoso. Regreso enseguida. Ya sé que no quieres descuidar tu maletín, debes de tener remedios muy valiosos.

La joven mujer se fue caminando por el pasillo del ómnibus, con el poncho de lana de vicuña cubriéndole todo el cuerpo. José la observaba con mucha atención tratando de descubrir su cintura, sus caderas y sus piernas, pero el poncho, que cubría a Rosario casi por completo, no le permitía hacerlo. Sin embargo, notó que el cuerpo de su nueva amiga se balanceaba rítmicamente, lo que revelaba que la joven mujer tenía cadencia pélvica y armonía en los pasos. Esto le hizo recordar cuando siguió a Tania desde el cementerio al lugar donde durmieron juntos. Se fijó en los zapatos que Rosario calzaba y descubrió que eran zapatillas deportivas de color blanco, como las que usan las jugadoras de voleibol, con refuerzo en la punta en forma de concha de mar, suela de caucho natural de color café claro y tres franjas laterales de color negro.

A los pocos minutos, Rosario regresó con las manos llenas. Con voz suave, casi maternal, dijo:

—Te traigo tu desayuno. Te vas a deleitar con estas sabrosas especialidades cambas.

José tomó la bolsita de plástico que Rosario traía en la mano y que estaba a punto de derretirse por el calor de los alimentos que contenía. Ella se sentó en el lado de la ventana y José le entregó la bolsita para acomodarse también. El ómnibus prosiguió su marcha. Rosario dijo:

—Estas son las especialidades cambas que te he traído: cuñapé, que son panecillos hechos con queso y harina de yuca; pan de arroz, que son preparados con harina de arroz mezclada con puré de yuca y queso, y tamales al horno, que están hechos de choclo molido y se cocinan en el horno con hojas de maíz. No pude traer café, no tenían en qué servírmelo, pero traje un refresco.

José quedó encantado con la actitud de Rosario. Era la primera mujer que había dormido a su lado sin tener relaciones sexuales y que le traía el desayuno. Aunque no durmieron en una cama, el hecho de que sus cuerpos se tocaran mientras el lado nocturno de sus mentes liberaba los pensamientos reprimidos con el objetivo de llegar más allá del principio del placer, indicaba que un vínculo especial había sido establecido entre los dos. Disfrutar juntos de los primeros alimentos del día consolidaba una relación que estaba camino de ser un poco más profunda que una simple amistad. Bebieron de la misma botella el refresco de naranja y brindaron por haberse encontrado. Fue el símbolo que consagró la eventual unión.

A los pocos minutos el ómnibus entró en la ciudad de Santa Cruz de la Sierra. Cuando se detuvo para que los pasajeros bajaran, José dejó paso a Rosario, que rápidamente se levantó y caminó por el pasillo del vehículo hasta salir y sentir el aire fresco del frente frío que había llegado a la ciudad la noche anterior. José tardó un poco más en desembarcar, porque tuvo dificultades al querer retirar el pesado maletín que estaba bajo el asiento. Cuando ya estaba listo para salir, había pasajeros que impedían con sus bultos bajar del ómnibus. Finalmente consiguió salir. Buscó a Rosario, pero no la encontró. Se lamentó al pensar que no la vería nunca más y subió a un taxi para ir a la casa de sus padres, en el centro de la ciudad.

Encarnación

03

El reencuentro con la familia

Al llegar a la casa de sus padres, en la calle Arenales, José tocó la puerta varias veces hasta que Magdalena, la empleada de hogar con la que tuvo su primera experiencia sexual, en la ciudad de Sucre, le abrió. Los dos se alegraron y sonrieron. Se miraron mutuamente y permanecieron en silencio varios segundos. Magdalena finalmente abrió la puerta por completo, dio un paso atrás y dijo:

—Disculpe, joven, por haber tardado en abrir, estaba cambiando los pañales a mi hijo. La señora no está, fue a misa en la parroquia de San Francisco, no regresará hasta el final de la tarde, dijo que tenía actividades con sus amigas. Su padre ha viajado al campo, se fue a pescar y regresa la próxima semana. Mi madre, que también trabaja y vive aquí, se fue al mercado a hacer las compras, no tardará en llegar.

José entró y puso el pesado maletín de médico en el suelo. Magdalena cerró la puerta y en ese instante se escuchó el llanto de un bebé. Con voz nerviosa, Magdalena dijo:

—Disculpa, tengo que atender a mi hijo, no sé qué tiene, llora todo el tiempo.

José inmediatamente respondió:

—No te preocupes por mí, atiende a tu hijo. Si quieres, yo te ayudo.

Mientras acomodaba su morral, siguió con la mirada a Magdalena. Notó que el cuerpo de la mujer con la que tuvo relaciones sexuales por primera vez, en una noche de luna llena, había cambiado. Sus caderas habían aumentado de tamaño, sus piernas estaban más gruesas, y sus pies, que estaban descalzos, también habían crecido. Siguió a la robusta mujer y fue hasta el cuarto de la empleada, que estaba en el segundo patio. Magdalena trataba de tranquilizar, confortar y calmar a su hijo. Lo levantó, se sentó en la cama, puso al bebé en sus brazos y comenzó a amamantarlo. El llanto paró. Solo se escuchaba el ruido del chupeteo. José quedó enternecido con la imagen y pensó que Jasí haría lo mismo en un par de meses. Observó que el bebé, a pesar de succionar con mucha fuerza, parecía no obtener la leche que quería y necesitaba. Llegó a la conclusión de que el bebé probablemente lloraba de hambre.

Con voz muy suave y muy baja y tierna, preguntó:

—¿Cuándo nació tu bebé? ¿Es varón o es mujer?

Magdalena respondió:

—Mi niño nació el 10 de abril, era una noche de luna llena. El parto fue en esta casa, mi madre es partera y me ayudó. Es un bebé muy llorón y hambriento, quiere que le dé el pecho todo el tiempo, solo así deja de llorar.

José se dio cuenta de que el bebé absorbía mucho aire y eso causaba el fuerte ruido del chupetear. Con voz muy suave y denotando mucha ternura, dijo:

—Magdalena, tu hijo está tragando más aire que leche. Tu pezón debe estar completamente dentro de la boquita del niño para evitar que trague aire.

La joven madre obedeció. Colocó la totalidad de su hinchado pezón dentro de la pequeña boca de su hijo. A los pocos segundos ya no se escuchaba el ruido del chupeteo y tan solo se oía el sonido que se producía cuando el bebé absorbía la leche. José continuó hablando y dijo:

—Puedes notar que el bebé está extrayendo leche de tus pechos y la traga con gusto. Seguro que después de mamar el bebé eructa mucho, lo que quiere decir que traga mucho aire. Y el aire en su barriguita le provoca dolor. También te recomiendo que no le des chupete, porque al succionar y no obtener leche, también traga aire. Ya verás que el llanto se va reducir. Seguirá llorando, porque su intestino se está formando y eso le produce dolor. También, al llorar, está entrenando sus pulmones; cuando estaba en tu barriga no respiraba, pero ahora que está entre nosotros sus pulmones necesitan oxígeno.

Magdalena sonrió, su rostro manifestaba felicidad y dicha. De vez en cuando, la nueva madre expresaba dolor y se tocaba el bajo vientre. José dijo:

—Debes sentir dolor o molestia en el bajo vientre, esto es debido a la contracción de tu útero. Es necesario que tu útero se contraiga para que regrese a su tamaño normal.

José se sentó al borde de la cama. Lo hizo con mucha calma, para no interrumpir la alimentación del bebé. Después de un tiempo se recostó y quedó dormido profundamente. A los pocos minutos el bebé también durmió. Con pequeños e imperceptibles movimientos, Magdalena se levantó de la cama, colocó a su bebé al lado de José y los cubrió con una manta de hilo. Los dos durmieron durante varias horas, José con una expresión de ternura en su rostro, y el bebé de satisfacción, regocijo y complacencia.

Más o menos hacia la mitad de la tarde Magdalena entró en el cuarto y contempló cómo José y su hijo recién nacido dormían tranquilamente. El bebé fue el primero en percibir a su madre y comenzó a moverse. Cuando Magdalena lo alzó, José se despertó. Al principio puso cara de asustado, pero después sonrió alegremente y dijo:

—Hacía mucho tiempo que no dormía con tanta tranquilidad. Me siento muy descansado y lleno de energía. También tengo mucha hambre.

Magdalena sonrió mientras acariciaba a su bebé y dijo:

—Justamente vengo a despertarte para que vayas a comer. Mi madre acaba de preparar masaco de plátano con charque, sonso de yuca con queso y café batido.

—No conozco esos platos —respondió—, pero me imagino que son tan sabrosos como el pan de arroz, los tamales al horno y los cuñapés que hoy comí de desayuno en el ómnibus que me trajo de Cochabamba. Claro que el café batido lo conozco, debe de ser muy delicioso si lo ha preparado tu mamá, ella te preparó a ti y tú eres deliciosa. Permíteme entrar al baño para asearme.

José fue al baño, hizo sus necesidades, se lavó las manos y el rostro, se mojó los cabellos y la barba y los peinó de la mejor forma que pudo. Fue con prisa a la cocina, de donde salía un aroma delicioso que despertó aún más su apetito. En el recinto encontró una señora de largos cabellos casi completamente blancos. José dedujo que era la madre de Magdalena y la saludó muy cariñosamente.

—Buenas tardes, señora. Me llamo José, soy el hijo de doña Miriam Inés Tapias Cornejo y de don Carlos García Pérez, acabo de llegar de la ciudad de Cochabamba y tengo mucha hambre. Los deliciosos olores que hay aquí han aumentado mi apetito. El olor a café recién preparado es sensacional. ¿Cómo se llama usted?

La mujer de edad avanzada tenía un cigarro en la boca, que dejó con y precisión sobre el borde superior del fogón. José notó que el cigarro no era de los comunes, sino hecho a mano; el tabaco estaba envuelto en una hoja seca de la mazorca del maíz, cuyo fuerte aroma no se mezclaba con los deliciosos olores de las comidas que estaba preparando. El humo mantenía su personalidad y paseaba por el ámbito de la cocina hasta salir por la puerta o las ventanas.

Con voz suave, la mujer dijo:

—Me llamo Encarnación. Yo lo conocí cuando usted nació. Veo que se ha formado muy fuerte. Su cabello está largo, pero le queda bien, y también su barba se ve bonita. Es un joven de muy buen porte, de alta estatura alta, y también robusto. Mi hija me ha contado sobre usted, dice que es muy bueno, cariñoso y estudioso, aunque doña Miriam comenta que debe estar poseído por los demonios, pues no va a misa y quería ser guerrillero. ¿Quiere pasar al comedor para que le sirva lo que he preparado?

José se aproximó a la mujer, le dio un beso cariñoso en la frente y dijo:

—Prefiero comer aquí, en la cocina, me gustan los aromas que hay en este lugar.

Retiró una de las sillas de la mesa que había en la cocina y con voz suave y cariñosa dijo:

—Doña Encarnación, por favor, primero sírvame agua, tengo mucha sed. Después estoy listo para saborear sus manjares. Su hija me ha dicho que ha preparado seco de plátano con charque y algo no muy inteligible de yuca con queso.

Con una suave y maternal sonrisa, Encarnación respondió:

—Es masaco de plátano con charque y sonso con queso. El masaco se prepara cortando el plátano verde en pedacitos, que se fríe en manteca de chancho junto con el charque desmenuzado. Después se pone todo en el tacú y se aplasta hasta que está completamente mezclado. Poco a poco se va aumentando manteca caliente y sal hasta que se hace una pasta uniforme. Lo acabo de preparar para que lo coma caliente. El sonso con queso es de yuca. Se prepara colocando en el tacú la yuca cocida, queso rallado y un poco de leche, se mezcla bien y se hacen panecillos redondos que luego se fríen en manteca bien caliente. Me hubiera gustado preparar pan de arroz y cuñapés, pero para eso se necesita el horno y no hay leña seca, porque anoche llovió.

José quedó maravillado con la explicación dada por Encarnación, aunque no había entendido qué era un tacú.

—Muchas gracias por la explicación, ahora ya se lo que voy a comer, aunque me falta saber lo que es un tacú.

Encarnación se secó las manos con el mandil que usaba, tomó el cigarro que había dejado en el borde superior del fogón y dijo:

—Venga, joven José, le voy a mostrar este lindo tacú que lo traje de mi pueblo. La base es de madera de cuchi y tiene muchísimos años. Mi abuela me contó que su padre había conseguido cortar un cuchi gigante y que de un tronco consiguió hacer dos tacús. El otro está con mi hermana, allá donde vivimos. Mi hija me contó que en Sucre usan dos piedras para moler en un batán. También comentó que las cocineras de su madre movían las caderas para moler en el batán y que tú te quedabas observándolas todo el tiempo. Agarra el mazo que uso en este tacú.

José se aproximó e intentó levantar el mazo del tacú con una mano. Lo hizo con mucha dificultad y solo le fue posible levantarlo del todo usando las dos manos junto al tacú. En ese preciso momento apareció Magdalena con su bebé en los brazos y dijo:

—Mamá, ¿estás enseñando a José a usar el tacú? Va ser difícil que un collinga aprenda eso. Él ya sabe usar el batán de piedra muy bien. En Sucre lo veía detrás de las cocineras que movían sus traseros moliendo el maní para preparar las papas a la huancaína, que es la comida predilecta de su papá.

Los tres rieron a carcajadas y caminaron en dirección a la cocina. Mientras caminaban, José hizo una pregunta:

—Disculpe, doña Encarnación, tengo una pregunta para usted. ¿Cuál es la marca del cigarrillo que usted fuma? Tiene un aroma especial.

Encarnación tomó el cigarrillo entre el dedo pulgar y el dedo índice, lo miró, sonrió y dijo:

—Este cigarrillo no tiene marca, lo preparo yo, tal vez podemos decir que es marca Encarnación. Uso la hoja seca de la mazorca del maíz para envolver el tabaco que raspo de las cuerdas que me trae un pariente que vive en Mairana. Este cigarro no me hace mal. Una vez me regalaron una cajetilla de cigarros, no recuerdo el nombre, era una cajetilla dorada, el nombre incluía el número 100. De lo que no me olvido es del dolor de cabeza que me dio cuando di unas cuantas pitadas. La punta del cigarro era de plástico, parecía una esponja. Regalé la cajetilla completa a uno de los mecánicos que trabaja con tu padre. Ese hombre me comentó que hay un cigarrillo de puro tabaco, si no me equivoco la marca es Emponchado o algo así.

Encarnación había colocado sobre la mesa una botella de vidrio con agua fría, que estaba tapada con un vaso, también de vidrio. José, que estaba deshidratado, tomó la botella y bebió del pico el líquido elemento. Encarnación dijo:

—¡Cuánta sed tiene, joven! ¿Quiere otra botella?

—No, gracias, ahora quiero comer sus deliciosas comidas —respondió mientras se sentaba.

José comió dos platos de masaco de plátano con charque y varios panecillos de yuca con queso y tomó dos tazas de café. Con voz alegre le dijo a Encarnación y a Magdalena, que permaneció en la cocina todo el tiempo arrullando a su bebé:

—Este es el mejor té de la tarde que he tomado en mucho tiempo.

Magdalena respondió:

—Aquí lo llamamos café de la siesta.

A los pocos minutos se escuchó la voz penetrante de una mujer que gritaba:

—¿Dónde estás, Magdalena? ¿Por qué no estabas esperándome en la puerta? Tuve que usar las llaves para abrirla. ¿De quién es este maletín de médico? Seguro que tu criatura se está muriendo y llamaron al médico.

José se levantó rápidamente y fue hasta el vestíbulo para recibir a su madre, que al verlo dijo:

—¡Dios mío! ¡Mis oraciones han sido escuchadas! Tendré que cumplir la promesa que hice a la Virgen de Cotoca. Tu pelo está muy largo y esa barba es una asquerosidad, tienes que arreglarte hoy mismo. ¿Es este tu maletín? He tratado de levantarlo, pero es muy pesado. Puedo inferir que ahora has decidido estudiar medicina, que era lo que mi padre quería. Él siempre me decía que si me hubiera casado con un médico, tú también serías médico. Pero ya ves, tu padre es un mecánico sin instrucción y siempre tiene las manos sucias de grasa. Hice la promesa a la Virgen de Cotoca de que si te regenerabas iría caminando hasta el santuario. No sabes cómo odio andar. Si el camino está con barro, no voy por más de que vuelvas a ser un estudiante revolucionario.

José sabía que era inútil discutir con su madre y decidió dar continuidad a lo que ella pensaba:

—Así es, mamá, voy a ser médico. Vengo a hacer prácticas en el campo. Me quedo uno o dos días y después voy a Ascensión de Guarayos a aprender cómo atender a los enfermos.

Doña Miriam se fue a su cuarto diciendo a Magdalena que no quería oír el llanto de su hijo, que estaba cansada, que le llevara una taza de leche a su recámara y que después dormiría.

04

Una noche de tertulia

José había pasado una tarde muy agradable en compañía de Magdalena y Encarnación. Quedó muy satisfecho por haber podido hacer algunas recomendaciones para que el bebé de Magdalena pudiera amamantar mejor, alimentarse y dormir tranquilo. La llegada de su madre puso fin a esos momentos alegres, amenos y acogedores. Entró al baño para ducharse, lavó la ropa que había usado en el viaje, se puso ropa limpia, se peinó el largo cabello y hasta atusó su barba. También se colocó unas cuantas gotas de Agua de Colonia 4711 y roció ese perfume en su poncho. No tenía sueño, pues había dormido casi todo el día, y decidió salir a conocer un poco la ciudad de Santa Cruz de la Sierra. Caminó por la calle Arenales en sentido oeste y giró a la izquierda, en la calle Beni, hacia el norte. Llegó a una plazuela que tenía un pequeño lago y observó que existía un mural. La calle estaba oscura, tan solo iluminada por la luna que reflejaba la luz del sol en tres cuartas partes de su superficie. Le llamó mucho la atención el mural por su tamaño, su forma y su contenido. Siguió caminando hasta que encontró una puerta abierta por la que salía bulla de conversaciones y los acordes de una guitarra. Entró en el recinto, que estaba con todas las mesas ocupadas, y vio que en una de ellas se encontraba su gran amigo y compañero de colegio Gonzalo Gutiérrez Sandoval, que con voz alegre lo invitó a su mesa diciendo:

—Qué gusto de verlo, amigo José. Venga, vamos a escuchar algunas de las canciones de don Percy Ávila Montero, que muy gentilmente se ha unido a nuestra mesa. Le presento a mis amigos: este es Juan Walter Méndez Velasco, le decimos Loqui. Nuestro guitarrista es Francisco Costa García, más conocido como Panchito. En la otra mesa están Chacho Vargas, que también es cantor, y Roger Candia, que parece que ha bebido mucho y está ebrio.

Percy Ávila Montero alzó su vaso de cerveza y dijo:

—¡Bienvenido! Siéntese, joven. Por su ropa puedo deducir que es del interior, su poncho lo delata. Esta canción que voy a cantar la compuse en 1964 durante un viaje por tierra a Cochabamba. Era una noche de luna llena y el ómnibus en que viajaba se movía lentamente en la subida a la Siberia. La luna no tiene dueño, ni los collas ni los cambas somos los dueños, pero esa noche la luna que yo miraba era una luna camba. Yo había discutido con mi corteja, estaba triste y apenado. La luz de la luna camba me iluminó, me dio esperanza de poder estar nuevamente con aquella hermosa mujer y así compuse esta canción. A ver, Francisco, apóyame con los acordes de tu guitarra. La canción lleva por título *Lunita Camba*.

José se sentó al lado de Gonzalo mientras Panchito afinaba las cuerdas de su instrumento. Cantor y guitarrista se pusieron de acuerdo en la tonalidad y en la entonación de la canción. La melodiosa voz de Percy llenó el ambiente con mucha sonoridad y resonancia. La letra de *Lunita Camba* dice:

A vos, a vos que sabes del amor,
a vos te pregunto por qué hay dolor.
Dolor de amar, dolor de olvidar,
si en la alegría también hay dolor.

En una tutuma podría caber
toda la alegría que yo conseguí,
un gran jasayé no podría a la vez
con todas las penas que dejaron en mí.

Hay lunita que entre nubes
sos un curucusí,
a vos que te arrullan y te cantan,
mándame una esperanza,
rayito de color,
allí sobre el río Piraí
que pa' su corriente mis lágrimas vertí.

Todos los que estaban en La Pata de la Víbora, que así se llamaba el local, aplaudieron. Alguien dijo: «¡Que cante el Guajojó!». José, que no sabía lo que significaba la palabra «guajojó», preguntó a sus nuevos amigos quién era ese Guajojó y dijo: «Que siga cantando Don Percy Ávila, canta muy bien». Gonzalo Gutiérrez Sandoval puso su brazo sobre el hombro de José y le dijo:

—No sea colla, amigo. El guajojó es un ave nocturna, la más pequeña de los búhos, que emite un canto triste, lúgubre y melancólico que se asemeja al lamento de una mujer. Hay una leyenda que dice que una joven india se había enamorado de un simpático joven de otra tribu. El padre de la joven era brujo, y al saber que su hija estaba enamorada de alguien que no era de la misma tribu, mató al joven y convirtió a su hija en un ave que desde entonces vaga por la selva con su lastimero canto.

Percy Ávila aplaudió la intervención muy oportuna y aclaradora de Gonzalo. Las cuerdas de la guitarra de Francisco comenzaron a vibrar y la agradable y armoniosa voz nuevamente llenó el ambiente con esta bella canción:

Cuando la lluvia canta un taquirari,
entre las hojas de un gran motacú,
aquí muy dentro rebalsa en mi tari,
mi corazón que fue tari en tisú.

Se me desbordan recuerdos y recuerdos
de aquel buen tiempo que nunca volvió,
sigo en la huella buscando mi estrella,
porque soy bueno, la ausencia me cambio.

Lunita camba que nunca me escribió,
tanta promesa que nadie me cumplió,
sigue la lluvia mojándome el alma
en cada gota un recuerdo se ahogó.

El guajojó,
caminante pena, como yo.
Lleva mi voz
de guapomó en guapomó.

La vibración de las cuerdas vocales de Percy producía sonidos muy claros. El flujo del aire que salía de sus pulmones, al pasar por su garganta, creaba una sonoridad que estaba en perfecta armonía con la entonación de su voz. La modulación de las palabras era impecable, la consonancia con los acordes de la guitarra no tenía fallas ni imperfecciones. Su voz era dulce y delicada, transmitía serenidad, tranquilidad y sosiego al mismo tiempo que era masculina y varonil. Percy no necesitaba elevar el sonido de las palabras para expresar lo que la letra de la canción difundía. Su voz relucía por sí sola, avivando y animando el ámbito de La Pata de la Víbora.

Todos aplaudieron, levantaron sus copas y brindaron. El dueño del local sirvió una bandeja de empanadas fritas, rellenas con papa y un poco de carne, que era la especialidad del local. Don Roque, que así se llamaba el dueño de La Pata de la Víbora, saludó a todos los de la mesa, en especial al cantor, que siempre era bienvenido porque atraía a los clientes que acababan pidiendo empanaditas, cerveza y el tradicional culipi, que es alcohol de caña con agua de canela.

José sacó de su morral el cuaderno en el que anotaba las expresiones, locuciones, modismos y dichos que había escuchado en Santa Cruz de la Sierra. Hasta ese momento llevaba anotados los siguientes nombres con sus correspondientes significados: pan de arroz, cuñapé, huminta, masaco de plátano, sonso de yuca. Aumentó la lista la palabra «guajojó» y su correspondiente significado: ave nocturna cuyo canto es lastimero, quejumbroso, afligido y conmovedor. También incluyó «culipi»: preparado de alcohol de caña con agua de canela.

Gonzalo quedó intrigado al ver el cuaderno de anotaciones de José y le pidió permiso para mirarlo. Al entregárselo, José dijo:

—No hay problema, amigo, usted puede ver todo mi cuaderno de anotaciones, pero es muy posible que no entienda los garabatos, algunas veces yo mismo no entiendo mi letra. De todas maneras, es una forma que tengo para recordar las cosas que aprendo.

Gonzalo se puso a hojear y examinar superficialmente el cuaderno. Al poco tiempo se dio cuenta de que no había forma de entenderlo. Lo devolvió a su amigo y dijo:

—Puedo ver que escribe en jeroglíficos y hay fórmulas químicas que no entiendo. Lo que pude ver es que en su lista de palabras usted quiere saber el significado de la palabra «camba». Permítame recomendarle que visite al profesor Hernando Sanabria Fernández, es el director de la Biblioteca de la Universidad Gabriel René Moreno, que está localizada en el cuarto piso del edificio central en la Plaza 24 de Septiembre. Visítelo y mencione que usted es mi amigo. Estoy seguro de que le ayudará y se quedará muy contento al saber que un colla quiere aprender sobre la cultura camba.

José anotó el nombre del profesor mencionado por Gonzalo y comentó con su amigo el mural que había visto en la plazuela que estaba próxima al local donde compartían momentos muy alegres. Con voz muy firme y demostrando orgullo se ser cruceño, Gonzalo dijo:

—Es el gran mural que Lorgio Vaca está preparando. Se llama *La Gesta del Oriente Boliviano*. Está compuesto de seis partes que representan las seis etapas por las que ha pasado el departamento de Santa Cruz que son: 1) las culturas ancestrales, 2) la colonización, 3) las misiones jesuíticas, 4) la guerra del Chaco, 5) la marcha popular, y 6) la sociedad futura. Este mural demuestra la capacidad que tiene el pueblo cruceño de hacer, creer, vivir y sentir alegría pese al sistemático exterminio que fue iniciado por los invasores españoles.

José agradeció nuevamente a su amigo las excelentes informaciones que le había proporcionado. A los pocos minutos se retiró del local y regresó a la casa de sus padres en la calle Arenales.

05

Aprendiendo la historia del oriente boliviano

José se despertó muy temprano, fue a la cocina para tomar un vaso de agua y encontró a Encarnación, que ya estaba en los ajetreos para preparar el desayuno. La cocina tenía aroma de café recién preparado y olor a tabaco negro. La casi anciana mujer saludó a José diciendo:

—Buen día, joven. ¿Cómo ha dormido? La noche anterior mi nieto no lloró. Los consejos que le dio a mi hija Magdalena para que amamante correctamente a su bebé han servido. Mi hija ha conseguido dormir casi toda la noche.

José dio un beso en la frente a Encarnación y dijo:

—Me alegro mucho de que madre e hijo descansaran. Ayer vi que Magdalena estaba demacrada y percibí que tenía melancolía postparto, es decir, una tristeza inexplicable que sienten todas las madres después del nacimiento de su bebé.

Justo en ese momento entró Magdalena. Estaba radiante, se la veía feliz y alegre. Su largo y lacio cabello estaba suelto, brillante, muy bien peinado y caía sobre sus hombros resaltando su sensual y voluptuosa figura. José miró detenidamente a la mujer con la que tuvo su primera experiencia sexual, tapó su boca con la mano abierta, en señal de admiración, y dijo:

—¡Caramba, caramba! ¡Te ves muy linda! ¡Estás tan bella como cuando te conocí! ¡Lo que hace una noche bien dormida!

Magdalena sonrió y dio un beso a su madre en la frente. José entregó su mejilla para también ser besado y consiguió arrancar un beso de cariño de la reciente madre, que dijo:

—Mi bebé solo despertó una vez, lo alimenté de acuerdo con tus instrucciones, le cambié el pañal y se durmió nuevamente. Me fue posible dormir durante varias horas seguidas. Acabo de tomar una larga ducha y arreglarme un poco. ¡Gracias, José! Tus consejos fueron muy buenos. Tú no eres el padre de mi bebé, pero quiero que seas su padrino.

José se puso alegre y contento. Inmediatamente dio un cariñoso abrazo a su futura comadre, la levantó, la hizo girar en el aire varias vueltas y la puso nuevamente en el suelo. Magdalena sonrió y José dijo:

—Vas a ser mi comadre y yo tu compadre. ¿Cómo se va llamar mi ahijado?

Magdalena miró a su madre y dijo:

—Mi madre quiere que se llame Yaguatí, que es el nombre de mi padre y significa 'gato montés'. Yo me pregunto: ¿para qué escoger un nombre en guaraní que va ser cambiado cuando lo bauticen? Prefiero que se llame Constantino, me enteré de que ese es tu primer nombre y desde que lo escuché me gustó, suena bien, masculino.

Mientras conversaban sobre el nombre que darían al hijo de Magdalena se escuchó el llanto del bebé. La nueva madre dijo:

—Ya ves, mamá, mi bebé no quiere llamarse Yaguatí, quiere llamarse Constantino.

Después de que Magdalena saliera de la cocina, Encarnación se aproximó a la mesa donde estaba José y dijo:

—Joven, sírvase una taza de café. Los granos de este café fueron cosechados por un pariente que vive en los Yungas de La Paz, trabaja en una hacienda que produce este delicioso y muy aromático café. Yo lo tosté y lo molí. También le estoy sirviendo cuñapé abizcochado, que es el mismo cuñapé que dijo que había comido en el ómnibus que lo trajo de Cochabamba. Este está endurecido para que dure más tiempo, se consigue dejando que el cuñapé se enfríe lentamente dentro del horno. Si lo nota muy duro puede mojarlo en el café caliente y verá qué sabroso es. También le sirvo una galleta que tiene el nombre de «paraguayo», está hecha con almidón de yuca, azúcar, huevos, canela en polvo y clavo de olor molido, horneada en forma de roscas.

José tomó el café, saboreó el cuñapé abizcochado y también la galleta paraguayo, que le gustaron mucho. Agradeció y se despidió de Encarnación diciendo que si su madre preguntara por él dijera que había ido al hospital a charlar con los médicos con los que haría prácticas. Se levantó, se colgó el morral que siempre lo acompañaba,

—¡Esto es verdaderamente delicioso! Por favor, dígame qué es lo que contiene y cómo lo prepara.

La señora Sara se secó las manos y dijo:

—Hay que remojar durante una noche el maíz blanco. Después de lavarlo muy bien, con varias aguas, se pone en una lata grande con bastante azúcar y se lo hace hervir por muchas horas. Yo uso azúcar blanca refinada, mi comadre Juana endulza con azúcar de chanca que es oscura, por eso el somó que ella vende sale oscuro, pero como puede ver el mío es muy blanco, como debe ser. Pongo el clavo y la canela al final para no enturbiar el refresco. Algunos aumentan harina de maíz, yo prefiero que sea solo con el maíz blanco, sin la harina. En cuanto hierve el somó, hay que batir constantemente para que el maíz no se pegue en el fondo de la lata. Don Pontiano Paniagua es mi cliente desde hace muchos años y él dice que es el mejor somó del pueblo.

José bebió todo el contenido del vaso y pidió a la señora Sara que le sirviera otro. Se puso a conversar con Pontiano Paniagua:

—Gracias por su recomendación, don Pontiano. Este refresco es delicioso y refrescante y debe de ser muy nutritivo. El maíz alimentó a los primeros habitantes de América, mucho antes de la llegada de los invasores españoles. Dígame: ¿esta casa pertenece a don Aníbal Ortiz?

José había dejado el maletín de médico en medio del corredor y algunas personas querían pasar por el angosto pórtico. Pontiano, que había terminado de tomar el vaso de somó, quiso levantar el maletín para dar paso a los transeúntes, y al notarlo muy pesado dijo:

—Su maletín es muy pesado, parece que esos procesos de Sucre tienen plomo. Respondiendo a su pregunta, le puedo decir que esta casa no es propiedad de don Aníbal Ortiz. En una oportunidad el propio don Aníbal me contó que alquila la casa a los herederos de Juan Antonio Álvarez de Arenales, que fue un militar argentino de origen español que luchó por la independencia de Bolivia al lado del general Ignacio Warnes. Conocemos este lugar con el nombre del alzó el pesado maletín de médico y salió rápidamente, antes de que despertara su madre.

Caminar por las calles de Santa Cruz de la Sierra le causó sorpresa, pues las vías públicas están cubiertas con losetas hexagonales de cemento. En la ciudad de La Paz, los pisos de las calles están cubiertos con piedras labradas en forma rectangular y en Sucre las calles son asfaltadas. También le llamó la atención que las aceras fueran altas. En la calle Beni tuvo que subir cinco escalones para caminar por un corredor con pilares de madera donde había varias oficinas. Al caminar en el alto corredor, encontró a un hombre de avanzada edad, vestido con un terno muy bien planchado y una corbata que aparentaba tener muchos años. El hombre llevaba muchos documentos bajo el brazo y también tenía un abultado maletín que estaba en el suelo, entre sus pies. Tenía un vaso grande de vidrio y saboreaba un refresco de color blanco. José preguntó al distinguido señor qué es lo que estaba tomando:

—Disculpe que le moleste, señor. ¿Me puede decir cómo se llama lo que está tomando? Mi nombre es José, soy de Sucre y me gusta conocer sobre lo que se consume aquí, en Santa Cruz de la Sierra.

El hombre paró de beber el líquido blanco y dijo:

—Muy buenos días, joven sucrense. Usted debe de tener muchos procesos y documentos en ese su maletín y viene a registrarlos aquí, en la Notaría Oficial del Registro Civil a cargo de don Aníbal Ortiz. Yo me llamo Pontiano Paniagua, soy tramitador. Estoy saboreando un delicioso somó preparado por mi gran amiga doña Sara Días. Le recomiendo que se tome uno, o dos, le aseguro que va ser de su completo agrado, y también es muy nutritivo. La propia Sara le explicará lo que contiene y cómo se prepara.

La señora Sara, que era la que vendía los deliciosos refrescos, sirvió un vaso de somó a José, que colocó el pesado maletín de médico en el suelo. Agarró el vaso, dio un sorbo y después de saborear el líquido blanco durante algunos segundos dijo:

Altillo Beni. Mire, los horcones, es decir, las columnas que sostienen las vigas o aleros del tejado, están todos labrados en cuchi, una madera que dura mucho tiempo. Los brasileños la llaman «palo de fierro», es prácticamente eterna. La acera está elevada para protegerla de la subida de las aguas en el tiempo de lluvias. Los ladrillos donde pisamos son especiales, hoy en día ya no los hacen tan macizos como en aquellos tiempos.

José agradeció la respuesta, pagó a la señora Sara y al despedirse de Pontiano Paniagua dijo:

—Muchísimas gracias, don Pontiano, el somó es un refresco delicioso y volveré a tomar otro. Le tengo que aclarar que no soy tramitador de procesos, sino estudiante de medicina, y en este maletín llevo muchos remedios y material quirúrgico. Ahora le dejo, tengo que ir a la Biblioteca de la Universidad Gabriel René Moreno. Deseo que tenga un buen día y que consiga registrar todos esos procesos.

José bajó los cinco escalones de corredor elevado, dobló a la derecha y siguió caminando por la calle Sucre hasta llegar a la Plaza 24 de Septiembre. Atravesó diagonalmente la plaza, se paró algunos segundos para ver la estatua de Ignacio Warnes y finalmente llegó al edificio de la Universidad Gabriel René Moreno. En la puerta había varios jóvenes que conversaban en voz alta y reían. Les preguntó dónde podía encontrar al profesor Hernando Sanabria Fernández. Le indicaron que tenía que subir al cuarto piso, donde se encuentra la biblioteca. Por las dudas, José quiso saber si el profesor ya había llegado; respondieron diciendo que era el primero en llegar y el último en salir.

José subió, llevando el pesado maletín, hasta el cuarto piso. En la biblioteca no había lectores, el salón estaba vacío. Sintió olor a libros y a polvo. Los libros tenían las páginas color de vainilla, debido a que la lignina que contiene el papel se oxida y comienza a descomponerse. Para José, el olor a lignina, a los agentes químicos usados para blanquear el papel, al pegamento usado para la encuadernación y a la tinta de imprenta que contenía plomo formaban un cóctel olfativo delicioso. Respiró profundamente y cerró los ojos, su hipotálamo reaccionó y lo hizo sentir que estaba en la biblioteca de la Universidad de San Andrés, en la ciudad de La Paz. Permaneció varios segundos con los ojos cerrados hasta que escuchó la voz gruesa y masculina de alguien que le decía:

—¿Qué viene a hacer a la biblioteca? Por el maletín que usted lleva debe de ser estudiante de medicina. Tenemos muy pocos libros sobre ese asunto. La Universidad Gabriel René Moreno por ahora no tiene facultad de medicina, lo más próximo es la Facultad de Veterinaria, tal vez pueda encontrar algún libro sobre el tema que busca en esa facultad. Parece que usted está con sueño, lo encontré con los ojos cerrados.

José se recompuso, colocó el maletín sobre una mesa y dijo:

—Disculpe, profesor, me llamo José, estudio en La Paz y vengo a consultar algunos libros, no son de medicina, sino de historia. El olor de las bibliotecas es romántico, los libros huelen a sabiduría, las moléculas volátiles de los componentes del papel activaron mi hipotálamo y me hicieron recordar los momentos muy agradables que he pasado en varias bibliotecas. ¡Muy buenos días! Me imagino que usted es el catedrático Hernando Sanabria Fernández que mi gran amigo Gonzalo Gutiérrez Sandoval comentó que me puede ayudar a encontrar las informaciones que necesito.

El profesor Sanabria respondió:

—Conozco a Gonzalo Gutiérrez Sandoval, es estudiante en la cátedra de Sociología Jurídica que dicto en este recinto, es uno de los pocos alumnos que presta mucha atención y nunca falta. Dígame cuál es la información que necesita, tal vez pueda ayudarlo. Por favor, sea breve, tengo mucho trabajo.

José sacó su libreta de anotaciones y dijo:

—Primero me gustaría saber el significado de la palabra «camba». He escuchado esta palabra desde mi infancia. Mi madre la usaba, en forma despectiva, para referirse a la empleada doméstica, que se llama Magdalena y es de Santa Cruz.

Hernando Sanabria Fernández miró fijamente a José y dijo:

—¡Muy buena pregunta! Hay varias interpretaciones sobre el origen de la palabra «camba». No solamente es un apodo gentilicio, sino también un etnogénesis, es decir, un grupo de seres humanos que pasa a ser considerado étnicamente distinto y que tiene peculiaridades culturales y sociopolíticas específicas. Es así como podemos hablar de la cultura camba, la música camba y hasta de una gastronomía camba, que utiliza ingredientes de productos que son cultivados en el oriente boliviano, como la yuca o mandioca, el arroz, el maíz, frutas y animales silvestres. Hay algunos autores que quieren asociar la palabra «camba» con «negro». El escritor cochabambino Ramón Rocha Monroy, no sé si con buenas o malas intenciones, asoció «camba» con la palabra «kambá», que en guaraní significa 'persona de raza negra'. Yo no tengo nada contra los de raza negra, porque considero esa raza como la más fuerte entre los humanos, ya que los negros han sobrevivido a la esclavitud y hoy ocupan importantes cargos en varios países. Es importante definir correctamente el origen de las palabras, y es así como está completamente descartada la teoría de que «camba» significa 'negro'. También está descartada la conclusión a que llegan algunos autores de que la voz «camba» proviene del nombre de un pueblo de Galicia llamado Cambados, que es un municipio situado en la comarca del Salnés, en la costa de Galicia, en el noroeste de España. En un contexto histórico, el plural «cambas» se refiere a un grupo de nativos de la provincia de Mojos. Estos nativos son de ascendencia chiriguano-guaraní y los llamaban despectivamente usando el vocablo «camba». Poco a poco esta palabra se fue usando como el gentilicio de todo habitante mestizo del oriente boliviano. Actualmente, la palabra «camba» se usa como sustantivo o como adjetivo calificativo para referirse a todos los nacidos en Santa Cruz, Beni y Pando.

José tomó nota de la clara explicación que el profesor Sanabria le había dado y dijo:

—Muchas gracias por la detallada enunciación lingüística sobre la palabra «camba». La segunda pregunta que tengo se refiere a los chané. Quiero pedirle que me indique cuáles son los libros que debo leer para aprender sobre el origen, la cultura y las costumbres de esta etnia.

El profesor Sanabria mostró cara de asombro y dijo:

—En 1948, antes de que usted naciera, yo realicé un estudio sobre los chané. Me llamó mucho la atención la habilidad que esta etnia tiene para alcanzar acuerdos y alianzas con otros pueblos. El estudio que yo realicé es etnográfico, es decir, que describo las costumbres y las tradiciones de los chané. He escrito otro libro cuyo título es *En busca de El Dorado. La colonización del Oriente boliviano por los cruceños.* Esta obra no está acabada, apenas he dado un inicio a la discusión sobre un tema muy importante. Para facilitar la presentación y la lectura de lo que yo llamo «la colonización del oriente boliviano por los cruceños», hago una división del territorio del oriente boliviano en cuatro partes. Primero presento lo relacionado con el poblamiento de la región de Moxos, a partir de la llegada de Ñuflo de Chávez hasta la época de la extracción de la goma, y la guerra del Acre. En la segunda parte hago un relato desde la llegada de los jesuitas a la región de Chiquitos hasta el establecimiento de las estancias ganaderas en esa región. Yo tengo una especial predilección por esta región, que según mi punto de vista debería llamarse Chiriguanía en lugar de Chiquitanía. La tercera parte trata del poblamiento de las tierras que están próximas a la región de Yapacaní. La cuarta parte, que necesito terminar de escribir, trata sobre la región del río Ichilo. Le voy a decir a mi asistente que le traiga estos libros. También le recomiendo que lea *Exploraciones y aventuras en Sudamérica*, de Erland Nordenskiold, interesante documento del que tenemos una copia en esta biblioteca.

José tomó nota de absolutamente todo lo que el maestro decía. El profesor Sanabria quedó impresionado con esto y dijo:

—Veo que usted es un alumno esforzado, diligente y minucioso, seguramente va ser un buen médico. Me gustaría tener alumnos como usted en las clases de Sociología Jurídica que doy aquí, en la facultad de Derecho. Los estudiantes de ahora están más interesados en asuntos políticos, se autoproclaman revolucionarios y los que no son eso están pensando en las mujeres o molestando a las pocas estudiantes del sexo femenino que hay en esta facultad. Ahora yo quiero hacerle una pregunta: ¿por qué un estudiante de medicina habría de interesarse en el tema de los chané?

La pregunta sorprendió a José, que prefirió no mencionar el verdadero motivo y tuvo que inventar una historia para responder de la siguiente forma:

—Resulta que fui a visitar a un tío que tiene una propiedad en la región de Ascensión de Guarayos y conocí a un grupo de personas que se identificaron como miembros de la etnia chané. He conseguido varios remedios que llevo en este maletín y quiero ayudar a algunos de ellos que están enfermos.

El profesor Sanabria puso cara de incrédulo, desconfiado, receloso, suspicaz y escéptico. Parecía no aceptar la explicación de José. Con modulación de la voz en forma sarcástica y hasta burlesca dijo:

—Escúcheme, joven: los chané no viven en la región que menciona, sino en el sur. No le vaya a pasar lo que sucedió con Jules Crevaux, el explorador francés a quien mataron los indios cuando estaba explorando el río Pilcomayo. Tenemos una copia de su libro aquí, en la biblioteca, le recomiendo leerlo y tomar muy en serio lo que le pasó a este explorador. A pesar de los muchos años de experiencia en tratar con los habitantes de la región del río Pilcomayo, fue asesinado posiblemente por haber mantenido relaciones sexuales con las mujeres del lugar que estaba explorando. Es una advertencia que le hago, porque las mujeres chané son muy atractivas, encantadoras y seductoras, especialmente cuando son muy jóvenes.

José infirió que la explicación o justificación para aprender sobre los chané no había sido aceptada. Dio las gracias al profesor, se despidió y buscó un lugar próximo a una ventana para sentarse, pues sería un día caluroso. Si bien José disfrutaba de los ambientes de las bibliotecas, la elevada humedad en Santa Cruz de la Sierra incentiva la multiplicación de ácaros. José, que había vivido siempre en los ambientes secos de Sucre y de La Paz, descubrió que tenía alergia a los diminutos insectos que viven en el polvo. Estos insectos, casi invisibles, son una subclase de los arácnidos, es decir, de las arañas, miden menos de una décima de milímetro, no muerden ni contagian enfermedades. Sin embargo, las heces fecales que depositan sobre el papel contienen partículas que al volatilizarse y tomar contacto con la mucosa nasal o bronquial producen inflamación causando estornudos, rinitis alérgica, tos y asma bronquial.

A los pocos minutos apareció la asistente del profesor Sanabria con varios libros. José quedó muy sorprendido, pasmado y hasta estupefacto al ver que era Rosario Terán Cárdenas, la joven mujer con la que había viajado desde Samaipata hasta Santa Cruz de la Sierra. Quiso ser el primero en saludar, pero no le salían las palabras. Rosario estaba elegantemente vestida. En lugar de la chompa de cuello tortuga, vestía una blusa muy suelta, color celeste, de líneas rectas, mangas largas anchas, sin puños y con el cuello redondo y abierto. El pantalón que usaba era del tipo campana de color azul marino, y los zapatos eran negros, de plataforma alta. Con voz firme y muy clara Rosario dijo:

—¡Qué alegre sorpresa! El estudiante de medicina que admira la constelación de la Cruz del Sur ahora se ha vuelto un intelectual en busca de informaciones sobre los chané y no deja su pesado maletín de médico ni para visitar la biblioteca. Sospecho que ese maletín no solamente lleva remedios, porque parece que es muy pesado, debe de estar lleno de plomo.

José se puso en pie, se aproximó a la elegante joven mujer y quiso darle un beso en la mejilla. Ella retrocedió, y al intentar colocar los libros sobre la mesa, varios de ellos cayeron. José se inclinó para levantarlos, ella también lo hizo. En cuanto los dos estaban en cuclillas, se miraron a los ojos. Era la primera vez que lo hacían, pues en el ómnibus, donde se conocieron, la luz era muy baja y no tuvieron tiempo ni de despedirse. Las pupilas de los dos estaban dilatadas y sus miradas estaban centradas en los correspondientes rostros, lo que denotaba que había un deseo interno para una relación romántica. José quiso hablar, pero el polvo que se levantó con la caída de los libros lo obligó a estornudar, perdió el equilibrio y cayó sentado en el piso lleno de polvo. Rosario se puso en pie y con voz burlesca dijo:

—¿Qué te pasa? Segunda vez que me ves y te caes, así fue en el ómnibus que nos trajo de Samaipata. ¡Aprende a afrontar las sorpresas agradables de la vida! Voy a dejar sobre la mesa los libros que el profesor Sanabria me pidió que te entregara y de aquí a poco te mandaré varios libros sobre Samaipata. Sé que estás interesado en saber sobre los chané. Como ya te conté, fueron ellos los que construyeron el centro ceremonial que está próximo al pueblo donde nací. Muy equivocadamente llaman ese lugar con el nombre de "El Fuerte"; nunca fue un recinto fortificado, es completamente abierto. Ahora me voy, tengo que atender una clase de Derecho Agrario.

Mientras Rosario se alejaba, José trató de recomponerse del estornudo que dio debido a su alergia a los ácaros. También sacudió el polvo de su pantalón. Toda esa escena lo hizo recordar lo que pasó en la biblioteca de la Facultad de Ciencias Farmacéuticas y Bioquímicas de la Universidad Mayor de San Andrés, en La Paz, cuando se encontró con María Pacheco Jiménez, la enigmática mujer que lo había inducido a descifrar el problema que lo acosaba.

A los pocos minutos llegó un joven y puso sobre la mesa los libros que Rosario le había mencionado. Sin perder tiempo, José empezó a leer sobre Samaipata. Conforme lo hacía escribía detallados resúmenes en su cuaderno de anotaciones. Después de leer esos libros, José se puso a meditar sobre el tema y llegó a la conclusión de que el lugar en Samaipata que es conocido con el nombre de "El Fuerte" en realidad es un sitio ceremonial que fue construido sobre una enorme roca, de aproximadamente 220 metros de largo por 60 metros de ancho. En la superficie de esta inmensa roca existen varios canales, ranuras y pozos donde se junta y corre el agua de la lluvia. En la plataforma principal hay varios nichos y en el punto más alto existen doce concavidades que están talladas en un círculo de aproximadamente siete metros de diámetro. Dentro de este círculo existen tres asientos orientados en el sentido opuesto de las doce concavidades. De acuerdo con la amplia lectura que José realizó, ese centro ceremonial fue construido por los chané en honor al dios del Agua. Los rituales que se realizaban en ese lugar estaban destinados a alabar al elemento líquido que es considerado el principio de la vida.

La descripción y todos los detalles que José leyó sobre la roca ceremonial en Samaipata le hizo recordar a la planicie, en forma de anfiteatro, que existe en la isla de la Luna y que es conocida como el Iñak Uyu, es decir, Templo de las Vírgenes del Sol. Después de meditar sobre esta semejanza durante varios minutos, llegó a la conclusión de que el llamado "Fuerte de Samaipata" en realidad es un centro ceremonial que constituye una síntesis de dos culturas: la de los chané y la de los incas. Para corroborar esta teoría, el lugar donde los chané lo construyeron se denomina con la palabra quechua «samaipata», que significa 'lugar de reposo entre montañas'.

También pensó que era posible que los incas, en su avance al oriente, realizaran una alianza con los chané. José había estudiado que las ñustas, que eran las vírgenes escogidas para ser las esposas de los soberanos del imperio inca, también eran ofrecidas a los monarcas de otros pueblos que conquistaban. Posiblemente la alianza entre los chané y los incas fue sellada con la entrega de una ñusta a un cacique chané. La alianza entre los dos pueblos también se dio en el campo de la religión, pues las dos culturas rendían culto a los cuatro elementos: agua, fuego, tierra y aire. Para corroborar esta conclusión, en el área sur de la gran roca existe una estructura rectangular que estaba destinada al culto del Arco Iris, que también era una deidad de los incas.

Pocos segundos después de que José terminara de escribir el resumen de lo que había aprendido, apareció el profesor Sanabria, que dijo:

—Puedo ver que ha leído muchos libros sobre Samaipata, pero ninguno sobre los chané que me había solicitado. Mi asistente me dijo que estaba interesado en saber sobre "El Fuerte". Pensé que su interés en este tema era solo porque quería impresionar a Rosario, que nació en Samaipata. Le tengo que informar de que la biblioteca cierra para el almuerzo; abrimos a las cuatro de la tarde. Puede dejar los libros sobre la mesa.

José dio las gracias al doctor Sanabria, colgó su morral en su hombro, levantó el pesado maletín, se despidió y bajó por las escaleras muy contento por haber aprendido sobre Samaipata y sobre la unión que existió entre los chané y los incas.

06

Disfrutando de la hospitalidad oriental

José había pasado toda la mañana en la biblioteca de la Universidad Gabriel René Moreno aprendiendo sobre los chané y la historia del oriente boliviano. Cuando salió del recinto universitario, un poco después del mediodía, notó el intenso movimiento que había en las calles. Todos se apresuraban en llegar a sus respectivas residencias para almorzar y dormir la siesta. Se quedó observando este movimiento hasta que el tráfico de vehículos y el movimiento de peatones se detuvieron casi por completo y las calles quedaron desiertas. Cuando llegó a casa de sus padres, Magdalena le abrió la puerta y le dijo que no hiciera ruido, pues su madre ya había almorzado y estaba durmiendo la siesta. Le dijo que había ordenado que le sirvieran el almuerzo en el comedor y no en la cocina. José dio un beso silencioso en la mejilla de Magdalena y sin obedecer los designios de su madre fue directamente a la cocina, donde Encarnación lo recibió con mucho cariño y diciendo:

—He preparado *majau* de charque con plátano frito y yuca cocida. ¿Quiere que le sirva con uno o con dos huevos fritos?

José respondió que quería dos huevos, pero que primero se lavaría las manos para después saborear la comida. Pidió una botella de agua fría para aplacar la sed que tenía. Cuando regresó a la cocina, el *majau* de charque estaba servido en un plato grande y se lo veía muy apetitoso. Encima del arroz, que tenía color amarillo oscuro, había dos huevos fritos; el arroz estaba rodeado por plátanos también fritos. La yuca cocida estaba en un plato separado. La yuca, o mandioca, es un tubérculo parecido a la papa, rica en hidratos de carbono complejos y con un potente poder saciante.

Después de tomar mucha agua, José preguntó a Encarnación cómo preparaba el arroz para que estuviera tan delicioso y apetitoso y por qué lo llamaban *majau*, pues era la primera vez que escuchaba esa palabra. Encarnación paró de fumar y comenzó a explicar la forma de preparar la comida que José estaba por comenzar a comer.

—Primero pongo a hervir agua en una olla grande donde coloco el charque, es decir, la carne salada que se ha dejado secar al sol, que la lavo muy bien, en varias aguas. Yo uso el charque que su padre trae cuando sale de cacería, y este es de jochi pintao, es decir, puerco del monte. Hay que hervir el charque para que ablande. Una vez hervido, lo pongo en el tacú y lo golpeó bastante hasta que esté completamente desmenuzado. Su madre dice que el nombre *majau* deriva de la palabra «majar», que quiere decir 'golpear' o 'machucar', porque justamente es eso lo que hacemos con el charque en el tacú. El charque majado hay que dorarlo en una sartén con mucha manteca de puerco. Después hay que preparar las semillas de urucú, que es lo que le da al arroz el color anaranjado. Nosotros también usamos el urucú, que su madre lo llama «achiote», para pintar nuestros rostros en días festivos y sobre todo nuestros labios. Hay que fritar las semillas de urucú en manteca bien caliente hasta que la manteca esté de color rojo, en este mismo aceite hay que tostar el arroz. El agua donde se hirvió el charque es usada también para hervir el arroz frito, junto con el charque majado. Después se fríen las tiras de plátano verde que las pongo adornando el plato. Finalmente, pongo los huevos fritos sobre el arroz. La yuca hervida la sirvo en un plato separado.

Mientras Encarnación conversaba con José y le decía cómo había preparado el *majau*, Magdalena, con su bebé en los brazos, había entrado a la cocina silenciosamente. Cuando su madre dejó de hablar, dijo con voz muy afectuosa:

—A este paso, José va aprender más cómo se preparan los platos cruceños que en las prácticas de medicina que dijo que viene a cumplir.

José dio un beso en la mejilla de Magdalena y acarició suavemente al bebé. Magdalena continuó hablando:

—Tengo dos encargos de doña Miriam para ti: uno es que te entregue este delantal de médico, porque dice que siempre soñó con tener un hijo médico y que ahora que está haciendo prácticas de medicina lo tiene que usar. El segundo encargo es que te entregue este sobre que contiene dinero para tus gastos y, sobre todo, para que pagues al peluquero por el corte de cabello que tienen que hacerte.

Su madre dijo que llamó a Pitito Medina, que es el peluquero donde tu tío y tu padre se hacen cortar el cabello. El padre de don Pitito era el peluquero de tu abuelo. La peluquería está en la calle Gabriel René Moreno, frente a la catedral y junto a una librería.

José salió de la cocina, fue a su cuarto, descansó un poco, tomó un largo baño, lavó su larga cabellera con mucho champú, se afeitó y se puso Agua de Colonia 4711. Cuando estaba saliendo de la casa, Magdalena lo despidió con un beso y un muy tierno abrazo.

Caminó rápidamente al lugar que le había explicado Magdalena. Antes de entrar a la peluquería, visitó la librería ABC, donde se deleitó viendo los libros que en su mayoría eran textos universitarios. También estaban a la venta libros sobre el comunismo, incluida la traducción al castellano de *El manifiesto comunista*. La persona que atendía la librería preguntó, en forma muy amable, cuál era el texto que buscaba. José se presentó a doña Alcira Montero, que así se llamaba la persona que atendía la librería ABC, compró varios libros que le interesaban, los puso en su morral y fue a la peluquería a la que su madre había llamado. Entró en ella justo en el momento en que un hombre de avanzada edad estaba saliendo. El hombre tenía los ojos saltones y pocos cabellos. Al ver a José, y antes de salir de la peluquería, con voz muy elevada, vociferando, casi gritando, como para que todos los que estaban en las proximidades escucharan, hizo un discurso improvisado:

—Esta juventud no conoce la verdadera historia de Santa Cruz de la Sierra. Piensan que por tener melena larga son revolucionarios. La valentía de un pueblo no se mide por el tamaño de los cabellos. Los cruceños hemos defendido con sangre nuestros derechos, sin necesidad de descuidar nuestra higiene. El coronel Germán Busch Becerra, nacido en San Javier, provincia de Ñuflo de Chávez, en el departamento de Santa Cruz, promulgó la ley del 15 de julio de 1938, concediendo el 11 por ciento de la producción bruta de petróleo a los departamentos productores. Los gobiernos del M.N.R. no querían pagar estas regalías y asesinaron cobardemente a los valientes cruceños que peleaban para defender sus derechos. Los collas no imaginaron que los cruceños saldríamos a luchar y defender con nuestras vidas para que se cumpliera el pago de estas regalías que hoy impulsan el crecimiento de este pueblo, que se está convirtiendo en la locomotora que arrastra el progreso de Bolivia. Los campesinos de Ucureña, del Departamento de Cochabamba, asesinaron cobardemente a un grupo de falangistas en la localidad llamada Terebinto. También asaltaron la casa de recreación Ñanderoga, que en guaraní quiere decir 'nuestra casa' y la convirtieron en lo que yo llamo «la antesala del infierno». Los cruceños fuimos perseguidos, torturados y sometidos a vejámenes por los verdugos del Movimiento Nacionalista Revolucionario. En mi libro *Ñanderoga: El holocausto de un pueblo sojuzgado* hago un relato de esa época de angustias y terror por la que pasamos. Este libro debería ser de lectura obligatoria en las escuelas, en los colegios y en las universidades. ¡Viva Falange Socialista Boliviana! ¡Gloria a Unzaga de la Vega! ¡Abajo el comunismo!

El hombre salió a la calle y continuó hablando en voz alta mientras José se presentaba al peluquero diciendo:

—Buenas tardes, señor Pitito Medina. Soy José, el hijo de doña Miriam Inés Tapias Cornejo y de don Carlos García Pérez. Mi madre lo llamó informando de que vendría para que me corte el cabello. Yo no quiero que lo corten, pero tengo que darle gusto a ella. Por favor, corte lo menos que pueda. Si corta mucho, mis amigas y mis amigos no me van a reconocer.

Pitito Medina estaba sacudiendo el paño que cubre al cliente de los pedazos de cabello que son cortados, mientras un hombre de avanzada edad, que también vestía un delantal de peluquero, barría el suelo de los pocos cabellos que había dejado en anterior cliente. Dijo con voz muy amable dijo:

—Pase, joven. Llegó justo en el momento en que salía don Hernán Ardaya Paz, militante de Falange Socialista Boliviana, a quien seguramente no le gustó ver un joven con cabello largo. Usted me dice que se apellida Tapias, García Tapias, entonces probablemente su abuelo fue cliente de mi padre, que continúa trabajando. Puede verlo ahí, barriendo. Recuerdo muy bien a los hermanos Tapias. Tenían poco cabello, pero venían regularmente a este salón. Les gustaba mucho conversar. Aquí cortamos el cabello y dialogamos con nuestros clientes. Le voy a arreglar un poco su cabello, aunque a usted no le queda mal la melena, es alto, fornido y tiene el rostro grande. Por lo visto, no heredó el cabello de su lado materno, porque lo tiene abundante. Eso sí, su tupida barba demuestra que es un verdadero Tapias: su abuelo tenía que afeitarse todos los días y cuando tenía eventos por la noche venía a que lo afeitara segunda vez.

José se sentó en el sillón de peluquero y Pitito cubrió su cuerpo con una capa blanca para proteger la ropa de los cabellos durante el corte. Agarró el rociador con agua, roció el cabello de José varias veces y el último chorro lo dirigió a su boca, para beber un poco. Procedió con el corte y minutos después José, que evitó responder a las muchas preguntas que Pitito hacía, pagó la cuenta y fue directo al edificio de la Universidad Gabriel René Moreno para continuar su investigación sobre los chané.

Al llegar al portón del recinto universitario, encontró a su gran amigo Gonzalo Gutiérrez Sandoval, que al verlo dijo:

—Buenas tardes, José. Veo que vienes a visitar a don Hernando Sanabria y hasta te has hecho cortar el cabello. Te ves mejor. La melena que usabas parecía de guerrillero y la barba te daba un aspecto de poca higiene.

José contó que había ido a la peluquería de Pitito Medina y Gonzalo dijo:

—Entonces usted se ha hecho peluquear con el peluquero de príncipes.

—¿Cómo es eso? —respondió José.

Gonzalo continuó hablando:

—Dicen que una vez llegó un príncipe a Santa Cruz de la Sierra, quería hacerse recortar el caballo y quiso saber dónde había un buen peluquero. Le indicaron la peluquería de Medina. Después de ser peluqueado, el príncipe preguntó cuánto debía y parece que Medina aprovechó para cobrarle unos pesos de más. El príncipe, que se dio cuenta de que le estaba cobrando mucho, preguntó: ¿Son pocos aquí los peluqueros y por eso cobra tan caro? Medina le respondió: No, los que son pocos son los príncipes.

Los dos amigos rieron de forma impetuosa y muy ruidosa. Después de que pararon de reír, Gonzalo quiso invitarle a un cigarro, pero José dijo que no fumaba y comenzó a contarle que durante toda la mañana había estado en la biblioteca investigando sobre el Fuerte de Samaipata, pues había conocido a una linda estudiante de Derecho llamada Rosario Terán Cárdenas, quien le había comentado que ese lugar era un centro ceremonial y no una fortificación militar. Gonzalo, después de aspirar profundamente el humo del cigarro y exhalarlo por completo, respondió diciendo:

—Así es, amigo. Uno de estos días voy a visitar la región de Samaipata, porque me han dicho que es muy bonita y que es ideal para la plantación de vid. Está a una elevación de 1750 metros sobre el nivel del mar y quién sabe si algún día tomaremos vinos producidos con uvas de esa región. Sobre Rosario Terán Cárdenas, le cuento que es la mejor alumna de la facultad y demasiado seria, al punto de que casi no conversa con otros alumnos. Es asistente del profesor Sanabria, a ver si usted consigue cortejarla.

Los dos amigos se despidieron. José subió al cuarto piso para continuar con sus investigaciones sobre los chané. Cuando entró en la biblioteca, vio que la mesa donde había estudiado toda la mañana no había sido tocada y que los libros permanecían en el mismo lugar donde los había dejado. Las otras mesas estaban ocupadas, la mayor parte por estudiantes del sexo femenino. José notó que todas lo miraban y hacían comentarios entre ellas, pero las ignoró y se puso a estudiar todo lo relacionado con la etnia chané. Leía los libros que el profesor Sanabria había recomendado, hacía anotaciones, se ponía a razonar, meditar y reflexionar sobre las informaciones que obtenía. Siguió con ese ritmo hasta que la biblioteca cerró. Al día siguiente regresó y continuó estudiando. Al final del segundo día de estudiar todas las informaciones que estaban disponibles en esa biblioteca sobre este grupo étnico, llegó a las siguientes conclusiones sobre la etnia chané.

Los chané se autoidentifican como un pueblo diferente de los guaraníes y se autodenominan izoceños. La mayor parte de ellos viven, o vivían en los bañados de Izozog. Son un grupo formado sobre la base de una etnia de origen arahuaco del Chaco occidental, que hace aproximadamente 2500 años abandonó la región de las Guayanas y migraron hacia el sur. Una de sus parcialidades se estableció en los Llanos de Manso, en el norte de la Argentina y en el sureste de Bolivia.

Antes de salir del recinto universitario, José fue a conversar nuevamente con el Dr. Hernando Sanabria Fernández en su oficina localizada en el piso superior del edificio de la Universidad Gabriel René Moreno. José pudo notar la presencia de otra persona dentro de la sala, golpeó suavemente la puerta y dijo:

—Puedo entrar, Profesor Sanabria, soy José, vengo a agradecerle por las informaciones que me ha brindado y a despedirme.

El Profesor Sanabria respondió:

—Pase joven José. Le presento al Dr. Nataniel Paz Méndez, es catedrático de la materia "Práctica Civil y Ética Procesal". Las clases que dicta en este recinto son magistrales y dejan una huella muy profunda en el espíritu moral y la ética que deben cultivar los futuros abogados. Justamente estaba comentado sobre usted, le decía que no es normal ver un estudiante de medicina tan interesado en conocer sobre las etnias que existen en el oriente boliviano.

José saludó con mucha cortesía y respeto al Catedrático Paz Méndez que al estrechar la varonil mano del joven dijo con modulación de la voz muy clara dijo:

—Mucho gusto. Es una satisfacción conocer a un joven estudiante que se interesa en conocer sobre esta región de nuestro país. Estoy seguro que mi colega lo puede orientar en todo lo necesario. Yo ya me retiraba. Los dejo para que conversen.

El distinguido catedrático estrecho la mano del Dr Sanabria y se retiró de la oficina.

José entonces dijo:

—Profesor, estoy confundido con la gran cantidad de etnias que existen en el oriente boliviano. Según lo que he leído, el grupo Tupí Guaraní incluye chiriguanos, guarayos, tapietes, sirionos y también los izoceños, que según entiendo es el nombre que se usa para denominar a los chané.

El profesor miró fijamente a los ojos de José y respondió con mucha seriedad:

—Le voy a responder a su pregunta con otras preguntas: ¿qué es lo que cambia cuando cambia el nombre?, ¿qué efecto real puede tener que a los izoceños se los llame guaraní, chané o chiriguanos? El primer día que me visitó me preguntó el significado de la palabra «camba» y le hice una exposición de cómo este término primero fue usado en forma despectiva y ahora se ha convertido en un gentilicio usado con orgullo, al punto que hay movimientos para la formación de «la nación camba». El significado de las palabras es dinámico, las palabras crecen y se van adaptando a lo que los humanos queremos que ellas signifiquen. Debe siempre tener en consideración que los humanos somos todos iguales, aunque hay humanos que quieren ser más humanos que otros. Todos nacemos de la misma forma y todos vamos a morir. Recibimos la educación que nos dan, nos acostumbramos con las comidas que nos sirven, hablamos con la entonación y acento de nuestros padres, en especial de nuestra madre, por eso decimos «la lengua madre», contraemos matrimonio, tenemos descendencia y finalmente morimos. Las plantas y los animales también nacen, se alimentan, se reproducen y mueren. Nosotros, los humanos, nos diferenciamos porque podemos escoger cómo queremos vivir para ser felices. Usted dice que quiere viajar para ayudar a los chané, pero yo pienso que hay algo más detrás de eso: está viajando porque quiere encontrar la felicidad, quién sabe si al lado de una bella joven chané.

José quedó absorto, pasmado, ensimismado y en silencio durante varios segundos. Luego dijo:

—Profesor, usted hace honra a su profesión. No solo imparte enseñanzas y conocimiento, sino que sobre todo es un maestro que transmite sabiduría. Gracias por sus comentarios. Hoy he recibido una verdadera lección de vida que permanecerá conmigo hasta el día de mi muerte. Cuando regrese de Asunción de Guarayos vendré a visitarlo.

El profesor Sanabria sonrió, extendió su mano para estrechar la de José y mirándolo fijamente en los ojos le dijo:

—Cuídese, sobre todo no enamore a las indias de la región. Entiendo que es muy difícil resistirse a copular con las bellas mujeres chané; he leído relatos de que son muy ardientes, fogosas y apasionadas. Seguro que ellas lo buscaron, lo aceptarán y van a querer hacer el amor con usted, pero si los hombres de ciertas tribus lo agarran no lo perdonarán, lo perseguirán hasta encontrarlo, y después de torturarlo y cortarle sus órganos vitales, que comúnmente decimos «capar», lo matarán. Debe saber que los guaraníes practicaban el canibalismo ritual porque pensaban que al comer la carne del enemigo se apoderaban de sus cualidades, y usted tiene muchas. Los aborígenes no tienen barba como usted y muchos estarán dispuestos a matarlo para alimentarse de su carne pensando que les crecerá la barba.

José dio de nuevo las gracias por los consejos, salió del recinto universitario y fue directamente a casa de sus padres. Estaba cansado, pero muy contento por saber que en pocos días estaría al lado de Jasí Panambí, la Mariposa de la Luna.

07

Descubriendo la verdad

Después de pasar dos días estudiando en la biblioteca de la Universidad Gabriel René Moreno, José llegó a la conclusión de que debía viajar a Ascensión de Guarayos, el lugar donde la familia de Jasí Panambí se había ido a vivir, de acuerdo con lo que le había contado su amigo Lucas Martínez Rodríguez. Se levantó temprano, tomó una ducha rápida y fue a la cocina, donde Encarnación había acabado de colar el café. En la mesa estaban los cuñapés abizcochados y las galletas de harina de yuca llamados «paraguayos». También había un plato muy grande que contenía muchas roscas de color café claro y una en forma de corazón.

—¿Qué es esto? —preguntó José.

Encarnación se aproximó y dijo:

—Son roscas de maíz que ha preparado mi hija Magdalena. Le salen deliciosas. Me dijo que las ha hecho con mucho cariño para usted y hasta hizo una en forma de corazón. Le voy a contar cómo las hace, pues ya sé que va querer saber. Se usa harina de maíz, queso fresco, yuca cocida y se mezcla todo con leche. Después se hacen las argollas y se las hornea. Esta vez mi hija también preparó una en forma de corazón, especial para usted, dice que es usted muy cariñoso.

Mientras José saboreaba los deliciosos horneados, Encarnación encendía un cigarro que había acabado de liar. La casi anciana mujer, con mucha calma, hizo una pregunta:

—Cuénteme, joven: ¿cuál es el verdadero motivo por el que vino? Yo creo que no ha venido para practicar medicina. Tiene otro objetivo que me gustaría saber.

José paró de masticar instantáneamente. Se atoró con la galleta llamada «paraguayo», que es bastante seca. Le vino un ataque de tos. Cuando terminó de toser y tomó un sorbo de café, dijo:

—Usted es adivina, doña Encarnación. Yo estoy de paso, voy a Ascensión de Guarayos. Me he enterado de que la bella joven chané con la que tuve relaciones sexuales en una hamaca, en una noche de luna llena, está esperando un bebé y presiento que yo soy el padre. Vengo para asumir la paternidad, cuidar a mi hijo y a la bella joven chané.

Encarnación dejó de fumar, permaneció en silencio durante varios segundos y preguntó:

—¿Donde conoció a esa bella joven chané?

José tomó otro sorbo de café y dijo:

—Es una larga historia, se la cuento rápidamente. Soy miembro de un partido político que decidió dar apoyo a la Unión de Campesinos Pobres. Fui asignado para participar en la intervención de una gran hacienda en la región de Mineros, específicamente en Chane Bedoya. Fui caminando desde el pueblo de Mineros hasta la localidad donde se encuentra la hacienda y en el camino encontré a una bella joven que tenía estampada en su rostro una alegre y muy risueña sonrisa. Lo que más me llamó la atención, me fascinó y me encantó fue el lunar negro que tiene perfectamente centrado en su frente y adorna su bello rostro. Sentí una atracción inmediata que despertó un sentimiento que no sé cómo explicar. Su hermosura y su belleza produjeron un encantamiento inmediato, no pude olvidarla. Unos días después, en una noche de luna llena, regresé para buscarla. La encontré descansando en una hamaca. Me aproximé despacio, no pude contener el deseo que tenía para besarla. Le besé tiernamente, primero en la frente y después en sus carnosos labios. Mi beso fue respondido y al poco tiempo los dos nos entrelazamos con frenesí, pasión y lujuria. Realizamos el acto del amor en la hamaca. Parecía que nos conocíamos desde siempre.

Encarnación dejó de fumar. Puso su cigarro encima del borde de la cocina. Miró fijamente a los ojos de José. Aspiró bastante oxígeno, lo dejo salir y nuevamente respiró. Finalmente, hizo una pregunta que José no esperaba:

—Dígame, joven José: ¿esa bella mujer chané, a la cual usted se refiere con tanto afecto y cariño, se llama Jasí Panambí?

José, que había tomado un sorbo largo de café, no consiguió ingerirlo y se vio obligado a escupirlo, ensuciando la mesa. Después de que se recompuso, dijo:

—Doña Encarnación, usted definitivamente es adivina y vidente. La joven mujer a la que voy a buscar se llama Jasí Panambí, que, según entiendo, en castellano quiere decir 'mariposa de la luna'. ¿Cómo es posible que usted sepa algo tan íntimo de mi vida? Solo hay otra persona que sabe de esto. Mi amigo y camarada Lucas Martínez Rodríguez, con el cual participé en la toma de la hacienda, fue el que me contó que se había enterado de que la familia chané que moraba cerca de la hacienda que intervenimos se fue a vivir a Ascensión de Guarayos y que Jasí Panambí está esperando un bebé. Estoy siendo guiado por la intuición que me dice que yo soy el padre de la criatura que está en el vientre de Jasí.

José sintió un inmenso alivio al compartir algo que lo había atormentado desde que se enteró de que Jasí iba ser madre. Doña Encarnación se había convertido en su confidente, en una persona de su absoluta confianza a quien acababa de contar su mayor secreto. Al escuchar la confesión de José, la casi anciana mujer paró de limpiar, se acercó al fogón, levantó el cigarro que se había extinguido, lo encendió nuevamente y después de exhalar el blanco humo del tabaco negro, con voz muy seria y hasta solemne, dijo:

—Jasí Panambí es una de las nietas mellizas de mi hermana Arací. La melliza de Jasí se llama Anaí, que quiere decir 'flor del cielo'. Las dos nacieron en una noche de luna llena. Primero nació Jasí, y en ese momento apareció una mariposa que parecía haber salido de la luna que iluminaba el parto, por eso su nombre es Jasí Panambí, que significa 'mariposa de la luna'. La segunda melliza nació minutos después, justo en el momento en que una bella flor del árbol de sananduva, que estaba próximo al lugar del alumbramiento, llegó volando hasta donde estaba ayudando a mi hermana a parir. Las dos son exactamente iguales, pero Jasí tiene un lunar en la frente. Y por ese lunar es posible distinguir a las hermanas gemelas.

José no pudo mantenerse en silencio, y con voz de sorpresa, pero al mismo tiempo de alegría, dijo:

—Entonces usted sabe exactamente dónde puedo encontrar a la bella mujer que lleva en su vientre a mi hija o a mi hijo.

Encarnación respondió diciendo que se había enterado de que Jasí estaba comprometida para casarse con el hijo de un cacique argentino y que la familia se fue a vivir a la región de Abapó, en la provincia de Cordillera, más o menos en el lugar donde nace el río Grande.

José se puso alegre, contento y animado porque finalmente sabía dónde le sería posible encontrar a Jasí. No tuvo en consideración la noticia de que estaba comprometida. Sin reflexionar sobre la respuesta de Encarnación, dijo:

—Gracias por darme esta buena noticia. Los nombres de sus sobrinas son muy lindos. Dígame, ¿por qué usted y Magdalena tienen nombres en castellano o nombres cristianos?

Encarnación, que había acabado de limpiar la mesa, dijo calmadamente:

—El nombre que me dieron cuando yo nací es Iracema, que quiere decir 'salida de la miel'. Mi madre me contó que el día en que yo nací mi padre había encontrado una colmena llena de miel que duró mucho tiempo y alimentó a nuestra familia durante varios meses. Cuando los curas me bautizaron me pusieron el nombre de Encarnación porque nací el día 25 de marzo, que dicen que es la fecha en que la Virgen María fue informada, por el arcángel Gabriel, de que daría a luz a Jesús por obra y gracia del Espíritu Santo. Mi hija Magdalena tiene ese nombre porque el cura dijo que nació en el día de Santa María Magdalena, el 22 de julio. Como hay otra María en mi familia, yo decidí que se llamara tan solo Magdalena. El cura se quedó muy enojado y me dijo que la fecha en que nació no se recuerda a santa Magdalena, la fundadora de la Sociedad del Sagrado Corazón de Jesús, cuya festividad es el 25 de mayo. Yo le pregunté a un pastor evangelista, porque ellos no creen en las vírgenes ni en las santas, y me respondió que la Biblia dice que María Magdalena era una prostituta y que Jesús se enamoró de ella. Me contó que presenció la muerte de Jesús y se convirtió al cristianismo. Cuando este pastor me contó esa historia, recordé que durante los sermones de la Semana Santa que hablan de la resurrección de Jesús, la primera en saberlo fue María Magdalena. Esas historias que cuentan los curas de la Iglesia católica y los pastores de las iglesias evangelistas no tienen sentido.

José inmediatamente recordó lo que le había contado Santiago, el hijo del yatiri del Titicaca, sobre los nombres que los curas daban al bautizar a los hijos de los habitantes originarios. Recordó que la madre de Santiago y esposa del yatiri del Titicaca también se llamaba Encarnación. Los nombres aborígenes fueron prohibidos por los curas que catequizaron y evangelizaron a los habitantes originarios de las Américas y los obligaron a usar el nombre cristiano que arbitrariamente les daban cuando los bautizaban.

Quiso saber dónde estaba el lugar exacto al que debía ir para encontrar a Jasí Panambí, para abrazarla y para escuchar de ella que en su vientre estaba una criatura y que él era progenitor. La casi anciana mujer respondió diciendo:

—El lugar está próximo a la estación ferroviaria de Abapó. Si usted va ir, me gustaría que llevara unas cosas que tengo para mi hermana y para mis dos sobrinas. Mi hermana se llama Arac20, que significa 'madre del día', y es chamán, es decir, que se comunica con los espíritus, hace predicciones y sus manos tienen poderes de curar; también da consejos y orienta a los que la consultan. Fuma tabaco negro en una pipa ceremonial que llamamos «petyngua». A mí también me gusta fumar en pipa, pero la señora no me deja, dice que el olor del tabaco que fumamos le da náuseas. A mí me da náuseas fumar los cigarrillos que venden en cajetillas y que tienen gusto a alquitrán.

José se puso muy alegre, abrazó a Encarnación y la hizo bailar. En ese preciso momento entró Magdalena y al ver que José bailaba con su madre, dijo:

—¿Qué te pasa, José? ¡Has enloquecido! El tiempo para bailar es en carnaval, que ya pasó.

José contó a Magdalena lo que había acabado de descubrir. Es decir, que el motivo de su viaje a Santa Cruz de la Sierra era para buscar a la hermosa mujer con la que copuló en una noche de luna llena y que la joven mujer era Jasí Panambí, hija de la hermana de su madre. Magdalena quedó muda durante varios segundos, estaba sorprendida, pasmada, incapaz de reaccionar. Se sentó en una silla mientras miraba a su madre con una expresión de escepticismo, duda, desconfianza y perplejidad. Finalmente, dijo:

—¿Quieres decir que mi prima Jasí Panambí va tener un bebé y tú eres el padre? ¡Vas a ser muy buen padre! Por la forma como me has enseñado a cuidar a mi hijo sé que te gustan los niños. Seguro que el bebé será muy hermoso, porque Jasí es bella y tú eres lindo.

Magdalena comenzó a amamantar a su bebé y continuó hablando:

—Me enteré de que mi prima está comprometida para casarse con el hijo de un cacique argentino. Es un matrimonio arreglado, ella ni siquiera conoce a su prometido. Para nuestro pueblo es muy importante este matrimonio, pues van a ayudar a nuestra gente a conseguir trabajo en la Argentina. ¿Cómo te has enterado de que ella está embarazada?

José explicó rápidamente lo que su amigo Lucas Martínez Rodríguez le había contado. Después de varios minutos en que el silencio fue total en la cocina, Magdalena dijo:

—Entonces es Gabriel el que sabe de esto. Él está alojado en la casa de don Lucas. Me ha dicho que va regresar a Abapó en el tren que parte mañana a primera hora. Si quieres podemos ir a buscarlo, la casa de don Lucas no está muy lejos de aquí. Voy aprovechar para llevarle unas roscas de maíz a su esposa, doña Natalia Méndez de Martínez. Ella nos regala queso y mantequilla de la estancia de sus padres en San Javier.

José estaba alegre, contento y lleno de alborozo. El viaje que hizo desde la ciudad de La Paz a Santa Cruz de la Sierra no había sido en vano. Había confiado en sus instintos, fue guiado por su intuición y encontró el camino para descubrir la verdad. Estos pensamientos lo hicieron recordar a María Pacheco Jiménez, la enigmática estudiante de último año de Ciencias Farmacéuticas y Bioquímicas que había dejado un papel por debajo de la puerta de su habitación en La Paz, en el cual estaban escritos pensamientos sobre la intuición y los instintos. María había aparecido una vez más para ayudarlo. Primero lo indujo a descubrir los motivos por los cuales la luna llena tenía una gran influencia en su capacidad para seducir a las mujeres, y ahora compartía pensamientos para ayudarlo a encontrar el significado del verdadero amor.

Mientras Magdalena se preparaba, José se puso a meditar, reflexionar y razonar sobre lo que estaba aconteciendo en su vida. La mujer con la que tuvo su primera experiencia sexual lo estaba ayudando a encontrar a la mujer que llevaba en su vientre a su hijo. Había encontrado accidentalmente a la agente de la CIA, la mujer con la que tuvo relaciones sexuales en iglesia de San Pedro de Montalbán, en la localidad de Tarabuco. Tania, la reclutadora, que evitó que se sumara a las guerrillas en Teoponte, donde posiblemente habría muerto, lo esperaba en la habitación que alquilaba en la ciudad de La Paz. María, la enigmática estudiante de último año de Ciencias Farmacéuticas y Bioquímicas, reapareció en su vida y le hizo llegar un papel con pensamientos sobre los sentimientos. Rosario, la joven estudiante que conoció en Samaipata y que nuevamente encontró en la biblioteca de la Universidad Gabriel René Moreno, parecía ser una síntesis de todas las mujeres que habían marcado su vida: tenía la simplicidad de Magdalena, la elegancia de Mercedes, la vivacidad de Tania, el cabello negro de Jasí y la intelectualidad de María. José estaba tan abstraído y concentrado en sus pensamientos que no se dio cuenta de que Magdalena estaba frente a él, hasta que finalmente dijo:

—¡Regresa a este mundo, José! Estás tan lejos que no te has dado cuenta de que ya estoy lista para que vayamos a la casa de don Lucas para conversar con Gabriel. Qué bueno que estás usando tu delantal de médico, si te ve tu madre se va poner muy contenta y seguro que te va regalar otro sobre con dinero, como lo hizo la vez que me mandó entregarte el lindo mandil de médico que te queda muy bien.

Magdalena estaba radiante. Su brillante cabello negro, apartado de su rostro, unido y asegurado en la parte posterior de su cabeza con un lazo de color rosado, caía por sus espaldas y llegaba hasta su cintura. El vestido que llevaba puesto era suelto, sujetado por dos finos tirantes sobre sus hombros que revelaban la piel morena, tersa y lozana de la joven madre. José levantó la cabeza, y antes de hablar admiró el cuerpo de Magdalena hasta que finalmente dijo:

—¡Estás hermosa! La belleza de tu rostro y tu larga y brillante cabellera están en perfecta armonía con tu robusto cuerpo. Inspiras encanto, fascinación y seducción.

Magdalena se sonrojó, levantó levemente los hombros, bajó la cabeza, meneó su cuerpo y dijo:

—No seas tan conquistador. Tú ya tienes a Jasí para apaciguar tus acaloramientos. Vamos de una vez, antes de que llegue tu madre y nos grite.

Los dos salieron rápidamente y unos minutos después estaban en la casa de Lucas Martínez Rodríguez. Magdalena tocó el timbre de una manera especial y fue el propio Gabriel quien abrió la puerta.

—¡Buenos días, pariente! ¡Qué alegría verte! ¿A qué se debe tu visita? Estás acompañada por un médico, pero aquí no hay nadie que esté enfermo.

—¡Buenas, Gabriel! Este es José, es el hijo de doña Miriam. Dice que está estudiando medicina, pero yo pienso que estudia a las mujeres. Déjanos entrar, traje estas roscas de maíz para doña Natalia y también para ti.

Gabriel abrió la puerta. Magdalena y José, vestido con su flamante mandil de médico, entraron y fueron hasta el segundo patio, donde Gabriel usaba un cuarto. Magdalena fue directa al asunto diciendo:

—Don Lucas es camarada de José y le ha contado que tú trajiste la noticia de que mi prima Jasí se fue a vivir a la región de Ascensión de Guarayos, cuando sabemos muy bien que se fueron a vivir al lado opuesto, a Abapó, y que ella está comprometida para casarse con un gaucho argentino que ni siquiera conoce. ¿De dónde te has sacado esta historia? Ya sabes que no soporto las mentiras y me vas a contar toda la verdad o no respondo de mis actos.

Gabriel puso cara de sorpresa y al mismo tiempo de vergüenza. Primero bajo el rostro, pero a los pocos segundos lo levantó y dijo:

—Fue la propia Jasí quien me imploró que dijera esto. Ella no quiere que José la busque y descubra que se va casar con un gaucho que seguramente debe ser un bravucón y busca peleas. Jasí me pidió venir a la casa de don Lucas para decir que se habían ido a vivir al lado opuesto de donde estamos viviendo. Ella no quiere que el bravucón gaucho mate a José.

Se hizo un silencio absoluto. Después de un tiempo, Gabriel continuó hablando, dirigiéndose a José y mirándolo a los ojos:

—Doctor José, yo no sé mentir. Como le acabo de contar a mi parienta Magdalena, Jasí no quiere que usted vaya a buscarla. Está comprometida con el hijo del cacique de los tobas, que son muy agresivos y si saben que usted estuvo con ella, lo matarán. Jasí tiene un corazón muy bueno y no quiere que usted muera. Me pidió que dijera que se fueron a vivir exactamente al lado opuesto de donde estamos viviendo.

José no sabía cómo reaccionar, estaba emocionado al saber que Jasí quería protegerlo, pero al mismo tiempo sentía rabia al saber que ella era la prometida de un argentino. Después de varios segundos, dijo:

—No le tengo miedo a ese gaucho que mencionan. Tengo entrenamiento militar y lo puedo derrotar con el arma que él escoja, porque ando armado y me puedo enfrentar a todos los de su tribu. Quiero ir donde está Jasí. No le tengo miedo a nadie ni a nada.

Gabriel, con expresión asustada, dijo:

—Está bien, doctor. Yo voy a viajar mañana por la mañana en el tren que sale a las siete de la Estación Argentina. Si quiere podemos viajar juntos y lo llevo al lugar donde Jasí Panambí y su familia están viviendo actualmente. Yo también vivo en la misma aldea.

José se puso muy feliz, risueño y animado. Estrechó la mano de Gabriel y dijo mientras lo abrazaba:

—Vendré a buscarte mañana bien temprano, antes de las seis, no quiero perder el tren. Finalmente podré ver a Jasí, abrazarla y decirle que soy muy feliz porque ella será madre de mi hija o de mi hijo.

Magdalena se juntó al abrazo y los tres, entrelazados, sintieron alegría mutua al compartir la verdad.

Después de algunos segundos, Magdalena dijo:

—José, tú vas a ser el padrino de mi hijo y yo quiero ser la madrina del bebé de Jasí y de ti, y creo que Gabriel debería ser el padrino. Ahora tenemos que regresar o tu madre nos comerá vivos, porque me pidió que limpiara la sala, hoy por la tarde vendrán sus amigas a jugar a la loba.

Magdalena regresó a la casa de la calle Arenales y José fue directo a la universidad para contar al profesor Sanabria que viajaría a la región de Abapó. También quería leer toda la información existente sobre la región donde vivían los grupos de familias chané.

08

Indagando acerca
de los chané

La insistencia, la obstinación, la obcecación y el empecinamiento de José en querer descubrir donde le sería posible encontrar nuevamente a Jasí Panambí, la Mariposa de la Luna, estaba dando resultados. A pesar de que ella, por el motivo muy noble de salvarle la vida, había hecho que le informaran de que estaría en el lado opuesto del lugar donde se encontraba, finalmente había conseguido descubrir una pista segura para encontrarla. Decidió acudir nuevamente a la biblioteca para investigar, indagar y averiguar todos los detalles sobre la región donde encontraría a la mujer que no se apartaba de sus pensamientos. También quería contarle al profesor Sanabria esta noticia que confirmaba lo que el historiador le había dicho sobre el lugar donde los chané se habían establecido.

Al llegar al edificio de la Universidad Gabriel René Moreno, José se encontró con su gran amigo Gonzalo y fueron al café Palace para conversar. El establecimiento estaba situado junto al Palace Theatre, que en tiempos fue el cine más elegante de Santa Cruz de la Sierra. Los dos amigos caminaron los pocos pasos que separaban el edificio de la Universidad Gabriel René Moreno del café, se sentaron, Gonzalo encendió un cigarrillo y comenzó a hablar:

—Querido amigo José, en este local, en la época de la colonia, existía un colegio seminario y era la residencia de los curas. Posteriormente, durante el auge de la goma y la castaña, el industrial italiano José Bruno lo compró y lo hizo reformar. La reforma estuvo a cargo de un arquitecto yugoslavo llamado Antonio Tomelic y de un italiano llamado Juan Tófoli. Diseñaron y construyeron un edificio en estilo *art nouveau* en el que había un teatro y un salón de fiestas. En este salón se realizaba la coronación de la reina del Carnaval y los bailes de máscaras. Hoy es una sala de cine muy moderna, donde he visto excelentes producciones cinematográficas.

La muchacha que atendía en el café Palace entregó el menú y preguntó qué iban a tomar. Gonzalo pidió un cafecito y José, al ver que ofrecían refresco de tamarindo, pidió que se lo sirviera, pero con poco hielo. Mientras esperaban lo que habían pedido, José hizo dos preguntas a Gonzalo: la primera fue en qué consistían los bailes de máscaras, y la segunda si todavía existía esa tradición. Gonzalo respondió:

—El carnaval en esta tierra dura once noches. Las mujeres van a los bailes usando una máscara que no solamente les cubre el rostro, sino también el cuello, para que no puedan ser reconocidas. Por eso se llama baile de máscaras. Muchas también usan largos guantes para que los hombres no vean las arrugas de sus manos ni la aspereza de sus codos y descubran su verdadera edad. Desde luego, usan pantalones largos y hasta calzados y medias para que esconder los detalles de sus pies. En las noches de carnaval, las mascaritas conquistan a los hombres y los apechugan, es decir, los abrazan y estrujan sus cuerpos en los de ellos. Al final uno no sabe quién fue la mujer que lo abrazó toda la noche. En este pueblo uno se divierte mucho, querido amigo. Mire que han inventado la matinal bailable en la confitería Trieste, al otro lado de la plaza, en diagonal a la catedral. En ese local canta Chacho Vargas, que la otra noche estaba en La Pata de la Víbora. Ahora cuénteme, amigo José, ¿le fue posible encontrar la información que buscaba? Estoy seguro de que el profesor Sanabria pudo ayudarlo, porque si él no lo ayuda con asuntos relacionados a la historia del oriente boliviano, no sé quién más sería capaz de responder a sus preguntas.

El café de Gonzalo había sido servido y también el refresco de tamarindo. El sabor del tamarindo, dulce y ácido a la vez agradó mucho a José, que terminó el contenido del vaso rápidamente y pidió que le trajeran otro, esta vez sin hielo y sin azúcar. Con voz muy natural, vocalizando claramente y pronunciando separadamente todas las palabras, José comenzó a contar el verdadero objetivo de su visita a Santa Cruz de la Sierra. Hizo un relato detallado de los recientes acontecimientos por los que había pasado. Su narración estaba cargada de realismo objetivo y pormenores circunstanciales. Pasaron varios minutos, durante los cuales Gonzalo escuchó, con mucho interés y con toda atención, el relato de José. Entendió que su amigo quería descubrir la verdad sobre el embarazo de Jasí Panambí. Al darse cuenta de que no tenía cigarrillos, Gonzalo llamó a un vendedor ambulante y compró cuatro cigarros sueltos; la venta de cigarros al menudeo era una práctica muy común en 1971. El segundo refresco de tamarindo también había sido servido, y José después de tanto hablar tenía la garganta seca, pero esta vez, en lugar de tomar el refresco con rapidez, saboreó lentamente el agradable sabor agridulce y picante y recordó haber leído que en la India es utilizado como condimento en la preparación de la comida. Estaba muy contento por haber podido compartir su secreto con su muy estimado amigo Gonzalo que, después de encender otro cigarrillo, calmadamente dijo:

—Le he escuchado con mucha atención y puedo deducir que usted ama a esa indiecita chané. Proceda con su viaje, haga lo que su corazón y su intuición le mandan. Siga las instrucciones que el profesor Sanabria le ha dado y cuídese de los indios, a ver si no lo capan por arrecho.

Los amigos se despidieron y José se apresuró a ir a la biblioteca antes de que cerraran al mediodía. Como ya estaba familiarizado con la disposición de los libros, le fue posible encontrar rápidamente toda la información que existía sobre la región de Abapó-Izozog y sus habitantes.

La región en la que José encontraría a Jasí Panambí, la Mariposa de la Luna, se encuentra localizada en la provincia Cordillera del Departamento de Santa Cruz, región que es conocida como el Gran Chaco. El nombre de la provincia, Cordillera, se debe a que en la región hay una serie de montañas enlazadas entre sí que corren de norte a sur. La elevación de estas montañas disminuye de oeste a este hasta que el terreno se convierte en una llanura poco húmeda, cubierta con escasa vegetación. El río Parapetí atraviesa, de norte a sur, casi toda la extensión de la provincia Cordillera y forma los Bañados del Izozog. El nombre Izozog proviene del vocablo guaraní *I-oso-oso*, que significa 'el agua que se corta', ya que el Parapetí, en época seca, desaparece por la evaporación y la infiltración. Los Bañados de Izozog forman un ecosistema que es esencial para la supervivencia de muchas especies. La disponibilidad de agua durante los meses en que no llueve es fundamental para la reproducción, crecimiento, alimentación y refugio migratorio de muchos tipos de peces, anfibios, reptiles, aves y mamíferos.

El Izozog es una región geográficamente separada y culturalmente aislada. Durante el periodo colonial, los misioneros religiosos no se interesaron en catequizar a los aborígenes de esos territorios, debido principalmente a que en la región no existen oro ni plata, cuya extracción fue el principal motivo de la colonización. El terreno es muy árido, el clima muy seco y la población muy dispersa. Con el nacimiento de la República de Bolivia en 1825, el aislamiento comenzó a desaparecer y se establecieron haciendas ganaderas dedicadas al pastoreo extensivo. Las autoridades del gobierno boliviano se interesaron en esta región cuando Bolivia perdió la salida al océano Pacífico, ya que el Izozog se encuentra en dirección al Atlántico.

Los primeros habitantes del Izozog fueron los arahuacos, que eran oriundos de las Antillas y emigraron a Sudamérica pasando por las Guayanas hasta llegar al área que es conocida como el Gran Chaco. El término «chaco» proviene del quechua y significa 'territorio de cacería'. Esta región geográfica se extiende desde el norte de la República Argentina hasta la región sur de Bolivia.

José estaba muy atento, concentrado y abstraído en la lectura y no se dio cuenta de que el profesor Sanabria se encontraba junto a él. Cuando lo vio, dijo:

—Disculpe profesor, no lo había visto.

El profesor Sanabria respondió:

—Puedo inferir que usted no viajó a Ascensión de Guarayos, porque si lo hubiera hecho sería una pérdida de tiempo, regresaría con las manos vacías y no le sería posible entregar los remedios que dice llevar en su muy pesado maletín. Puedo ver que sigue concentrado en estudiar sobre los chané, y una vez más le repito que ese pueblo aborigen se estableció en la región del Chaco, al sur de Bolivia, y no en el norte.

El profesor Sanabria retiró una silla y se sentó en el lado opuesto a José. La mesa estaba llena de libros, por lo que retiró algunos, los puso en otra mesa y el continuó la explicación sobre los chané:

—Joven José, usted ha de saber que los chané son la gente más pacífica y doméstica que nunca se vio. La sumisión, docilidad, obediencia y sobre todo cortesía, amabilidad y cordialidad son características de ellos. Según cuentan, los chané se dejaban llevar como ovejas y fueron fácilmente esclavizados por los chiriguanos. Existe una controversia sobre el significado de la palabra «chané». Algunos historiadores indican que es un gentilicio, es decir, un adjetivo o sustantivo que indica el origen de las personas, que significa 'siervo' o 'esclavo', seguramente debido a que eran gentes muy pacíficas que se sometieron fácilmente al dominio de otros pueblos y no eran guerreros. Sin embargo, el hecho de no pelear les ha permitido sobrevivir y mantener sus creencias y tradiciones durante muchísimos años, incluso hasta el presente, cuando el dominio de los blancos es absoluto.

José anotaba lo que el profesor explicaba y al mismo tiempo quería arreglar el desorden que había en la mesa y que se extendía a otras mesas. El profesor Sanabria continuó su explicación:

—Se sabe que los chané hicieron alianzas con otros pueblos para que los protegieran. También usaron estrategias matrimoniales con la finalidad de fortalecer sus respectivas tribus, es decir, que ofrecían en matrimonio a las mujeres más bellas a cambio de protección. En muchos casos, los matrimonios arreglados no daban resultado porque al varón no le gustaba la mujer asignada o porque la mujer ya había desarrollado lazos de amor con un miembro de su propia tribu o con alguien que ella había conocido fuera de ella, hasta con un blanco que pasaba por las tierras que ellos habitaban.

Al escuchar está explicación tan clara sobre los chané, José decidió contar el verdadero motivo por el cual deseaba saber todo sobre este grupo de nativos. Repitió la historia que momentos antes había compartido con su amigo Gonzalo y cuando terminó la narración detallada de los acontecimientos, el profesor Sanabria, con un rostro que expresaba sorpresa, asombro y extrañeza dijo:

—Lo que usted me cuenta es muy peligroso, porque si los tobas se enteran de que usted está persiguiendo a una de las mujeres que les fueron prometidas en matrimonio, después de torturarlo, le cortaron los testículos y lo descuartizarán. Los tobas se caracterizan por su agresividad, por sus elevadas tallas, por sus cuerpos musculosos y por ser muy fuertes. Son bravucones, malévolos, matones y peleones. Manejan muy bien el puñal y se lo pueden clavar en el corazón a varios metros de distancia. Este pueblo originario tiene el nombre de qom, pero los guaraníes los llamaron tobas burlescamente: el término «toba», en guaraní, significa 'frentón'. Los hombres de la tribu qom arrancan sus cabellos frontales para aparentar que tienen la frente muy amplia.

José quedó paralizado, su rostro expresaba asombro. La descripción que el profesor Sanabria hacía sobre los tobas era la misma que Gabriel le había dado horas antes. Se produjo un largo momento de silencio que fue cortado por la vigorosa voz del profesor Sanabria, que dijo:

—Es difícil para mí entender que una mujer, con la que usted estuvo una sola vez, le haga perder la cabeza. Que el amor es ciego es algo que se sabe hace mucho tiempo, pero en su caso parece que también es sordo, mudo y burro. La pasión ha llevado a muchos a la locura, pero lo que usted quiere hacer es una idiotez, imbecilidad y estupidez. En mi opinión, usted no quiere estudiar historia, sino que quiere hacer la historia, una historia con un final trágico.

José se mantuvo en silencio. No sabía cómo responder. Por un lado, su amigo Gonzalo lo había aconsejado que siguiera los impulsos que sus sentimientos le dictaban. Por otro, el profesor Sanabria, que se había convertido en su consejero intelectual, le advertía sobre el peligro inminente y sobre un desenlace funesto del que podría resultar su muerte. Nuevamente fue el profesor Sanabria quien rompió el silencio.

—Los humanos somos organismos peculiares, queremos lo que no podemos tener y dejamos a un lado lo que está a nuestro alcance. Hay mujeres tan hermosas aquí, en Santa Cruz de la Sierra, y usted se va al Chaco a buscar problemas. Ahora no tengo más tiempo para conversar. Por favor, antes de salir ponga los libros en el mismo lugar que los encontró.

José quedó atónito, estupefacto y hasta espantado. Se quedó inmóvil durante varios segundos, mientras pensaba en el rostro angelical de Jasí Panambí, en su esbelto cuerpo y en la noche de luna llena que pasaron juntos en una hamaca.

09

Un dilema para resolver

J osé deseaba aprender, conocer y entender todo lo referente a
la cultura de los chané, para lo cual retornó a la biblioteca de
la Universidad Gabriel René Moreno. El profesor Sanabria se
había convertido en su consejero intelectual y su muy clara alocución
y explicaciones lo habían ayudado a comprender la cultura, las
costumbres y la forma de vida de los chané. El profesor Sanabria
también le había advertido sobre el peligro inminente que su vida
corría al querer reencontrar a Jasí Panambí, la mujer chané que
llevaba en su vientre un hijo del cual él era el progenitor. Y estando
ella comprometida para casarse con el hijo de un cacique de una tribu
muy temida, seguramente que lo matarían, descuartizarían su cuerpo
y comerían sus restos.

Al levantarse de la mesa donde se reunió con el profesor Sanabria,
derrumbó varios libros que cayeron en el polvoriento suelo de la
biblioteca. Mientras José los levantaba, apareció Rosario, la simpática
joven que había conocido en el ómnibus que lo transportó hasta Santa
Cruz de la Sierra y que también había encontrado en la biblioteca un
par de días antes. Rosario se aproximó al lugar donde se encontraba
José y con una risa delicada y graciosa, muy lejos de ser burlesca, con
voz suave y romántica, dijo:

—No lo puedo creer, tú siempre en el suelo levantando libros.

La hermosa joven se agachó para ayudar a José. Los dos se
miraron largamente, sus ojos brillaban con intensidad. José puso sus
manos en el hombro de Rosario y esta vez ella no rehusó el contacto,
sino que parecía que le agradaba. La atracción era mutua, sus rostros
se aproximaron, sus labios se juntaron, la fusión de los cuerpos por
medio de la boca fue iniciada. El beso fue húmedo y duradero, selló
el encanto y la fascinación que existía entre los dos. Se quedaron en
esa posición durante varios segundos. Luego, sin intercambiar ni una
palabra, comenzaron a recoger los libros que colocaban en el lugar
correspondiente mientras sus cerebros iniciaban el proceso biológico
de analizar lo que estaba sucediendo. El contacto labial activó la
estimulación erógena. Los impulsos eléctricos producidos por las

sensaciones táctiles y la estimulación de los nervios labiales derivaron en la acción hormonal. La respuesta cerebral fue la liberación de oxitocina, dopamina y adrenalina en el torrente sanguíneo, lo cual generó interés erótico, deseo sexual y atracción corporal. Sus cuerpos se habían aceptado, sería necesario saber si sus sentimientos también estaban en armonía.

Después de concluir el trabajo de recolocar los libros en sus lugares correspondientes, Rosario y José se pararon frente a frente y se miraron largamente, en forma simultáneamente, con el mismo tono, con perfecta concordancia y al mismo tiempo dijeron: ¿Dónde vas almorzar? Los dos sonrieron y se dieron un suave abrazo que terminó en otro largo y placentero beso en la boca. Agarrados de la mano salieron de la biblioteca, bajaron por las escaleras con las manos entrelazadas y llegaron al piso térreo. Por esas alegres coincidencias del destino, el amigo de José, Gonzalo Gutiérrez Sandoval, que también era conocido y compañero de estudios de Rosario, estaba en el zaguán del edificio. Con una amplia sonrisa y voz muy alegre, Gonzalo dijo:

—No sabía que eran amigos, hacen una buena pareja; José, debería venir a estudiar a Santa Cruz de la Sierra. No sé cómo aguanta el clima frígido de La Paz. Esta ciudad, bajo el cielo más puro de América, tiene mucho que ofrecerle.

José también tenía estampada en su rostro una sonrisa de júbilo y satisfacción y Rosario se sonrojaba y ruborizaba; era la primera vez que se la veía acompañada por un varón. Después de algunos momentos en silencio, José dijo:

—Tiene razón, amigo Gonzalo, voy a considerar seriamente venir a estudiar a la Gabriel René Moreno. Ahora quiero preguntarle dónde hay un buen restaurante de comida china, quiero invitar a almorzar a mi amiga Rosario. Nos conocimos cuando viajamos juntos desde Samaipata, que es la tierra natal de esta muy elegante, inteligente y bonita señorita.

Gonzalo, mientras encendía un cigarro, dijo:

—Les recomiendo que vayan al restaurante El Patito Pekín, que está en la esquina de la calle Buenos Aires con la calle 24 de septiembre. Rosario sabe dónde es, la he visto comiendo en ese local.

Rosario, que se había recompuesto rápidamente de la timidez que sintió al ser vista al lado de José, dijo:

—Es verdad, El Patito Pekín es el restaurante donde me gusta comer cuando tengo dinero. José me preguntó dónde quería almorzar y fue el primer lugar que pensé, estamos en perfecta sincronía.

Rosario entrelazó su mano en el corpulento brazo de José, demostrando claramente que sentía satisfacción por estar con él, y continuó hablando:

—Ahora recuerdo, Gonzalo, que te vi un domingo acompañado de una muy simpática señorita, que debe de ser tu enamorada. Fuiste muy amable con ella, se te veía risueño, alegre y contento. Me llamó mucho la atención que apartaste la silla para que ella se sentara, un gesto caballeroso que muy pocos hombres practican en el presente. Si te casas con ella estoy segura de que serán muy felices. Yo, como siempre, estaba sola. Como dice el refrán, más vale sola que mal acompañada. Ahora, tu amigo, que me ha invitado a almorzar, aparte de ser galán, es intelectual. El profesor Sanabria me ha comentado que es muy inteligente Seguramente va ser un gran médico y parece una buena compañía para disfrutar de las deliciosas comidas de El Patito Pekín. Nos vemos más tarde en la clase del profesor Sanabria, creo que vas a presentar un trabajo sobre los aportes de Augusto Comte a la sociología jurídica.

Los tres amigos caminaron por la calle Libertad hasta llegar a la esquina con la calle Buenos Aires, donde se despidieron.

Rosario y José continuaron caminando tomados de la mano por la calle Buenos Aires, en sentido este, y a los pocos minutos estaban entrando en el restaurante que servía comida china. La esposa del dueño los recibió muy atentamente y los acompañó para que se sentaran en el lugar que era el preferido por Rosario, en una esquina, al fondo del salón.

José preguntó cuál era la especialidad del restaurante, a lo que Rosario respondió:

—A mí me gusta comer pato a la cantonesa. La esposa del dueño me explicó cómo lo preparan. Hay que lavar muy bien el pato desplumado y quitarle las partes con mucha grasa. Me dijo que para condimentarlo usan vino de arroz que lo mezclan con miel, salsa de soya, azúcar, clavo de olor, mucho ajo, pimentón dulce y jengibre fresco. Frotan el pato con esta mezcla, por fuera y por dentro, y lo dejan en remojo toda la noche. Al día siguiente, lo ponen en una fuente en el horno precalentado a 180 °C, más o menos. Las pechugas tienen que estar hacia abajo. Después de treinta minutos, le dan la vuelta y lo bañan en la salsa, que está muy caliente, lo dejan en el horno durante otros treinta minutos, después de los cuales lo vuelven a regar con el vino de arroz condimentado. Los últimos treinta minutos lo cocinan con fuego muy fuerte para que quede bien dorado.

A José le encantó la explicación detallada sobre la preparación del pato a la cantonesa y quiso saber cuál sería el plato para acompañar. Rosario recomendó arroz frito chino. El mesero les sirvió té de jazmín mientras ellos se miraban fijamente a los ojos; sus miradas eran románticas, expresivas y cautivadoras. El parpadeo de los dos era lento y estaba sincronizado, se sentían a gusto, serenos y relajados. El contacto visual, casi constante, era el lenguaje del corazón que usaban para transmitir lo que sentían. Estaban visualmente conectados, sentimentalmente unidos y mentalmente vinculados. El amor entre los dos había brotado. Faltaba saber si les sería posible cultivarlo y verlo florecer.

José quiso saber detalles sobre Samaipata, el lugar donde había nacido Rosario. Ella, con intensa alegría, dijo:

—Mi pueblo es hermoso, tiene influencia tanto oriental como valluna. Es un punto de transición entre la cordillera andina y las llanuras de la cuenca de las amazonas. Es el punto de encuentro de tres grandes regiones geográficas, ecológicas y culturales, que son la serranía de los Andes, las llanuras chaqueñas y los bosques húmedos de la cuenca amazónica. Tú ya has aprendido sobre El Fuerte y estoy segura de que me puedes dar muchos detalles que tal vez yo no conozco sobre ese local.

José comentó que había leído bastante sobre el centro ceremonial incorrectamente llamado El Fuerte. Preguntó a Rosario cuál era la comida típica de Samaipata y ella, con mucha emoción, respondió de la siguiente manera:

—Una de las comidas más tradicionales de mi pueblo es el chancho al palo. Uno de los secretos para que salga delicioso es que hay que bañar la carne de chancho con mucho pisco, es decir, aguardiente de uva. Mi madre también usaba el licor de anís Ocho Hermanos. Como debes saber, el anís tiene propiedades digestivas. Yo recuerdo que a mí me gustaba robar un poco de este licor, que es muy dulce. Además del pisco y del anís, se lo baña con jugo de limón y ají amarillo, que da el color dorado muy característico del chancho al palo. También le ponía mucho comino, pimienta negra y gran cantidad de ajo. Después de dejar que la carne de chancho repose una noche con estos condimentos, lo estiraba bien y lo ponía entre dos rejillas sujetas con fuerza para que la carne no se hinche. El mayor secreto es la cocción y de ahí que deriva el nombre del chancho al palo, porque tiene que ser asado en brasas de palos secos, y no hay que usar carbón. El tipo de palo que se usa es fundamental para conseguir un buen sabor. Mi madre usaba palos secos de cupesí, porque la madera de este árbol tarda en arder y produce mucho calor, que es necesario para la buena cocción de la carne de chancho.

José, que no paraba de contemplar a Rosario, dijo que le gustaría comer chancho al palo, pero preparado por los dos. El pato a la cantonesa fue servido y comieron lentamente, saboreando cada porción. Tomaron varias tazas de té de jazmín. No comieron postre; la dulzura del amor que sentían en esos momentos los satisfacía. José pagó la cuenta y salieron tomados de la mano, felices, contentos y satisfechos.

El efecto calmante de la infusión de flores de jazmín comenzó a hacer efecto, los dos se sentían tranquilos, sin ansiedad, sin preocupaciones. Parecía que caminaban en las nubes, volando, soñando y celebrando la amistad, la vida y el amor que había brotado entre los dos. Rosario dijo que estaban muy próximos al parque El Arenal y que podrían sentarse bajo la sombra de un árbol para conversar y luego retornar a la universidad, donde ella tenía la clase de Sociología Jurídica con el profesor Sanabria.

Al llegar al parque, se detuvieron frente al gran mural que Lorgio Vaca estaba preparando. José, con voz muy masculina, con firmeza y como quien sabe de todo, dijo:

—Este mural se llama *La Gesta del Oriente Boliviano*. Está formado por seis partes que representan las seis etapas por las que ha pasado el departamento de Santa Cruz, que son: 1) las culturas ancestrales, 2) la colonización, 3) las misiones jesuíticas, 4) la guerra del Chaco, 5) la marcha popular y 6) la sociedad futura. Este mural demuestra la capacidad que tiene el pueblo cruceño de hacer, creer, vivir y sentir alegría pese al sistemático exterminio que fue iniciado por los invasores españoles.

Rosario escuchó con mucha atención las explicaciones de José mientras contemplaba el porte muy masculino de su acompañante y se concentraba en ver sus grandes manos con las que describía el mural. Cuando José terminó de hablar, Rosario aplaudió largamente y dijo:

—Bravo, necesitaba un collita como tú para explicarme esto.

José puso su brazo sobre el hombro de su compañera, al mismo tiempo que hacía la aclaración de que había sido Gonzalo el que le había dado esa explicación. La nueva pareja de enamorados continuó caminando por el parque, y cuando cruzaban el pequeño puente que hay sobre la laguna artificial, Rosario dijo:

—Vamos a lanzar una moneda y pediremos un deseo, que es una tradición milenaria. Dicen que lo que pides se cumple.

José, con una leve sonrisa irónica y con entonación de voz burlesca, respondió:

—No creo en supersticiones. Eso de lanzar monedas al agua para saber la suerte tiene origen en el Imperio Romano. En la actualidad, existe una fuente en Roma donde los turistas lanzan miles de monedas La creencia popular es que si las monedas producen muchas burbujas al caer dentro del agua, el deseo que se pide se cumple. En este lago artificial, de agua no muy limpia y nada cristalina, no veremos burbujas. Los deseos que se pedían en la fuente de Roma estaban relacionados con la salud, y creo que nosotros dos estamos saludables, a no ser que tú tengas alguna enfermedad.

Estas palabras fueron como un balde de agua fría en el ardiente enamoramiento que había surgido entre los dos. La armonía de sentimientos que existía hasta ese momento parecía ahogarse en las turbias aguas del lago artificial. Los pensamientos materialistas de José no se acoplaban a la sensibilidad espiritual de Rosario. La joven y bella mujer, visiblemente contrariada, soltó la mano de su acompañante y fue a sentarse en un banco, al otro lado del pequeño puente. José no se dio cuenta del cambio de temperamento de Rosario y se sentó junto a ella. Los dos permanecieron en silencio durante varios minutos hasta que Rosario, mirando directamente los ojos de José, con una expresión inquisitiva en su rostro y con un tono de voz indagador, realizó una serie de preguntas con el objetivo de esclarecer las dudas que tenía sobre quién era realmente su nuevo amigo:

—José, ¿me puedes decir cuál es el verdadero motivo de que estés en Santa Cruz de la Sierra? ¿Qué hace un estudiante de medicina aprendiendo sobre los chané? Lo único que he visto que puede indicar que eres estudiante de medicina es el pesado maletín de médico que llevas a todas partes. ¿Por qué te interesa saber específicamente sobre los chané? Hay tantos pueblos nativos en Santa Cruz y solo quieres saber sobre este grupo que aquí en Bolivia se denominan izoceños. Eres oscuro, misterioso, indescifrable, enigmático y me acabo de enterar de que también eres poco romántico. Necesito saber toda la verdad.

José percibió la seriedad, formalidad y solemnidad en la voz de Rosario. La joven mujer, que hasta pocos minutos antes había sido muy cariñosa, tierna y delicada, se convirtió en una mujer inquisitiva que demandaba respuestas y exigía explicaciones. Era una nueva faceta que Rosario estaba presentando: cuando la conoció en el ómnibus fue irónica; después, cuando la encontró en la biblioteca, fue burlesca, y en el nuevo encuentro en la biblioteca fue romántica, y una excelente besadora. Ahora era fría y objetiva, además de exigir saber la verdadera historia.

Era la tercera vez, en el mismo día, que José tenía que explicar el motivo de su viaje. Cada vez que lo hacía, la persona que lo escuchaba lo alertaba sobre el inminente peligro que corría si iba a buscar a Jasí Panambí. Primero fue Gabriel quien le advirtió de que los tobas son muy agresivos, que fue el motivo por el que Jasí le pidió que dijera que se había ido a vivir exactamente al lado opuesto de donde se encontraba. El profesor Sanabria sentenció que si los tobas se enteraban de que estaba persiguiendo a una de las mujeres que les fueron prometidas en matrimonio, lo matarían, lo descuartizarían y comerían sus restos. Ahora era Rosario quien quería saber todos los detalles del propósito de su viaje a Santa Cruz.

José respiró hondo, y con voz suave y muy clara hizo un relato detallado de todo lo que había sucedido desde el momento en que encontró a Jasí Panambí. Incluyó detalles de la forma en que copuló con ella en una hamaca, en una noche de luna llena. Relató el inesperado regreso a Sucre porque el ejército había intervenido la hacienda que pretendían entregar a los campesinos. Sin embargo, omitió el reciente encuentro que tuvo con Mercedes, la agente de la CIA, y los disparos que realizó contra el automóvil en el que ella viajaba. Tampoco mencionó que en el cuarto que alquilaba en La Paz estaba Tania, la reclutadora.

Rosario escuchó la exposición de José en absoluto silencio. Prestó completa atención, consideró los enunciados, analizó los epígrafes y realizó un resumen mental de la situación. A pesar de que José se esforzó en ser detallista en su narración, percibió que había varias lagunas en la explicación, muchas partes que no estaban claras, y que había varias omisiones. Llegó a la conclusión de que José estaba escondiendo varios eventos. Sobre todo, infirió que estaba viviendo un idilio puramente mental y dudaba de que una relación amorosa pudiera existir entre él y la joven mujer chané después de tan solo un encuentro sexual, en una hamaca, en una noche de luna llena. Reflexionó en absoluto silencio durante varios minutos y llegó a la conclusión de que José hacía una suposición unilateral sobre el romance con Jasí, pues no se sabía cómo reaccionaría ella en un nuevo encuentro con el galanteador con el que copuló una sola vez. El relato de José, más que una novela de amor, era un idilio cuyo final podría ser muy trágico. El profesor Sanabria ya había dado su veredicto: la muerte de José a manos de los tobas, con la mutilación y desaparición de su cuerpo. Después de permanecer en silencio durante bastante tiempo, con voz firme, muy clara y con absoluta objetividad, dijo:

—Los instintos humanos son más fuertes que la razón. Nuestra conducta social está regida por normas, preceptos y reglas objetivas, pero nuestro comportamiento sentimental es inconsciente, irracional y muchas veces paradójico. Respondemos a algunas situaciones en forma instintiva, sin tener una explicación lógica del porqué lo hacemos. La simple noticia de que esa indiecita, a la cual te refieres con tanto cariño, lleva en su vientre un hijo tuyo, ha hecho que tú tomes la firme decisión de buscarla para asumir la paternidad. Es más, has abandonado tus estudios en la ciudad de La Paz, has pasado interminables horas aprendiendo sobre los chané y estás dispuesto a arriesgar tu vida por saber la verdad. Todo indica que tus actos obedecen a impulsos inconscientes, transmitidos genéticamente, cuyo objetivo principal es la preservación de la especie humana. Por otro lado, la valentía que tienes al querer asumir la paternidad, incluso poniendo en riesgo tu vida, demuestra la nobleza de tu espíritu. Estoy de acuerdo en que debes buscar a Jasí. Es posible que puedas adaptarte a las costumbres de su pueblo, a su forma de alimentarse, de trabajar y hasta te puedes vestir como los familiares y amigos de ella se visten. Sin embargo, lo que no debes hacer es sacar a Jasí del ambiente donde ella vive. Los valores culturales de los chané han persistido por miles de años. ¿Quién eres tú para modificar esto? ¿Es que acaso piensas que la vida de Jasí y de la criatura que lleva en su vientre será mejor lejos de su gente? Si has pensado esto, puedo concluir que eres una persona ególatra, soberbia, narcisista, petulante y egoísta. También eres creído, presuntuoso y vanidoso. En pocas palabras, solo te interesa tu propia persona.

Inmediatamente después de pronunciar estas palabras, Rosario se levantó, dijo que iría a la universidad a las clases de Sociología Jurídica y sin despedirse comenzó a caminar. El vigoroso sonido seco y resonante producido por los tacones de los zapatos de la joven mujer, que caminaba con mucha firmeza y rapidez, se escuchaba en todo el parque y retumbaba en la mente de José, que quedó desconcertado, aturdido y pasmado con las palabras de Rosario.

Se quedó sentado en el banco del parque del Arenal durante varias horas, contemplando el paisaje, examinando su realidad, meditando sobre su vida y reflexionando sobre los acontecimientos recientes. Varias personas le habían advertido sobre el peligro que estaba corriendo su vida al ir a buscar a Jasí Panambí, la Mariposa de la Luna. Tenía que decidir entre dos opciones distintas: su corazón lo mandaba ir en busca de Jasí, pero la razón le decía que no debía hacerlo. Tenía que resolver este dilema, debía escoger una alternativa y proceder consecuentemente. Mientras estaba sentado, mirando a algunos niños que se divertían en las aguas del lago artificial del Arenal, sacó de su morral el cuaderno de anotaciones que siempre lo acompañaba y se dio cuenta de que el papel que había encontrado en su cuarto, en la ciudad de La Paz, decía:

Guíate por tus intuiciones, no por tus impulsos.
La intuición es la lucidez que la mente ignora.
La intuición sin acción insensibiliza el alma.
Sigue tu intuición y encontrarás tu camino.
La intuición es una facultad espiritual.
La intuición ve más allá que tus ojos.
Confía en tus instintos.

M. P. J.

La lectura de estas palabras dio la respuesta que José precisaba en ese momento. Decidió proceder con el viaje para encontrar a Jasí Panambí, la Mariposa de la Luna.

10

Rumbo a descubrir la verdad

J osé fue a buscar a Gabriel en un taxi antes de las seis de la mañana. Llegaron a la Estación Argentina tan temprano que la venta de boletos no había sido iniciada. El ferrocarril de Santa Cruz de la Sierra a Yacuiba es parte de la Red Oriental que fue construida para vincular Bolivia con el océano Atlántico, y también incluye la línea férrea a Puerto Quijarro y Puerto Suárez en la frontera con el Brasil. La Comisión Mixta Ferroviaria Argentino-Boliviana fue creada en 1938 con el objetivo de construir la vía férrea de Santa Cruz a Yacuiba; Argentina financió la construcción y Bolivia pagó la deuda entregando petróleo. El tendido de rieles se inició el 23 de mayo de 1944 en Yacuiba, con la asistencia de los presidentes de Bolivia, Gualberto Villarroel, y Argentina, Juan Domingo Perón. La inauguración oficial fue el 19 de diciembre de 1957 con la presencia de Hernán Siles Zuazo, presidente de Bolivia, y Pedro Eugenio Aramburu, presidente de Argentina.

Después de una larga espera, José y Gabriel se acomodaron en uno de los vagones del tren que los llevaría hasta la estación de Abapó. Gabriel durmió en el mismo momento en que el tren partió, mientras José ponía en orden las anotaciones que había hecho durante el tiempo que pasó en la biblioteca de la Universidad Gabriel René Moreno, en Santa Cruz de la Sierra. Este resumen incluía los siguientes asuntos:

- En Bolivia, los chané se autodenominan «izoceños» y destacan su herencia guaraní.
- La supervivencia actual de los chané depende de los trabajos que pueden realizar en el norte del Departamento de Santa Cruz, especialmente durante la zafra de la caña de azúcar.
- Las mujeres chané se dedican a trenzar tejidos de lana que utilizan para la fabricación de hamacas.
- Una de las grandes habilidades de los chané es la fabricación de utensilios de barro, como tinajas, jarras y platos.
- Los chané tienen un gran apego por la limpieza, se bañan varias veces al día y barren las aldeas en forma continua.

• Los miembros de las comunidades chané se visitan mutuamente y pasan varias horas juntos alrededor de fogatas, en las cuales también participan los niños. Los adultos conversan y cuentan historias mientras fuman tabaco en pipas ancestrales.

Uno de los temas que más llamó la atención de José en los estudios que realizó sobre los chané fue la celebración de la fiesta del Arete Guasú. Esta fiesta, que también es denominada «la verdadera fiesta» o «la fiesta del tiempo verdadero», es una conmemoración que está enteramente relacionada con la naturaleza: empieza cuando las flores del árbol taperigua comienzan a brotar y termina cuando se marchitan. El taperigua, cuyo nombre científico es *Cassia carnavalis*, es un árbol que llega a crecer hasta 10 metros de altura y se caracteriza por tener flores de cinco pétalos de un color amarillo muy intenso. La floración coincide con la maduración del maíz, al final del verano. El maíz, en las culturas ancestrales de las Américas, era un elemento tanto de la vida material como de la vida espiritual, y su inmenso valor simbólico trascendía su importancia como alimento.

El ritual sagrado del Arete Guasú es similar al culto que los aborígenes andinos rinden a la Pachamama, es decir a la madre tierra. El Arete Guasú es una ceremonia de agradecimiento a la naturaleza, es una fiesta de júbilo por la cosecha, de alegría por la obtención de los frutos y de alborozo por haber concluido los trabajos agrícolas del año. La ceremonia se inicia con la cosecha del maíz con el cual se prepara el *cangüi*, chicha en castellano, que es una bebida de maíz fermentado, con baja graduación alcohólica, cuyo objetivo es alegrar a los participantes en las festividades. La ceremonia del Arete Guasú también está relacionada con el mito de la lucha entre dos dioses: Yanderú Tumpa, el Dios bueno, de la luz y de la vida, y Aña Tumpa, el Dios malo, de la oscuridad y de la muerte. Según este mito, el vencedor es el Dios de la vida que encierra al Dios de la muerte en el tronco de un árbol llamado yuchán, conocido como toborochi, en Bolivia, y como palo borracho, en la Argentina. La principal característica de este árbol es la forma de su tronco, que es agrietado, con muchas espinas, y presenta un marcado engrosamiento en su parte central.

La celebración del Arete Guasú, según la tradición chané, está marcada por actos de la naturaleza, no por números arbitrarios en un calendario. Durante la conquista, esta fiesta fue transferida para coincidir con el carnaval de origen europeo, es decir, a finales de febrero o principios de marzo. Es posible que el uso de máscaras en la celebración del Arete Guasú llevara a los invasores a pensar que era una fiesta equivalente al carnaval europeo. La supervivencia de las ceremonias indígenas tradicionales, tanto en el altiplano y en los valles como en las planicies orientales, fue posible por la incorporación de algunos elementos de las festividades de los invasores a las celebraciones aborígenes. Si bien la fecha de Arete Guasú fue cambiada, las máscaras y los disfraces mantuvieron el esquema tradicional. Algunas de las máscaras que son usadas durante las celebraciones del Arete Guasú representan animales y expresan el equilibrio que debe existir entre el hombre y la naturaleza. Otras máscaras, con formas humanas, son usadas como forma de comunicación entre el mundo de los muertos y el mundo de los vivos. La ceremonia representa la compleja articulación que existe entre estos dos mundos; el de los espíritus, o de los muertos, y el de los cuerpos, o de los vivos. El Arete Guasú es un símbolo de la interrelación que existe entre el pasado y el presente, es el encuentro de las personas vivas con los espíritus de los muertos. Los bailes son en forma circular y representan el viaje de las personas con vida al pasado y el regreso al presente de los muertos.

Después de aproximadamente tres horas de viaje, José pudo divisar las abundantes aguas del río Grande que bañan las campiñas del Chaco boliviano. Se fijó en el mapa que había extraído de la biblioteca de la Universidad Gabriel René Moreno y comprobó que los Bañados de Izozog están conectados con la cuenca del Amazonas y forman un corredor biológico y genético que permite la circulación de varias especies de animales entre el norte húmedo y las zonas áridas del sur. Observó que al sudeste de la región donde encontraría a Jasí Panambí se encuentra el río Parapetí, que fluye en dirección norte y se convierte en el humedal más grande de Bolivia. Esta es una zona de tierras planas que se inunda, de manera casi permanente, y concentra la fauna y flora típicas de la región chaqueña.

El área de los Bañados del Izozog es un espacio de reproducción de varias especies de peces que remontan el cauce del río Parapetí para poner sus huevos y reproducirse en el mismo lugar donde nacieron. La fauna de esta región es muy diversa y también existe una inmensa variedad de aves. El reino vegetal está compuesto de pequeños arbustos que forman los bosques secos que cubren los suelos áridos de esta región. Existen animales mamíferos de medio porte, como jaguares, venados, chanchos del monte y también guanacos, que pertenecen a la familia de las llamas que habitan el altiplano boliviano.

Los habitantes originarios que se establecieron en los Bañados del Izozog fueron lo chané, que actualmente reciben el gentilicio de «izoceños». El idioma oriundo que hablaban pertenece a las lenguas arawak, de las cuales derivan varias palabras que han sido incorporadas al idioma castellano entre las que se encuentran ají, batata, cacique, canoa, caimán, caoba, ceiba, colibrí, hamaca, huracán, iguana, sabana, tabaco, tiburón, maní y muchas otras más.

Los chané que habitan los Bañados del Izozog se autodenominan *iyambae*, que quiere decir 'hombre libre', 'sin dueño' o 'sin amo'. Según la crónica de varios historiadores, antes de la llegada de los españoles los chané tuvieron que huir de los chiriguanos, que eran muy combativos y belicosos guerreros. La palabra «chiriguano» es un término compuesto en quechua que quiere decir 'estiércol frío'. Este nombre fue dado por desprecio, pues no les fue posible conquistarlos. Los invasores españoles dieron el nombre de «guaraní» a los habitantes originarios de estas regiones posiblemente debido a que les oían gritar *guará-ny*, que era el grito de guerra de esos pueblos, pues significa 'combatir' o 'guerrear'.

Según la historia, el Gran Grigotá fue un cacique de los chané. Sus dominios fueron denominados Llanos de Grigotá y en ellos fue instalada la ciudad de Santa Cruz de la Sierra, que es el principal núcleo de la cultura mestiza camba. El nombre de Grigotá está grabado en el inconsciente histórico de los habitantes del oriente boliviano y es usado para denominar a toda la región comprendida entre las faldas de la cordillera andina, pasando por el Río Grande hasta llegar a los Bañados del Izozog.

Después de parar en las estaciones de Francisco Mora, Palma Sola y Guaracachi, el ayudante del maquinista del tren anunció que la próxima estación sería Abapó. José guardó en su morral el cuaderno de anotaciones, despertó a Gabriel y se prepararon para bajar del tren.

Anaí y Jasí

11

El encuentro deseado

Más o menos a las 10 de la mañana, Gabriel y José llegaron a la estación ferroviaria de Abapó. Caminaron por el sendero que va paralelo al río Grande y después doblaron rumbo al poniente y caminaron hasta encontrar varios pahuichis agrupados en torno de un patio común. Los pahuichis son cabañas que tienen paredes de barro y paja, cuyos techos a dos aguas son construidos con palmas de motacú, una especie de palmera de la que también se obtiene el palmito. Varios niños salieron al encuentro de Gabriel, que les entregaba pequeños juguetes y golosinas. En el patio había varios animales sueltos, incluido un loro que repetía varios nombres incesantemente. Una urina, que es un venado o ciervo de los bosques bolivianos, se aproximó a José y él la acarició. Un pájaro con plumas de color negro intenso y brillante, que parecía un pollo, caminaba entre las gallinas y comenzó a picotear los zapatos empolvados de José, que quedó muy sorprendido con la docilidad del pajarillo. Gabriel se agachó, el ave se le aproximó, tomó uno de los caramelos de su mano, se fue a un lado llevándolo en su pico y se puso a retirar la envoltura con sus patas para luego picotear la golosina.

—Es un tordo chaqueño, tan manso como un perro —dijo Gabriel.

El tordo chaqueño es un ave que fácilmente se acostumbra a vivir entre los humanos, tiene el pico cónico puntiagudo y sus patas son largas y delgadas. Cuando están solos no cantan, apenas emiten sonidos que son únicos para cada ave y bien diferenciados. Cuando los tordos están en bando, cantan juntos, y como los sonidos que producen son de distinta musicalidad, la bulla que producen se asemeja al ensayo de una orquesta. Otra característica de estas aves es que no construyen sus propios nidos, pues son aves parásitas y usan los nidos de otros pájaros para poner sus huevos, para que sean empollados y para que las crías sean alimentadas por el ave dueña del nido.

José vio que había un perro postrado bajo la sombra de un árbol y preguntó qué le pasaba, le dijeron que Jaguá, que así se llamaba el animal, estaba herido y no se alimentaba. José se aproximó lentamente, se puso en cuclillas, primero dejó que el perro oliese su mano y luego la colocó sobre la cabeza del animal. Jaguá lo miraba con una mirada penetrante, como queriendo transmitir su dolor. La herida que tenía en una de sus patas era profunda, estaba llena de larvas de mosca. José acarició la cabeza del animal y pidió a Gabriel que le trajera su maletín de médico. Sacó la botella de cloroformo, colocó un poco en un pañuelo y lentamente lo puso sobre la nariz del animal, que al inhalar el olor penetrante producido por el líquido quedó profundamente dormido. José tomó la botella de agua oxigenada y vertió una buena cantidad sobre la herida, que comenzó a espumar profusamente. Esperó un poco, hasta que el espumeo pasó, y con una pinza comenzó a extraer las larvas y los gusanos hasta que la herida quedó limpia. Nuevamente la lavó con agua oxigenada y la secó con varias gasas. Colocó pomada cicatrizante y vendó la herida. También inyectó penicilina intramuscular para curar la infección. A los pocos minutos de completar la curación, José pidió a Gabriel un balde con agua, mojó la cabeza de Jaguá y colocó varias gotas del líquido elemento en su hocico. El animal se despertó lentamente, levantó la cabeza y al ver el balde con agua tomó una buena cantidad. José pidió que trajeran un poco de comida en el plato donde Jaguá estaba acostumbrado a alimentarse y lo colocó muy cerca del animal. A los pocos minutos el perro estaba comiendo y movía su cola. Todos los que presenciaron la operación quedaron asombrados y decían la palabra *ipáye*, que quiere decir 'brujo bueno'. Otros decían *pajé*, que significa 'curandero' o 'persona con poderes para curar'.

Una mujer de avanzada edad, que había observado todos los movimientos de José, salió de uno de los pahuichis. Gabriel la saludó con mucho cariño, se aproximó a ella, bajó la cabeza y la anciana levantó su mano derecha, la colocó sobre la cabeza del joven y permaneció en esa pose durante varios segundos. José se aproximó, hizo el mismo gesto y la anciana también colocó su mano derecha sobre su cabeza. Sin decir ni una palabra, permaneció así durante un largo tiempo hasta que finalmente balbuceó varias palabras que

José no puedo entender. La anciana se retiró y fue a sentarse en un banco que estaba próximo a Jaguá. El semblante de la anciana era muy similar al de Encarnación, por lo que José pudo deducir que era Arac] la hermana mayor de la mujer que había hecho posible descubrir dónde encontraría a Jasí Panambí, la Mariposa de la Luna.

Gabriel rompió el largo silencio y contó todos los detalles del motivo por el que había traído a José hasta ese lugar. Este entregó a Arac

 el paquete que Encarnación había enviado. La anciana abrió con un poco de dificultad la caja y encontró varias cuerdas de tabaco negro que Encarnación usaba para enrolar los cigarros que fumaba. El aroma del tabaco fue sentido por los que estaban próximos y una amplia sonrisa se dibujó en el rostro de Aracⁱ, que pidió un cuchillo con el que raspó el tabaco. También pidió que le trajeran su pipa grande, la petyngua. José quedó sorprendido con el tamaño de la pipa, en especial con la cazoleta, es decir, el lugar donde se pone el tabaco, que era de un color negro intenso y en la que la anciana colocó el tabaco negro que había acabado de raspar. Alguien le entregó un palo a medio quemar con la punta ardiente, que fue usado por Aracⁱ para encender la pipa y comenzó a fumar. Inmediatamente se produjo un humo muy blanco, fino y de intenso aroma. Después de absorber y exhalar el humo varias veces, la anciana, con un rostro que expresaba satisfacción, dijo:

—Venga aquí, joven José, siéntese frente a mí.

La anciana absorbió una gran cantidad de humo de la pipa ceremonial y la exhaló sobre la cabeza de José. El humo cubrió por completo el cuerpo del corpulento joven que estaba sentado en el suelo. Después de repetir esto tres veces, Aracⁱ dijo:

—Te he visto curar a Jaguá con mucho cariño, los has sanado con tus caricias, con tus mimos, con tu afecto. Has conseguido hacer sentir a nuestro querido animal que lo amas. El amor que has brindado a Jaguá lo ha curado. Yo sé a qué vienes, ya te había visto cuando entraste en nuestra choza en Chané Bedoya. Mi nieta Jasí Panambí también siente amor por ti, pero hay algo que te tengo que contar. Lo haré cuando regreses de ir a buscarla, Jasí y su hermana Anaí fueron a pescar muy temprano. Gabriel sabe dónde están, él te llevará a encontrar a la mujer que vienes a buscar.

José y Gabriel se despidieron y sin perder tiempo caminaron por un sendero hacia una de las cañadas por donde fluye el río Grande, que son conocidas como Los Cajones. Cuando estaban a punto de llegar a la orilla, Gabriel dijo que cortaría unos palmitos que había visto en el camino y lo alcanzaría en pocos minutos. José continuó caminando y al llegar a la orilla, por entre las ramas de los arbustos, pudo ver a dos jóvenes mujeres que estaban desnudas, jugando inocentemente en el agua. La semejanza entre las dos era asombrosa. José se concentró en mirar la frente de las bellas jóvenes para poder saber cuál era la que tenía el lunar que tanto le fascinaba. También se fijó en la región del abdomen y notó que una de ellas, justamente la que tenía el abdomen abultado, también tenía el negro lunar en la amplia frente, lo que confirmaba que era Jasí, que estaba embarazada y que llevaba en su vientre una criatura.

Cuando José se preparaba para entrar en el río, percibió que un cocodrilo se desplazaba rápidamente hacia donde las dos bellas jóvenes se divertían jugando con ingenuidad infantil y mucha alegría. Sin perder tiempo, retiró de su morral el revólver calibre 22, cargado con balas especiales, corrió para posicionarse al frente del reptil y disparó un tiro certero en la cabeza del animal anfibio, justo entre los ojos. La bala atravesó la piel del cocodrilo, que murió al momento, y su cuerpo quedó con la barriga para arriba. José disparó nuevamente y la bala causó grandes destrozos en la barriga amarillenta del reptil. Jasí, y su hermana melliza Anaí, corrieron hacia la orilla en el mismo momento en que llegaba Gabriel. José esperó a las dos hermanas en la orilla y dijo:

—Cálmense, el animal está muerto y yo estoy aquí para protegerlas. Soy José. ¿Te acuerdas de mí, Jasí? Nos conocimos en Chane Bedoya. He venido para asumir la paternidad del bebé que llevas en tu vientre.

Jasí y Anaí cubrieron sus desnudos cuerpos con sus respectivos tipoyes y tímidamente se aproximaron al lugar donde Gabriel y José se encontraban. Gabriel dijo:

—Si no fuera por el tiro certero que le dio José al caimán, una de ustedes dos ya estaría muerta. Este joven es muy bueno, ha curado a nuestro perro Jaguá, que ya se está alimentando, y ahora les ha salvado la vida a ustedes. Doña Aracwas nos dijo que habían venido al río a pescar, veo que les fue bien; dejaron los peces en la orilla, lo que posiblemente llamó la atención del cocodrilo, que al ver el movimiento de ustedes y escuchar sus voces, decidió atacarlas. Han tenido mucha suerte de que José llegara justo a tiempo para salvarlas. Voy a destripar al cocodrilo, va ser fácil, porque el segundo tiro que José le dio ha abierto el vientre y con mi machete voy a finalizar el trabajo.

Jasí y Anaí estaban paradas, abrazadas y temblando. José se aproximó a las hermanas, extendió la mano hacia donde estaba Anaí y dijo:

—Buenas tardes, Anaí. Yo soy José. Eres tan linda como tu hermana. Me parece que tú también estabas en la puerta del pahuichi donde conocí a Jasí, en Chane Bedoya. Estoy muy feliz de verlas nuevamente a las dos.

Anaí extendió la mano muy tímidamente, al mismo tiempo que José colocaba su brazo izquierdo sobre el hombro derecho de Jasí y le daba un suave beso en la mejilla. Los tres juntos caminaron en dirección al lugar donde habían dejado los peces. Cuando llegaron, José dijo:

—Veo que tienen varias bogas, algunos pacúes y hasta un surubí. Seguro que el cocodrilo quería comer lo que pescaron y al verlas en movimiento pensó que lo atacarían. ¡Qué suerte que llegué a tiempo! Vamos a ayudar a Gabriel.

Gabriel sacaba las tripas del reptil y a los pocos minutos atravesó una vara a lo largo del cocodrilo para que José y él pudieran alzarlo para llevarlo hasta el lugar donde estaban los pahuichis. Las dos hermanas tomaron los peces que habían pescado y los cuatro se pusieron a caminar. En el camino, recogieron los palmitos que Gabriel había cortado. A los pocos minutos llegaron a los pahuichis y vieron que todos los que vivían en el lugar estaban alborotados. El perro Jaguá, caminando en tres patas, fue a alcanzarlos, movía la cola de alegría y ladraba suavemente, y Jasí y Anaí se agacharon para hacerle caricias. El padre de Gabriel, llamado Arasunú, que quiere decir 'trueno', ayudó a su hijo a llevar al cocodrilo hasta una mesa donde terminaron de limpiarlo. Retiraron el cuero del reptil, lo estiraron sobre una tabla, rasparon el resto de la carne, esparcieron mucha sal y pusieron el cuero a secar al sol. Luego procedieron a seccionar la carne del cocodrilo. Una parte tiene sabor parecido a la carne de pollo, y otra tiene sabor a pescado. La porción cilíndrica, que se encuentra en la cola, es una carne muy tierna y jugosa, muy parecida a la del lomo de una res. Otra curiosidad es que los ojos de los cocodrilos producen lágrimas que no se deben a una emoción del reptil, sino que tienen la función de limpiar los ojos y mantener al mínimo el crecimiento de bacterias. Los cocodrilos tienen los pies palmeados, pero no los usan para nadar, sino para correr en tierra, y pueden desarrollar una velocidad de hasta 18 kilómetros por hora. Para desplazarse dentro del agua mueven la cola, mientras que sus extremidades se encuentran pegadas al cuerpo.

Mientras Gabriel y su padre abrían y desollaban el cocodrilo, José ayudaba a Jasí en la limpieza de los muchos peces que habían conseguido. Era una tarde de mucha alegría para todos los de la aldea. Había comida para varios días, la carne de los peces y la del cocodrilo serían conservadas con sal, dejándolas secar al sol para que pierdan humedad y se conviertan en charque. Los cogollos blancos del palmito que Gabriel cortó habían sido limpiados y después de hervirlos fueron colocados en una fuente de barro. Un primo de Gabriel acababa de llegar del monte y trajo una bolsa con frutos de achachairú. El achachairú es un árbol frutal de origen boliviano cuyo fruto es de color dorado intenso. Tiene forma oval, posee una semilla grande de color café, su pulpa es blanca y suave y su sabor es dulce, pero ácido a la vez, lo que hace que sea refrescante en la boca y muy bueno para aplacar la sed.

A los pocos minutos Anaí, la hermana gemela de Jasí, apareció con un cántaro de barro sobre su cabeza y dijo que iba a buscar agua. Al verla, José quiso acompañarla, por lo que también tomó un cántaro, lo puso sobre sus hombros y siguió a la joven mujer. José quedó admirado con el equilibrio que Anaí tenía para llevar el cántaro en su cabeza; su esbelto y voluptuoso cuerpo estaba en posición perfectamente vertical y en completa armonía con el cántaro. Recordó que en varias obras de la literatura española el cántaro sobre la cabeza de una mujer es un símbolo de la virtud femenina.

Anaí estaba vestida con un tipoy bien corto y suelto, que es una falda muy parecida a un camisón. Los misioneros jesuitas y franciscanos obligaban a las mujeres nativas, que antes de su llegada andaban desnudas, a cubrir sus cuerpos con este tipo de vestimenta. Después de contemplar durante varios minutos el sensual cuerpo de Anaí, que caminaba con bastante rapidez y moviendo rítmicamente sus caderas, el deseo sexual de José fue despertado. Sintió ansiedad y pensó en satisfacer sus instintos carnales. Justo en ese momento, un intenso rayo de sol iluminó su rostro y trajo a su mente el momento en que salió del edificio mayor de San Andrés después de descifrar la «Fórmula del sexo, pero NO del amor», y recordó el encuentro con el yatiri que lo llevó a visitar la isla de la Luna, en el lago Titicaca, donde comprendió la diferencia que existe entre el sentimiento permanente del amor y el placer temporal que el sexo puede brindar. También recordó cuando le fue posible soportar la sensación hipnótica de los cantos libidinosos de Quesintuu y Umantuu, las sirenas del Titicaca, que insistían en copular con él. Todo esto lo había hecho llegar a la conclusión de que el sexo no debía ser el aspecto principal de su vida, sino algo secundario, una consecuencia del amor, y no lo contrario.

Los impulsos sexuales de José fueron apaciguados por estos pensamientos y a los pocos minutos llegaron a la vertiente que formaba un pequeño lago. Llenaron los cántaros con agua pura y limpia y retornaron a la aldea. Anaí, con el cántaro lleno sobre su cabeza, caminaba tan rápidamente como cuando estaba vacío, y José cargaba el suyo en un hombro. Cuando llegaron a la aldea vieron a Jasí, que había terminado de pelar los achachairúes, los juntaron con el agua fresca e invitaron a todos a tomar el refrescante jugo. Era media tarde y el calor era fuerte; todos se retiraron a descansar a sus respectivas chozas.

Jasí tomó la mano de José y lo llevó hasta un pahuichi que tenía tres hamacas colgadas y le mostró la hamaca en la cual él podía descansar. José abrazó muy tiernamente a Jasí, acarició con mucho cariño su saliente vientre y le dijo:

—Por favor, antes de acomodarte en la hamaca, recuéstate en esta estera, quiero escuchar los latidos del corazón de nuestro bebé que está en tu vientre.

Las esteras son tapetes hechos con juncos o palmas que sirven para cubrir partes del suelo. Jasí obedeció la petición de José, que sacó el estetoscopio del maletín de médico. Friccionó suavemente el auscultador para entibiarlo y lo colocó encima del abdomen de Jasí. Anaí observaba con atención y con sorpresa los movimientos de José. Después de algún tiempo, durante el cual José permaneció en absoluto silencio, casi sin respirar, levantó la cabeza y miró a Jasí, que estaba curiosa por saber lo que el padre de su bebé hacía. Con voz muy tierna, suave y expresando mucho amor, José dijo:

—Puedo escuchar las palpitaciones del corazón de nuestro bebé. Ven aquí, Anaí, tú también puedes oírlos.

Sin retirar el auscultador del lugar donde había conseguido escuchar los latidos del bebé, José colocó las olivas de los tubos auditivos del estetoscopio dentro de las orejas de Anaí. A los pocos segundos ella sonrió y dijo:

—Se escucha como si el bebé de Jasí tocara el bombo con mucho ritmo.

José se colocó de nuevo el estetoscopio y contó el número de palpitaciones por minuto del corazón del bebé que estaba dentro del vientre de Jas. Después de un tiempo, y con voz que expresaba mucha alegría, dijo:

—Es una mujercita, será tan hermosa como tú. De acuerdo con los cálculos que he realizado, nacerá en la luna llena del mes de julio, precisamente el día 8 de julio.

Los tres se abrazaron, estaban contentos y felices. Cada uno se acomodó en su respectiva hamaca, y durmieron juntos, pero separados.

Arací

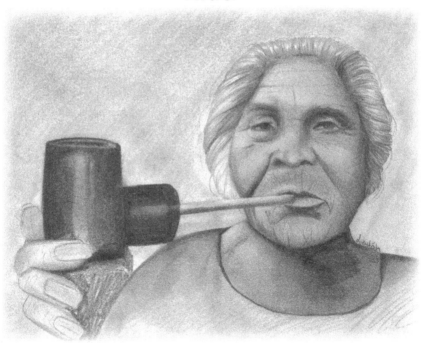

12

Algunas historias y tradiciones de los chané

José había conseguido encontrar a Jasí Panambí, la Mariposa de la Luna. Después de salvar la vida de su amada y de su hermana melliza, había participado de las actividades de la aldea. Se sentía parte integrante del grupo chané y todos lo apreciaban. El segundo día lo pasó aprendiendo las costumbres diarias y quedó muy impresionado con la limpieza y la armonía que existía. Nadie discutía y todos se ayudaban mutuamente.

Como era de costumbre, en la noche hicieron una fogata y todos los de la aldea se sentaron alrededor de la hoguera para escuchar las historias, los cuentos y las leyendas que Arac30 narraba. El fuego iluminaba el rostro de los participantes que escuchaban los relatos con mucha atención. Los niños, muy apegados a las faldas de sus madres, aprendían con las historias y las experiencias que eran contadas. La luna, que estaba casi llena, iluminaba el amplio patio. El crepitar de los palos secos que ardían proporcionaba un sonido seco y estridente. Una suave y refrescante brisa soplaba del lado sur, haciendo que el calor de la hoguera fuera muy apreciado por todos. Arac30 fumaba su pipa y exhalaba un humo muy blanco que no se mezclaba con el humo gris de la fogata. De repente se escuchó un alarido agudo, vibrante y estremecedor, parecía el gemido de una mujer. Era un lamento triste muy prolongado, un llanto lastimero que expresaba dolor y al mismo tiempo manifestaba desconsuelo. El tono, la intensidad y la sonoridad del silbido comenzaban con suavidad, luego se intensificaban, y después de varios segundos el alarido era retumbante, resonante y tronador, hasta que se apagaba lentamente, como se debilita la vibración de una cuerda de guitarra después de vibrar durante varios segundos. Arac30 al notar las expresiones de miedo, espanto y temor en el rostro de todos, les dijo con voz muy pausada y tranquila les dijo:

—No tengan miedo, es el guajojó que está cantando su pena.

José quiso ir a buscar al ave que emitía los gritos de lamento. La anciana, con voz firme, pero suave y fluida, continuó hablando y dijo:

—¡Ven aquí, José! ¡Siéntate! Les voy a contar la historia del ave: una hermosa joven chané encontró a un joven que no era del lugar. El joven le quiso hablar, pero ella, por temor a su padre, huyó de él y entró en su choza. La hermosura de la joven era admirada por todos los hombres de la tribu, pero ella no quería a ninguno. Después de algunos días, en una noche de luna llena, el joven regresó al lugar donde vio por vez primera a la hermosa india. Hacía mucho calor y la bella joven dormía desnuda en una hamaca fuera de su choza. Mientras estaba durmiendo, el joven se aproximó a la hamaca, y sin saber cómo, se abrazaron, se besaron y realizaron el acto del amor. Quedaron profundamente enamorados, pero el joven tuvo que partir a tierras lejanas. Ella quedó embarazada, y sus padres habían arreglado ya su matrimonio con el hijo de un cacique de otro pueblo. Ante esta realidad, la bella y joven mujer se convirtió en un ave solitaria que canta su lastimera pena durante la noche. Por eso en la selva se escucha el estremecedor y triste sonido que es el llanto de la joven mujer que se convirtió en ave.

Después de escuchar esta historia, todos quedaron muy tristes y en completo silencio. José recordó la noche en que Percy Ávila cantó la bella melodía *El Guajojó* en La Pata de la Víbora y el relato que hizo Gonzalo, muy similar al que Araí acababa de narrar. A los pocos minutos, el guajojó nuevamente cantó y llenó el ambiente con su sonido penetrante y muy triste. El silencio era absoluto, tan solo cortado por el crepitar de la madera que ardía en la hoguera. Un rayo de luna iluminó el rostro de Araí, que encendía el tabaco negro de su pipa ceremonial con la lumbre de un palo a medio quemar.

Algunas de las mujeres del grupo se levantaron y trajeron pacumutos, que son varillas de madera, en los que habían ensartado pedazos de la carne de cocodrilo para asarla en la hoguera. También prepararon los peces que Jasí y Anaí habían conseguido. Todos se deleitaron con la comida, que acompañaron con pedazos del palmito que Gabriel había cortado de un motacú. El ambiente era de felicidad, de placer y de satisfacción. Cuando la mayor parte de los que disfrutaban de la hoguera ya se habían alimentado, AracÍ nuevamente habló y dijo:

—Les voy a contar una historia alegre, la leyenda de la yerba mate.

La anciana quedó un tiempo en silencio. Observaba con mucha atención el humo blanco que despedía la pipa ceremonial de la que fumaba, como queriendo leer el pasado en la nube blanca que se formaba. El fuego de la fogata subía en forma vertical, iluminando todo el patio y juntándose con la luz de la luna casi llena. Todos permanecieron en completo silencio hasta que AracÍ comenzó la narración y dijo:

—La luna quería conocer la Tierra, para lo cual se transformó en una niña. Bajó a nuestro mundo y comenzó a caminar muy feliz por el monte, admirando las flores y saboreando los frutos. Mientras caminaba, escuchó los rugidos de un jaguar y vio que el animal la iba atacar. La niña quedó muy atemorizada, cerró sus ojos resignada a morir. Fue entonces cuando escuchó un grito muy fuerte y al abrir los ojos vio que el animal huía, pues un joven indio solitario había ahuyentado y espantado al animal. La niña se escondió rápidamente para no ser vista y regresó al cielo, donde nuevamente fue la luna. El indio buscaba a la niña que salvó, pero no la encontraba, se cansó y quedó dormido. Durante su sueño soñó que una hermosa joven, que vino de la luna, le regalaba una planta con cuyas hojas sería posible preparar una bebida. La joven le dijo que tenía que secar las hojas, ponerlas en una calabaza junto con agua caliente y beberla usando una caña. Esa bebida serviría para alejar la soledad, aproximar los corazones y alegrar el alma. Cuando despertó, descubrió que cerca de él había un pequeño arbusto que no conocía; el tronco era corto y ramificado desde el suelo, y el color de sus hojas verde oscuro, con nervaduras de color amarillento muy marcadas. El indiecito siguió las instrucciones, arrancó varias hojas, las puso a secar, las cortó, las molió y preparó una bebida de acuerdo con las instrucciones que había recibido en su sueño. Compartió esta bebida con toda la tribu y todos quedaron muy felices. Este fue el premio que la luna dio al indio solitario por haberla salvado. Por eso tomamos la yerba mate, que nos trae alegrías y nos da fuerza para afrontar lo que tenemos que hacer durante el día.

Varios de los niños que estaban alrededor de la hoguera se habían quedado dormidos y sus respectivas madres los llevaban a sus chozas para que pudieran descansar tranquilamente. Jasí, Anaí y José se quedaron junto a la anciana. José, con voz suave y muy clara, preguntó a Araci:

—¿Dónde están los padres de Jasí y Anaí?

Araci, sin mucha demora, como si hubiera sabido que la pregunta sería hecha, dijo:

—Mi hija, la madre de Jasí y de Anaí, era cortadora de caña junto con otros hombres y mujeres de esta aldea, a los que llaman «zafreros». Un día, un grupo de esta aldea se fue a cortar caña y nunca más regresó; el camión en el que viajaban se accidentó y todos murieron. Yo me hice cargo de ellas, con la ayuda de todos los que viven en esta aldea las hemos hecho crecer y hoy son estas bellas mujeres que usted puede ver. En el accidente en que murió mi hija y su esposo, el padre de mis nietas, también murieron muchos de los hombres de esta aldea, incluido nuestro chamán. Después de su muerte yo quedé encargada de velar por el bienestar de este grupo de familias. Aprendí con mi padre a conversar con los espíritus y son ellos los que me guían. Gracias a las orientaciones que nos dan los espíritus de nuestros antepasados hemos sobrevivido como un grupo y mantenemos la armonía entre el mundo físico que nos rodea y el mundo espiritual que está en todas partes. El humo de esta pipa que fumo entra dentro del cuerpo de los humanos, encuentra las características fundamentales de las personas y me cuenta cómo son, si son del bien o son del mal. Por eso sé que tú eres un ser bueno.

El silencio volvió a imperar en el patio de las chozas de los chané. La fogata comenzó a extinguirse lentamente hasta que tan solo el brillo de la luna iluminaba el ambiente. Las dos hermosas y jóvenes mujeres chané se fueron a dormir. José se quedó en el patio conversando con la anciana; fue ella quien le pidió que se quedara. La noche estaba fría y José se quitó el poncho de vicuña y lo colocó sobre las espaldas de la anciana para protegerla del frío húmedo; lo hizo con mucho cariño, como cuando un hijo protege a su madre de la intemperie. Arac—í descargó su petyngua de tabaco quemado y lo cargó con el tabaco fresco que su hermana Encarnación le había mandado. El canto triste del guajojó nuevamente surgió en la lejanía. La anciana pidió que José se sentara frente a ella y con voz muy triste dijo:

—En esta vida no conseguimos todo lo que queremos. Estamos buscando la tierra sin mal durante mucho tiempo, en la que no existirá ningún castigo, no habrá desventuras ni sufrimiento. Mientras estamos en este mundo, necesitamos vivir y necesitamos trabajar para conseguir comer. La naturaleza nos despojó de nuestras tierras y los blancos no nos dejan permanecer en la tierra que queremos. La tierra no es de nadie, somos de la tierra. Para poder sobrevivir necesitamos trabajar en las tierras del norte de las que los blancos dicen ser dueños, pero no nos pagan lo justo. Nuestra gente necesita trabajar y en el sur hay trabajo, pero nos piden papeles para ir a esas tierras. Hemos hecho un acuerdo con los que habitan en esos lados, ellos nos conseguirán buenos trabajos, y para sellar este acuerdo mi nieta Jasí se tiene que casar con el hijo del cacique de los tobas. Sé que ustedes se gustan mucho. He visto los ojos de mi nieta, que brillan cuanto te ven, y he visto que tú eres un hombre bueno. La historia te ha dado el reto de decidir entre ayudar a estas familias que ahora duermen, pero que mañana necesitan trabajar para sobrevivir, o seguir tus instintos mezquinos y llevarte a mi nieta a tus tierras. El humo de esta pipa lo dice todo: tú te marcharás al lugar donde naciste y mi nieta tendrá que cumplir el acuerdo que hicimos. Ahora, vete a dormir. Gracias por cubrirme con este poncho, siento que tiene tu espíritu, pero no te puedo proteger, porque el destino tiene otro camino para ti.

José ayudó a la anciana a ponerse en pie y ella caminó lentamente hasta el pahuichi donde dormía, protegida del frío con el poncho de vicuña que José le había obsequiado. La conversación tan íntima que tuvo con la anciana lo dejó turbado, trastornado, confundido y perplejo. El veredicto, el dictamen y la resolución para su vida y la de Jasí había sido dado. No le quedaba otra cosa que aceptar la realidad y afrontar el destino.

Itaeté

13

Aceptando la realidad

Al tercer día de permanecer entre los chané, José ya era considerado parte integrante del grupo y amigo de todos, apreciado por los ancianos y muy querido por los niños. Si bien no hablaba el idioma chané con fluidez, se comunicaba con gestos, muecas y mímica. Cuando era posible, solucionaba los problemas de salud de algunos de los ancianos, para lo que utilizaba los remedios del botiquín que estaban en el maletín de médico, especialmente los calmantes. En mujeres y hombres adultos usaba el martillo de reflejos. Los hacía sentar cruzando la pierna y daba pequeños golpecitos en la rodilla que producían un reflejo involuntario y hacían que la pierna se levantara. Esto deleitaba a los que miraban el trabajo de a quien cariñosamente llamaban *tendyva'a paje*, que quiere decir 'curandero con barba'. Los niños quedaban muy contentos cuando los dejaba usar el estetoscopio para escuchar los latidos del corazón de otros niños. En cuanto oían las palpitaciones cardiacas, José les enseñaba a contar. Jugaba con ellos, les hacía correr y después nuevamente les hacía escuchar los latidos de sus corazones que subían de una media de sesenta latidos por minuto a más de cien. Jaguá, el perro de la aldea, se convirtió en su fiel compañero, lo seguía a todas partes, y obedecía cuando le daba instrucciones.

José salía a caminar agarrado a la mano de Jasí, algunas veces Anaí también los acompañaba. Una mañana, los tres se sentaron al borde del camino. El gorjeo de los pájaros, el zumbar de las abejas y el rumor del río estaban integrados en los ecos del entorno natural. La felicidad, el alborozo, el regocijo y el placer de los tres era notorio. Se sentaron en un tronco de árbol caído y se pusieron a observar, con gran detalle y mucha atención, la simbiosis que existe entre el árbol conocido con el nombre de «bibosi» y la palmera llamada «motacú». Las dos plantas se enredan de tal forma que viven unidas y ambos sacan provecho de la vida en común. El bibosi pertenece al género *Ficus*, que son árboles corpulentos; las palmeras no son árboles, no tienen tronco, y su estructura está formada por fibras muy flexibles que permiten que se balanceen con los fuertes vientos en las regiones donde crecen y se reproducen. Existe una leyenda sobre esta simbiosis que cuenta del amor entre un joven muy fuerte y trabajador que se enamoró de una hermosa muchacha. Los padres de ella se opusieron a la relación y arreglaron para que la joven se casara con un joven que ellos habían elegido. Cuando los enamorados se enteraron de esto, se encontraron por última vez y se abrazaron con tanta fuerza que los dos murieron, y en ese mismo lugar nació el primer bibosi en motacú.

Cuando regresaron a la aldea notaron que había mucha agitación y conmoción. Gabriel salió a darles alcance y les contó que había llegado Itaeté, el prometido de Jasí, y que estaba muy furioso porque no encontraba a la mujer que le habían prometido: buscaba a una mujer que tenía un lunar en la frente. José pudo observar a distancia al hombre que estaba rodeado por varios niños que parecían mirarlo con mucho miedo. El cuerpo de Itaeté era macizo, con brazos y piernas repletos de músculos salientes. Tenía el pectoral muy robusto y las espaldas anchas. Su piel era morena y brillante, y su cabeza redonda, con la frente elevada. Su larga cabellera, de color negro intenso, abundante y muy lacia, estaba peinada hacia atrás. Una cinta doble, atada en su frente, evitaba que los largos cabellos cayeran sobre su rostro. El resplandor de sus grandes ojos negros transmitía un temperamento colérico, irritado, atrevido y de alguien que se enfada con facilidad.

El enfrentamiento parecía inevitable. José sabía que los dos saldrían mal heridos de la eventual lucha. Consideró usar el revólver para acabar con la vida de su rival, lo que significaría que el grupo chané no recibiría la ayuda que necesitaba para sobrevivir. Entonces decidió que lo mejor sería hacerle dormir usando el cloroformo que tenía en el maletín de médico que trajo desde La Paz. Pidió a Gabriel que le trajera el maletín. Sin perder un segundo, José sacó la botella de cloroformo, empapó un pedazo de tela, se aproximó lentamente al robusto hombre, lo sorprendió por la espalda y colocó en su rostro la tela impregnada con cloroformo. Al inhalar el vapor de esta sustancia, que es muy volátil, la actividad del sistema nervioso central de Itaeté disminuyó, su presión arterial cayó, perdió la consciencia y se desvaneció. José consiguió sujetar el pesado cuerpo del corpulento hombre para evitar que su cabeza golpeara en el suelo. Mirando a Gabriel, dijo:

—No está muerto, es tan solo un desmayo. En poco tiempo despertará y no recordará lo que pasó. Díganle que se desmayó por el cansancio y la falta de alimentación. Para recuperarse tendrá que beber mucha agua y sobre todo comer.

José agarró el revólver, lo puso en su cintura, cogió las cajas con la munición especial y las colocó en su morral. Sujetó fuertemente la mano de Jasí y los dos caminaron rápidamente hacia el río, sin hablar, con los dedos de sus manos entrelazados. Jaguá intentó seguirlos, pero permaneció en el lugar cuando José, con una señal de la mano, ordenó que se detuviera. Cuando llegaron a la orilla del río, José abrazó a la bella Jasí con mucha ternura, y luego la apretó con vigor, pasión y frenesí. Ella quiso corresponder al abrazo, pero su vientre abultado por el embarazo no la dejaba apretar a su amado como deseaba. José pensó, por un instante, que antes de ver a Jasí en los brazos de Itaeté, prefería que los dos estuviesen muertos. Justo en ese momento un fuerte movimiento de la criatura dentro del vientre de Jasí lo hizo reflexionar; no se trataba solamente de las vidas de ellos, sino que había una tercera persona que merecía vivir. Los tres, Jasí, José y la criatura dentro del vientre de la Mariposa de la Luna, caminaron por las márgenes del río que fluía lentamente mientras la luna comenzaba a surgir en el horizonte. A los pocos minutos la luna estaba completamente redonda, llena, iluminando el paisaje con resplandecía y fulgor. La brisa vespertina movía armoniosamente la copa de los árboles, las nubes flotaban en el firmamento como capullos de algodón. Este escenario transmitía tranquilidad, sosiego y calma celestial, pero estaba en completa disonancia con la realidad que Jasí y José tenían que afrontar. Los dos se miraron profundamente, sabían que tenían que separarse. Juntos contemplaron a la luna llena en el horizonte; aceptaron la realidad y decidieron afrontar el destino.

José y Jasí

14

Afrontando el destino

El largo abrazo de Jasí con José fue interrumpido por los ladridos del perro Jaguá que venía corriendo al encuentro de los enamorados. Gabriel también corría hacia ellos trayendo el maletín de médico y una bolsa en sus manos. Las noticias no fueron halagadoras: Itaeté había despertado furioso buscando a su prometida, las mujeres lo estaban calmando sirviendo comidas que el corpulento hombre devoraba con avidez y apresuradamente. Gabriel, con voz temblorosa continuó hablando y dijo:

—El gaucho argentino ha despertado muy enojado y quiere que le entreguen a la mujer que le fue prometida. Le han servido mucha comida que la ha devorado rápidamente. También le han dado una lata de alcohol y está bebiendo descontroladamente.

José trató de calmar a Gabriel que estaba jadeante, sofocado y exhausto, pero continuó hablando con impaciencia y agitación diciendo:

—José, me he enterado de que hay un camión que va salir de aquí a poco rumbo Camiri, te recomiendo irte lo antes posible para evitar un enfrentamiento que solo puede ocasionar muertes y dolor para nuestras familias. He traído tu maletín de médico esto para que te alimentes durante el viaje.

Gabriel entregó al militante el maletín de médico y una bolsa que contenía una gran cantidad de cuñapés abizcochados. José dio un beso en la frente de Jasí y acarició suavemente el vientre abultado que llevaba una criatura. Se despidió de Gabriel con un largo abrazo, como el de dos hermanos que se van a separar por mucho tiempo. Agarró el maletín de médico, amarró la bolsa con los cuñapes a su morral y caminó apresuradamente rumbo al lugar que Gabriel le había indicado. A los pocos minutos pasó un pequeño camión que José hizo parar, conversó con el chofer para que lo llevara y se subió rápidamente en la parte trasera del vehículo.

La luna llena brillaba en el firmamento, iluminando las siluetas de las montañas y resaltando las copas de los árboles. El paisaje era agradable y tranquilizador, al mismo tiempo que encerraba enigmas, secretos y misterios que José deseaba comprender por completo. Cuando la luna está llena, suceden varios fenómenos naturales tales como el aumento en la luminosidad nocturna, el cambio del nivel del mar, conocido con el nombre de marea, y también afecta el comportamiento de los seres vivos. Las modificaciones en la fuerza de atracción que ejerce la luna sobre el planeta tierra, aunque son casi imperceptibles para la mayor parte de los humanos, son sentidos con intensidad por las aves nocturnas que vuelan alegremente buscando alimento y las condiciones ideales para reproducirse.

El pequeño camión había rodado por aproximadamente dos horas cuando, de forma inesperada, se escuchó un sonido de inflexión ondulante, muy agudo y vibrante, parecía ser un gemido prolongado, un llanto que se elevaba en intensidad para luego ir apagándose lentamente. José preguntó a las otras personas que viajaban con él que era ese sonido y uno de los hombres respondió diciendo:

—Es el triste canto de un Guajojó que retumba en las entrañas de los bosques.

José recordó la noche que escuchó la canción "El Guajojó", interpretada por Don Percy Ávila, y la explicación que su amigo Gonzalo Gutiérrez Sandoval hizo sobre esa ave nocturna, la más pequeña de los búhos, que emite un canto triste, lúgubre y melancólico que se asemeja al lamento de una mujer. También recordó la leyenda que dice que una joven india se había enamorado de un simpático joven de otra tribu, pero el padre de la joven, que era brujo, al saber que su hija estaba enamorada de alguien que no era de la misma tribu, mató al joven y convirtió a su hija en un ave que desde entonces vaga por la selva con su lastimero canto.

José pensó que la separación de Jasí era tan triste y se asemejaba a que ella, el bebé que llevaba en su vientre y él, hubieran muerto. Estos pensamientos lo dejaron muy apesadumbrado, apenado y pesaroso. El guajojó nuevamente cantó y los lúgubres pensamientos se expandieron, se propagaron y se multiplicaron en la mente de José a tal punto que el hombre que respondió a la pregunta de José sobre el origen del triste canto, pudo percibir la angustia, el abatimiento y el desánimo en el militante y dijo:

—Joven, puedo percibir que está muy triste. Cualquiera que sea el motivo, beba un trago de este licor, lo he preparado con una receta de mi abuelo, es un cóctel añejo, lleva singani, alcohol de caña y rodajas de naranja con cáscara. Después de prepararlo, colocamos la mezcla en una botella grande de vidrio y la enterramos bajo la tierra, esperamos por lo menos un año antes de beberla. El resultado de este proceso es este licor que debe beber para levantar su ánimo y curar su alma.

José agarro la botella y al abrirla pudo notar que el licor tenía un intenso aroma a naranja. Tomó un largo sorbo del licor y pudo percibir que su sabor era ácido, pero al mismo tiempo muy agradable. José, que no había vuelto a beber alcohol desde que regresó del Lago Titicaca, sintió que la bebida rasgaba su garganta pero bajaba por su esófago en forma suave, produciendo un calor muy complaciente en todo su cuerpo, levantándole el ánimo y estimulando sus pensamientos en forma positiva. Tomó varios sorbos y agradeció al hombre que comenzó a sonreír y con voz muy varonil, pero al mismo tiempo suave y placentera dijo:

—Mi nombre es Mateo Cusicanqui, estoy llevando a Camiri esta carga de hojas de coca producida en los Yungas de La Paz. El licor que le he invitado lo llamamos "Yungueño Añejado", le puedo garantizar que ahuyenta los males, apacigua las tristezas y levanta el espíritu.

José estrechó calurosamente la áspera mano del hombre, se aproximó a él y pidió tomar un poco más del elixir que había hecho alejar sus penas. Mateo entregó la botella a su nuevo amigo, luego abrió una bolsa de tejido que tenía cruzada sobre su cuerpo y dijo:

—Para completar la cura de su alma debe masticar estas hojas. Son hojas de coca producida en los Yungas. Saque todas las que quiera de mi chuspa.

La "chuspa" es una palabra quechua que quiere decir bolsa, es un saco pequeño que se utiliza para llevar las hojas de coca, está confeccionada con lana de oveja y de alpaca con tintes coloridos. José, que estaba acostumbrado al *acullico*, que también se conoce con el nombre de *coqueo*, agarró varias hojas con su mano derecha y las puso en la palma de su mano izquierda, luego las fue introduciendo en su boca poco a poco, las trituraba con sus dientes y formaba con ellas un bolo que lo deposita en la cavidad entre sus dientes molares y su mejilla. Una vez que las hojas de coca estaban lo suficientemente humedecidas, mezclaba el bolo con un reactivo alcalino que también sacó de la bolsa de su nuevo amigo. El reactivo se llama "llujta" y se obtiene de las cenizas resultantes de la quema de los tallos de la quinua. Durante el proceso del coqueo es importante controlar el flujo de la saliva y el del aire que se introduce en la boca. También se debe lograr un correcto balance entre las hojas de coca y el reactivo alcalino cuya finalidad es extraer las sustancias activas y estimulantes de la hoja de coca.

El acullico o coqueo, que es consumir la hoja de coca manera social, tiene atributos religiosos y connotaciones culturales. La coca es un símbolo de fraternidad y solidaridad. El coqueo es uno de los pocos restos de cultura autóctona que conservan los antiguos pueblos que habitan desde los Andes occidentales hasta la selva amazónica. La hoja de coca no es dañina para la salud, al contrario, tiene propiedades altamente nutritivas debido a que contiene proteínas, minerales, carbohidratos, vitaminas, calcio, fósforo, hierro y también ocho aminoácidos que ayudan a la digestión. Debido a los alcaloides naturales que posee, la hoja de coca tiene propiedades capaces de metabolizar las grasas, razón por la que los que la consumen en pequeñas cantidades son de constitución física fuerte y saludables, sin tendencia a engordar. Aunque la hoja de coca es uno de los componentes en la fabricación de la cocaína, es imposible obtener esta sustancia si no fuera por el uso abundante de productos químicos que son necesarios para su elaboración y que son verdaderos venenos para la salud.

José pudo percibir que las hojas de coca que su nuevo amigo Mateo estaba compartiendo eran pequeñas, gruesas y su sabor muy agradable al paladar, estas son las características de la coca cultivada en los yungas bolivianos, en contraste a la coca que es cultivada en otras regiones cuyas hojas son grandes, finas, y su sabor es muy amargo. Le gusto tanto a José la coca de los yungas que con voz muy suave, como quien implora algo, le dijo a su nuevo amigo:

—Compañero Mateo, esta coca es muy agradable, me gustaría comprar una cantidad suficiente para un par de semanas.

Mateo respondió con una sonrisa en los labios, se levantó el poncho que llevaba puesto y sacó de su cuerpo una chuspa de tamaño mayor a la que inicialmente había sacado. La chuspa grande estaba tejida con hilos multicolores y adornadas figuras andinas. Los diseños que adornaban esa chuspa eran chakanas que estaban plasmadas en ambos lados de la pequeña bolsa. Al ver las figuras de la chacana, José recordó a la india tarabuqueña que le había vendido el poncho que estaba adornado con 13 chacanas y que ahora calentaba a Tania, la reclutadora, que había quedado hospedada en su cuarto en a ciudad de La Paz. También recordó al Yatiri de Titicaca que conoció en el Mercado Camacho y que había leído su futuro con hojas de coca y lo había inducido a visitar el lago Titicaca, la Isla del Sol y la Isla de la Luna donde José comenzó a pasar por un cambio interior profundo.

El viaje rumbo a Camiri continuó tranquilamente, la luna llena y las estrellas brillaban en el firmamento, las aves nocturnas aprovechaban la luz de la luna para alimentarse, se deslizaban por el aire armoniosamente y realizaban el viaje migratorio para reproducirse. En las primeras horas de la madrugada, el pequeño camión paró frente al Mercado Central de Camiri donde descargaron las bolsas que contenían las hojas de coca de los Yungas. Camiri es una ciudad localizada entre la serranía de Sararenda y las orillas del río Parapetí, esta ciudad también es conocida como la Capital Petrolera de Bolivia. José se despidió del chofer y de las otras personas que habían viajado en el pequeño camión, agradeció a de su nuevo amigo Matías por el "Yungueño Añejado", por la chuspa grande que ahora la llevaba colgada en su cuello y por las hojas de coca.

José decidió tomar el desayuno en el Mercado Central de Camiri. Se sentó en una de las amplias y largas mesas del comedor popular y la joven mujer que atendía el local le trajo una "caneca" con café caliente. La caneca es una vasija de barro vidriado con una asa sobresaliente que es utilizada para beber bebidas calientes. En un plato, también de barro vidriado, le sirvió dos pasteles de queso y dos roscas de maíz. En cuanto tomaba el desayuno José preguntó a las personas que estaban en la misma mesa si sabían cuál era la mejor forma para llegar hasta la ciudad de Sucre. Uno de los comensales dijo que conocía un señor que estaba viajando a Monteagudo donde podría tomar el bus nocturno rumbo a Sucre. Esta persona le explicó que podía encontrar al transportista en la parada de movilidades que estaba situada al frente del Monumento al Soldado Desconocido. José saboreo el pastel de queso y las roscas de maíz, tomo el café, pagó la cuenta y se despidió. Caminó con paso firme hasta el lugar que le habían indicado donde encontró una camioneta que estaba cargada con una caja de madera de tamaño relativamente grande. Habia un hombre amarrando la caja y una mujer lo ayudaba. Se aproximó a ellos y dijo:

—¡Buen día Señora! ¡Buen día Señor! Estoy buscando la forma más rápida de llegar a Sucre y en el comedor del Mercado Municipal me han informado que ustedes van a viajar a Monteagudo donde tomaría el bus que va a Sucre. ¿Existe la posibilidad de que me lleven? Soy estudiante de medicina y estuve ayudando a un grupo de familias Chané que habitan en una comunidad que está asentada próxima a la Estación de Abapo. Necesito llegar lo antes posible a Sucre para continuar mis estudios.

José colocó el maletín de médico sobre la camioneta, de tal forma a confirmar que era estudiante de medicina, al mismo tiempo que miraba directamente a los ojos del hombre que aparentaba tener unos 50 años. Después de ajustar los nudos tensores que aseguran la carga, el corpulento hombre con voz firme y segura dijo:

—Con mucho gusto lo llevamos hasta Monteagudo donde tengo que entregar este Motor a Conalde. Me agrada mucho saber que hay estudiantes de medicina que se preocupan por la salud de los habitantes nativos de esta región. Estoy acostumbrado a ver a muchos viajeros que vienen en busca de noticias pero es la primera vez que veo alguien que viene a ayudar a nuestro pueblo.

José preguntó cuánto tiempo llevaría para llegar a Monteagudo y si sabía cómo podía continuar viaje hasta Sucre, donde tenía que asistir a clases importantes en la facultad de medicina.

Con mucha amabilidad el corpulento hombre respondió:

—Son menos de 100 kilómetros de Camiri a Monteagudo pero el camino es muy escabroso, abrupto, lleno de cañadones y quebradas. Si salimos ahora, vamos a llegar entre 4 y 5 de la tarde. Usted puede tomar el ómnibus nocturno que sale diariamente de Monteagudo a Sucre a las 6 de la tarde y, si no hay problemas en el camino, estará llegando a la Capital a las 6 de la mañana. Mi nombre es Joaquín, mi hermana es Lucy y me va a acompañar en este viaje. Usted puede viajar con nosotros en la cabina, el sol es muy fuerte para que viaje en la parte trasera del vehículo. Sea bienvenido, sobre todo si es estudiante de medicina, uno no sabe cuándo puede necesitar atención médica.

José estrecho la mano de la Sra. Lucy y de Don Joaquín, ayudó a terminar de amarrar la caja de madera y los tres se subieron a la cabina de la camioneta. A los pocos minutos el viaje comenzó y Don Joaquim, inició la conversación diciendo:

—Cuando lo vi pensé que usted era uno más de los curiosos que vinieron a Camiri para participar en el circo que se formó para juzgar el francés Regis Debray y al argentino Ciro Bustos. Durante el juicio, conocido como el "Juicio de Camiri", se creó un inmenso alboroto en nuestra ciudad. Uno de los aventureros guerrilleros, el francés que usaba un grueso bigote y decía ser filósofo, se presentaba con una sonrisa como quien quiere demostrar extrema autosuficiencia, era arrogante, altanero y pedante, tuvo la osadía de casarse, durante su cautiverio, con una periodista venezolana que vino a entrevistarlo; el matrimonio fue en el Casino de los Oficiales del Ejército, con este evento, el espectáculo del circo que se armó con la guerrilla del Che, estuvo completo.

José prefirió guardar silencio y no hizo ningún comentario. Sabía todos los detalles sobre Debray y Bustos, inclusive que ambos eran considerados como uno de los motivos para la derrota de la guerrilla. La presencia del Che en Bolivia fue confirmada por los testimonios de Debray, que sin saber empuñar las armas se había integrado a la guerrilla. El Che vio la necesidad que el intelectual salga de la zona de la guerrilla pues era un verdadero estorbo para los movimientos rápidos que la guerrilla debería efectuar en el campo de operaciones. Para facilitar la salida de Debray y Bustos el Che se vió forzado a dividir el grupo guerrillero en dos flancos, debilitando significativamente la capacidad de la guerrilla para enfrentar al ejército boliviano.

Después de un muy largo silencio, Don Joaquín continuó hablando y dijo:

—Con suerte llegaremos a Muyupampa al medio dia. Vamos a subir una larga serranía hasta llegar a la localidad de Tacuarendí, luego pasaremos por un villorrio llamado Ivilleca y finalmente llegaremos al poblado cuyo nombre oficial es Villa Vaca Guzmán pero que es más conocido con el nombre de Muyupampa, esta palabra en quechua significa lugar redondo y plano. Muyupampa está situada en un valle al pie de la serranía de Incahuasi. Este grupo de montañas forman una inmensa muralla natural que sirvió para marcar la frontera entre el imperio Inca y los pueblos Chiriguanos.

José observaba con gran curiosidad el paisaje, estaba asombrado y sorprendido por el escenario geográfico. Las laderas en esa región son muy empinadas y caen casi verticalmente formando una gigantesca muralla natural. Esta muralla sirvió para separar los pueblos incas de los pueblos guaraníes. En cuanto José se deleitaba con el paisaje, Don Joaquín continuó hablando y dijo:

—Algún día se construirá un túnel entre Ipati, Muyupampa y Monteagudo que permitirá la rápida vinculación entre Chuquisaca y Santa Cruz, reduciendo considerablemente el tiempo de viaje entre

Sucre, la capital de Bolivia y el oriente del país. La construcción del túnel va a beneficiar a los municipios chuquisaqueños de Huacaya, Huacareta, Monteagudo y Muyupampa y también a la ciudad Camiri en el Departamento de Santa Cruz. Lo más importante es que este túnel va permitir la comunicación por carretera entre los países andinos de Chile, Perú y Bolivia con los países orientales de Paraguay, Uruguay y Brasil.

El viaje procedió lentamente y minutos después, nuevamente habló don Joaquín diciendo:

—En esta región está la línea divisoria entre los departamentos de Santa Cruz y de Chuquisaca. La falta de una delimitación interdepartamental clara podrá crear en el futuro un conflicto entre los dos departamentos pues en esta zona existe mucho petróleo y gas natural.

Al promediar el mediodía llegaron a la localidad del Muyupampa donde pararon para almorzar. Durante el almuerzo Don Joaquín, a quien le gustaba mucho conversar, dijo:

—La distancia en línea recta entre Muyupampa y Monteagudo es de aproximadamente 30 kilómetros, debido a que el terreno es muy montañoso, nos va tomar 4 a 5 horas atravesar este sector. El camino es peligroso, estrecho y con muchos barrancos.

Después del breve almuerzo, reiniciaron el viaje de Muyupampa a Monteagudo. El camino era prácticamente inexistente y la experiencia y habilidad de Don Joaquín evitaron, en varias oportunidades, que la camioneta cargando el motor para CONALDE de precipitarse en uno de los muchos precipicios que rodean esa carretera. A pesar del difícil camino, Don Joaquín continuó hablando y dijo:

—En 1970 comenzó a funcionar en Monteagudo la Cooperativa Nacional Desgrasadora, más conocida como CONALDE, sus instalaciones estaban ubicadas a 3 kilómetros al sur de Monteagudo. La empresa compraba ganado porcino y vacuno de los criadores de la provincia Cordillera, para elaborar embutidos y otros productos derivados que eran comercializados en todo Bolivia. El Gerente de la planta me contó que tienen cuatro modernos carros frigoríficos que transportan los productos a todo el país. Es posible que usted pueda viajar en uno de ellos hasta la ciudad de Sucre.

El viaje prosiguió y finalmente a las seis de la tarde llegaron a la flamante planta industrial de CONALDE, en cuanto se preparaban para descargar el grande motor que Don Joaquim había transportado desde Camiri, José se puso a conversar con el jefe del sindicato y con el responsable de transportes de la fábrica y consiguió autorización para viajar en la cabina del camión frigorífico que estaba a punto de salir rumbo a la ciudad de Sucre.

José se despidió de Don Joaquín y de Doña Lucy y se subió a la cabina del camión. El viaje hasta Sucre fue tranquilo, pasaron por las localidades de Padilla, Tomina, Zudañez, Tarabuco, Yamparaez y finalmente llegaron a Sucre en las primeras horas de la madrugada.

Inesita

15

El amor no correspondido

Estar nuevamente en la ciudad que lo vio nacer trajo a la memoria de José los muchos momentos de alegría que pasó en ella durante su juventud. Sucre era la ciudad donde tuvo su primer encuentro sexual con Magdalena, la empleada doméstica; el lugar donde encontró a Mercedes, la agente de la CIA; donde conoció a Tania, la reclutadora, y donde flirteó con muchas otras mujeres con las cuales mantuvo una relación exclusivamente sexual. José permaneció en Sucre varios días, durante los cuales fue a la Facultad de Derecho y vio a una guapa joven estudiante con rostro angelical y cuerpo muy femenino. Quedó tan impresionado con la muy atractiva y bella mujer que decidió conquistarla amorosamente. Por la forma de sonreír, los movimientos rítmicos de sus brazos, sus largas piernas y su delicado cuerpo, José llegó a la conclusión de que la personalidad de la bella mujer era extrovertida, comunicativa y sociable; siempre estaba con una sonrisa en los labios y conversando alegremente con compañeros de estudios, catedráticos y amigos. Una tarde decidió aproximarse a ella y presentarse. A pesar de que estaba acostumbrado al galanteo y a la conquista, no le fue muy fácil animarse a conversar con la bella joven, pero cuando finalmente lo hizo se sintió con tanta seguridad que tuvo la audacia de invitarla a bailar al único local nocturno que existía en aquel entonces en la ciudad de Sucre. La bella joven aceptó la invitación con la condición de que también fuera una amiga con ellos.

El nombre de la sensual y joven mujer era Melissa Inés Livieri Uribe, a la cual José la había apodado cariñosamente Inesita. Su rostro era levemente ovalado, sus mejillas, en forma de diamante, denotaban que era una persona determinada y preparada para afrontar cualquier desafío. Los ojos, almendrados, grandes y color miel, expresaban amplia capacidad para concentrar esfuerzos, habilidad para la observación y atención a los detalles. El cuello, bastante largo, daba a Melissa Inés elegancia, finura, delicadeza y glamur. Su cuerpo era regio, admirable e imponente. La espalda, en forma de triángulo invertido, se asentaba sobre los grandes y arredondeados glúteos. Las largas, muy atractivas y sensuales piernas completaban la suntuosidad, magnificencia y elegancia de la muy atractiva mujer. Inesita vestía discretamente, pero con mucho gusto. Usaba pantalones de campana de colores vivos que le permitían lucir y acentuar sus largas piernas. Vestía blusas sueltas de estilo hippie, pero con un toque sofisticado. Su largo cuello estaba siempre adornado por un discreto collar de plata que tenía dos pequeñas piedras turmalinas, de color celeste saturado, que estaban en contrapunto con una de cuarzo de fondo azul intenso. Todas estas particularidades habían causado un marcado impacto en los sentidos del afecto, de la ternura y de la pasión del militante y quedaron grabadas para siempre en su mente.

José y su amigo fueron a buscar a Inesita y a su amiga. La nueva conquista de José estaba radiante, con el cabello recogido en la nuca, sostenido por dos alfileres de pelo. Inesita estaba más bella aún que cuando la había visto por vez primera. Los cuatro caminaron lentamente rumbo al Paseo del Prado, que también era conocido como El Parque, donde se encontraba el único local público en el que se podía bailar al son de la música romántica e ingerir bebidas alcohólicas. Las parejas se sentaron alrededor de una pequeña mesa redonda y pidieron gin con agua tónica, la bebida popular en aquella época. Después de algunos sorbos largos, José invitó a Inesita a bailar. Los dos formaban una perfecta pareja para el baile y se desplazaban en la pequeña pista trazando círculos. José aproximó su rostro al de la bella y joven mujer y pudo notar la existencia de un lunar en la parte posterior del largo cuello. La música que escuchaban era «Al di lá», que en castellano quiere decir 'más allá'. Esto inspiró a José a bautizar al lunar de Inesita como «más allá».

El militante, que estaba con el corazón partido por la separación obligada de Jasí Panambí, sintió que la vida era nuevamente hermosa y que existía un lugar para él en el sentimiento del amor. Sin esperar ni un segundo más, apretó la cintura de la joven mujer y esta reaccionó empujando suavemente el cuerpo musculoso de su pareja.

Acompañando la música, José susurró en el oído de Inesita, con voz suave y romántica, la canción completa, que dice:

Más allá del bien más precioso, ahí estás tú.
Más allá del sueño más ambicioso, ahí estás tú.
Más allá de las cosas más bellas.

Más allá de las estrellas, ahí estás tú.
Más allá, ahí estás tú para mí, para mí, sólo para mí.
Más allá del mar más profundo, ahí estás tú.

Más allá de los límites del mundo, ahí estás tú.
Más allá de la bóveda infinita, más allá de la vida.
Ahí estás tú, más allá, ahí estás tú para mí.

Mientras la música seguía sonando, José miró los brillantes ojos de su pareja y con voz romántica y suave, pero firme, dijo:

—Ese lunar que tienes en tu bello cuello se llamará *Al di lá*, que quiere decir 'más allá'. Quiero besarlo. ¿Me permites hacerlo?

La timidez de Melissa Inés Livieri Uribe fue más fuerte que su deseo de ser besada. Con una suave y bella sonrisa respondió a las insinuaciones del militante con las siguientes palabras:

—¡Estás loco! Apenas nos conocemos y quieres besar mi cuello. Parece que tus intenciones no son como pensé. Necesito conocerte, saber de tu vida, de tus amores pasados, de lo que piensas. Tal vez en algún momento del futuro te permita besar mi lunar, pero ahora no.

Las palabras y la entonación de la voz de la bella joven fueron contundentes, convincentes y terminantes, hasta el punto de que José desistió de besar el lunar que estaba en la parte posterior del cuello de Inesita pensando que en el futuro lo podría hacer, deseo que nunca se cumplió. Continuaron bailando rítmicamente esa y otras canciones, luego retornaron a la pequeña mesa, y después de terminar el gin con agua tónica que habían pedido, pagaron la cuenta y salieron del local.

Las dos parejas caminaron lentamente por la calle Arenales rumbo a la plaza 25 de Mayo, donde se despidieron.

José estaba muy alegre, animado y contento. Antes de ir a reposar, decidió sentarse en un banco de la plaza para meditar sobre lo que estaba aconteciendo en su vida. Hasta ese momento había estado acostumbrado a hacer casi siempre lo que le apetecía cuando se trataba de conquistar a las mujeres. Sin embargo, con Inesita sintió algo diferente. Su vida amorosa había sido regida por el placer sexual, pero estar al lado de la bella y joven mujer hizo que recordara lo que aprendió en el entorno del lago Titicaca, donde descubrió la afectividad, el aprecio, el apego, la simpatía y la amistad. El sentimiento del amor se estaba manifestando en el militante. José se sentía contento, alegre, feliz y hasta satisfecho. El estado emocional en que se encontraba, después de ir a bailar con Inesita, hizo que sintiera que tenía la capacidad de percibir, comprender y apreciar a las personas de una forma espiritual. José sentía que estaba en paz con él mismo y también con el mundo externo. El vínculo que se estaba desarrollando entre Inesita y él implicaba que había una gran afinidad sentimental, independiente del contacto físico. Así, llegó a la conclusión de que por primera vez en su vida estaba enamorado.

Al día siguiente, José fue temprano a la Facultad de Derecho con la intención de ver y conversar con Inesita, pero ella no apareció. En la tarde fue a la plaza 25 de Mayo y se sentó en el banco en que Melissa Inés acostumbraba a hacerlo, pero esa tarde ella no llegó. Entonces, decidió ir a tomar un café en la confitería que se encontraba en la acera este de la plaza, donde meses antes había comido las sabrosas pailitas con Mercedes, la agente de la CIA. Al entrar en el local vio que Melissa Inés estaba sentada al lado de un hombre con el que platicaba alegremente; la conversación entre los dos era tan amena, entretenida y placentera que ella no notó su presencia. Al observar esto, José sintió una inquietud profunda y un desasosiego intenso. Ver que la persona que él amaba no le prestaba atención y estaba al lado de otro hombre le causó ansiedad, angustia y congoja.

La respuesta emocional de José fue inmediata: celos. Durante unos instantes, José pensó en aproximarse a la mesa para encarar, afrontar y enfrentar al hombre que estaba con Melissa. Después de reflexionar unos segundos, decidió perder con dignidad y se retiró del local.

16

Buscando ser parte de la historia boliviana

La vida sentimental del militante estaba negativamente afectada, lastimada y hasta quebrantada. Primero fue María la que le hizo notar el exceso de sexo y la falta de afecto. Después fue Rosario la que lo acusó de ser una persona ególatra, soberbia, narcisista, petulante y egoísta. Su deseo de mantener un romance duradero con Jasí, la india chané, quedó truncado, porque prefirió respetar el acuerdo que había sido hecho entre los chané y los tobas. Ahora, la mujer que lo había cautivado románticamente desde el primer momento que la vio estaba con otro hombre y mostraba felicidad plena, hasta el punto de no haber notado su presencia en la confitería. Todos estos hechos llevaron a José a tomar la decisión de no pensar más en las mujeres, ni en el sexo, ni en el romance, ni en el galanteo. Decidió entregar su vida a la causa de la revolución, a los principios políticos de la libertad y a los ideales de construir una sociedad justa.

Inmediatamente después de ver a Melissa Inés al lado de otro hombre, y ser ignorado, se dirigió al cuarto donde se había hospedado en la ciudad de Sucre, agarró sus pocas pertenencias, la chuspa grande que con las hojas de coca de los yungas, la bolsa que contenía los cuñapes abizcochados que le había regalado Gabriel y una manta de lana de oveja para protegerlo del frío durante el viaje a la sede del gobierno boliviano. Se puso en la cintura el revólver calibre 22 que había quitado a Mercedes, la agente de la CIA, y caminó rápidamente hasta el local donde se estacionaban los camiones que salían rumbo a las ciudades de Oruro y La Paz. Encontró un camión que llevaba cemento a los centros mineros, conversó con el chófer y se puso de acuerdo en el precio que debía pagar para que lo llevara hasta el centro minero de Llallagua. Se subió a la parte trasera del camión y se acomodó sobre las bolsas de cemento. El viaje duraría aproximadamente doce horas y pasaría por las localidades de Ravelo, Ocurí y Uncía. En Llallagua buscaría la forma más rápida de llegar a la sede del gobierno boliviano.

El largo viaje comenzó, la noche llegó y el sol se escondió por detrás de las montañas. El viento frío de la cordillera de los Andes se hizo sentir, José se envolvió en la manta de lana de oveja, sacó varias hojas de coca de la chuspa que le había regalado Matías y lentamente comenzó a masticarlas. Al sentir el fuerte aroma de las hojas de coca de los yungas, uno de los viajeros que también estaba sobre las bolsas de cemento se aproximó al militante y le dijo:

—Te doy este pasamontañas a cambio de un poco de la coca que estás masticando. Por el aroma que exhalan puedo deducir que son hojas de coca de los yungas y hace mucho tiempo que no las he masticado.

José metió su mano en la chuspa grande, sacó varios puñados de las hojas de coca de los yungas y los colocó en la pequeña chuspa de lana de color oscuro que el viajero le mostró. A los pocos minutos, el hombre que recibió con muchas sonrisas las hojas de coca dijo:

—Muchas gracias compañero, vas a tener frío en la cabeza, toma este pasamontañas para que te protejas del viento que sopla en estas montañas.

El pasamontañas era de lana de llama, de color ocre y negro, bastante rústico, del tipo que produce picazón y escozor en la piel. En quechua, el gorro con orejeras es conocido con el nombre de «chulo». La particularidad del chulo que José acababa de recibir a cambio de un puñado de hojas de coca era que tenía orejeras dobles, lo cual le agradó mucho, porque siempre tenía las orejas frías. Inmediatamente después de agradecer el regalo, José se puso el chulo en la cabeza, envolvió su cuerpo en la manta de lana de oveja, se acomodó para dormir encogiendo sus piernas y doblando sus brazos hasta ponerse en la posición que comúnmente es conocida como «posición fetal». En general, las personas que duermen en esta posición son personas que durante el día muestran seguridad y fortaleza ante los demás, pero que en realidad tienen temores a afrontar la realidad de la vida. José, que siempre denotaba seguridad, energía y brío, en realidad era muy sensible, emotivo y sobre todo afectivo. El hecho de ver con otro hombre a la joven mujer que cautivo su corazón lo postró en una gran tristeza que no se convirtió en depresión gracias a que había decidido militar activamente y entregar su vida a la causa de la revolución boliviana.

En las primeras horas del amanecer el camión cargado con bolsas de cemento llegó a la localidad de Llallagua. El nombre Llallagua fue dado por los indígenas que vivían alrededor de la montaña y corresponde al de un espíritu benigno que trae abundancia en las cosechas de la papa, el producto más importante para la subsistencia de los habitantes del Altiplano. Este espíritu benigno se presenta en forma de dos papas unidas entre sí: una papa pequeña adherida a una grande. La montaña Llallagua se asemeja a este espíritu benigno, pues tiene una cima mayor junto a otra que es más pequeña. Esta montaña fue el punto central y el origen de una de las mayores fortunas de todos los tiempos. En esta montaña se encuentra la mina cuyo nombre, La Salvadora, es muy apropiado, pues salvó a su propietario, Simón Iturri Patiño, de la bancarrota e hizo con que se convirtiera en uno de los hombres más ricos del mundo y que fuera conocido como el Rey del Estaño. El cerro Llallagua fue descubierto por Juan del Valle, uno de los conquistadores españoles de la hueste que acompañó a Ñuflo de Chávez en su épica marcha del Paraguay rumbo al Alto Perú. Patiño rindió homenaje al descubridor de esta montaña bautizando uno de los dos aviones Junker que donó a Bolivia con el nombre Juan del Valle; el otro avión fue el Huanuni.

En la primera mitad del siglo veinte, la mina La Salvadora se convirtió en la mayor productora mundial de casiterita de estaño. El precio de este elemento metálico de color gris, pesado, denso, dúctil y maleable, era elevado debido a la gran demanda por la industrialización de Europa y también por causa de la guerra mundial. Esta situación favorable a los dueños de las minas hizo que Patiño, Mauricio Hochschild y Carlos Víctor Aramayo fueran conocidos como los Barones del Estaño y que tuvieran una gran influencia en la vida económica y política de Bolivia. Sin embargo, durante la segunda mitad del siglo pasado, el precio del estaño cayó considerablemente, con terribles consecuencias para la economía boliviana. Los Barones del Estaño habían llevado sus fortunas a Europa y a Estados Unidos y continuaron disfrutando de las ganancias producidas por el trabajo mal remunerado de los mineros mientras el pueblo boliviano se encontraba en la miseria.

José se despidió del chófer del camión en el que viajó desde Sucre y caminó rápidamente rumbo al edificio del Sindicato Mixto de Trabajadores Mineros de Siglo XX, que originalmente se llamaba Sindicato Minero de Llallagua. En noviembre de 1946, la delegación de este sindicato, presidida por Guillermo Lora, presentó ante el Congreso de la Federación Sindical de Trabajadores Mineros de Bolivia (FSTMB) un documento compuesto por once capítulos, conocido con el nombre de «La Tesis de Pulacayo», en el que se expone la importancia del sector minero en la economía de Bolivia. Este documento tuvo una extraordinaria trascendencia, proyección e influencia en las acciones revolucionarias del proletariado boliviano.

Al entrar en el edificio de la Federación de Mineros, José encontró a varios camaradas y amigos que le informaron de que podría viajar a La Paz en una de las movilidades de la Corporación Minera de Bolivia (COMIBOL), que iban a la sede del gobierno boliviano transportando personal y documentos. De hecho, había una vagoneta estacionada en la puerta del sindicato y saldría con destino a la sede del gobierno boliviano llevando a personeros de la radio emisora Pío XII, que fue fundada por los padres oblatos de María Inmaculada con el objetivo de contrarrestar la ideología comunista. Esta radio, cuyo objetivo era alfabetizar a los trabajadores mineros y a los campesinos, pretendía neutralizar la influencia de las Radios Mineras de Bolivia, que habían sido creadas en 1944 por los propios mineros y que transmitían consignas revolucionarias en quechua y en aymara.

José continuaba melancólico, decaído y desanimado. Él, que siempre había sido un buen conversador, comunicativo y extrovertido, permaneció en silencio durante el viaje a La Paz. Cuando sintió hambre sacó la bolsa que contenía los cuñapes abizcochados que le había regalado Gabriel, agarró uno en sus manos y ofreció a los que viajaban en la movilidad. Al verlos, ellos preguntaron qué tipo de galletas eran. El militante continuó en silencio, se puso en la boca un pedazo del cuñapé abizcochado que había triturado con sus fuertes manos y lo masticó lentamente. El ruido producido al masticar el panecillo hecho a base de queso y harina de yuca, y dejado endurecer a propósito para que dure mucho tiempo, se mezclaba con el ruido del motor de la camioneta. Los dos compañeros de viaje de José, que aparentaban ser sacerdotes, aunque no usaban sotanas, agarraron un cuñapé y siguiendo el ejemplo de José lo trituraron en sus manos y se pusieron pequeños pedazos en la boca. Después de saborear el delicioso panecillo, uno de ellos dijo:

—Estos panecillos crujientes y salados son muy sabrosos, claro que si uno no tiene cuidado al masticarlos se puede romper un diente o una muela.

José, que continuaba en silencio, encerrado en su mundo interior, cerró los ojos y fingió que dormía. Los otros ocupantes, después de comer varios cuñapés y tomar un té caliente que se sirvieron de un termo, se pusieron a conversar. Al escuchar el diálogo, José se dio cuenta de que se trataba de dos sacerdotes que eran conocidos como «tercermundistas», porque tomaron una posición combativa y militante en la vida política de los países donde fueron destinados. Estos «curas rebeldes», como también eran llamados, se identificaron y lucharon junto a los trabajadores para conquistar los derechos sociales y la democracia. José descubrió que uno de los sacerdotes era el padre oblato Mauricio Lefebvre, que nació en Canadá el 6 de agosto de 1923. Coincidentemente, el 6 de agosto es la fecha del aniversario de la independencia de Bolivia. El padre Lefebvre había sido destinado al distrito minero de Llallagua donde, después de convivir con los mineros y sus familias, llegó a la conclusión de que si quería realmente difundir el evangelio debía primero adaptarse a la realidad en la que vivían bolivianos. En 1967 escribió: «¿Cuándo, pues, la Iglesia y nosotros, sus curas, arriesgamos el pellejo por lo que decimos creer en materia de caridad, de pobreza, de libertad religiosa, de justicia social?». El compromiso con la sociedad boliviana llevó al padre Lefebvre a participar en la creación de la Facultad de Sociología de la Universidad Mayor de San Andrés (UMSA), de la que fue su primer decano. También militó activamente junto al pueblo boliviano. Mauricio Lefebvre fue asesinado por la dictadura de Banzer en las inmediaciones del cerro Laikakota, donde había ido en busca de algunos heridos.

En las primeras horas de la tarde del jueves 20 de mayo, después de pasar por las localidades de Huanuni, Machacamarca, Oruro, Caracollo, y Calamarca, llegaron a la ciudad de La Paz. La camioneta se estacionó en la avenida Camacho, esquina calle Loayza, donde se encuentra el edificio central de la Corporación Minera de Bolivia. Esta empresa es la encargada de administrar la cadena productiva de la minería estatal en Bolivia y fue fundada en 1952 con el objetivo de administrar las minas que fueron nacionalizadas. José dio las gracias al chófer y, sin decir ni una palabra, estrechó la mano de los dos sacerdotes que habían sido sus compañeros de viaje.

José deseaba entregarse completamente a la causa por la revolución boliviana, pues sabía que esto lo realizaría como persona. Había intentado luchar junto con los campesinos en Chane-Bedoya y había sido reclutado para formar parte del contingente guerrillero que fue a luchar en Teoponte; estas dos tentativas de participar en la lucha por la revolución boliviana fracasaron. Su vida sentimental también fracasó, por lo que solo le quedaba continuar participando activamente en la formación de la Asamblea Popular.

José estaba cansado, rendido, agotado y, sobre todo, melancólico, desanimado y deprimido. Había salido de La Paz el domingo 2 de mayo y dieciocho días después regresaba derrotado sentimentalmente, pero comprometido con la revolución. En esos dieciocho días conoció a Rosario, pero no fue posible mantener una relación duradera de amor ni de amistad. Aunque encontró a Jasí, la india chané con la cual tuvo relaciones sexuales en una hamaca y estar dispuesto a asumir la paternidad del hijo que llevaba en su vientre, tuvo que abandonarla. El encuentro con Inesita, de quien estaba verdaderamente enamorado, no concluyó en un enamoramiento duradero como él había deseado. José estaba cansado físicamente y derrotado sentimentalmente, y decidió ir directamente al cuarto donde había dejado a Tania, la reclutadora, y donde tenía sus pocas pertenencias. Caminaba rápidamente por la avenida 6 de Agosto sin hacer caso a los saludos de los amigos. Al pasar por la esquina de la calle Campos recordó cuando disparó contra Mercedes, la agente de la CIA, y sintió la misma rabia que tuvo en aquel momento. Puso su mano en el revólver calibre 22 que estaba en su cintura y pensó que si nuevamente la encontraba, dispararía, esta vez con intención de matarla.

Después de caminar monótonamente, desalentado, desanimado y fastidiado, José finalmente llegó a su cuarto y al entrar se sorprendió del excelente aspecto y la buena apariencia que tenía; la habitación estaba impecablemente limpia, la cama perfectamente tendida y el poncho de Tarabuco, con el cual había cubierto el cuerpo de Tania antes de viajar, estaba elegantemente doblado sobre la cama. En las paredes estaban colgados varios cuadros de amaneceres y puestas del sol en los que el color que imperaba era el amarillo. Esta decoración era simple, pero daba vida y calor a la habitación. José sintió un aroma floral embriagador y vio que sobre la única mesa que había un hermoso ramo de jazmín. La tonalidad pálida del amarillo del jazmín estaba en armonía con los cuadros del sol y su delicioso perfume impregnaba todo el ámbito del cuarto, produciendo una sensación muy agradable. La deliciosa fragancia floral del jazmín era muy embriagadora, cautivadora y encantadora, lo que activó el sistema olfatorio de José. Los compuestos orgánicos volátiles producidos por esta flor penetraron en sus fosas nasales y llegaron a su hipotálamo. El dulce olor del jazmín lo apaciguó, su frutal fragancia lo calmó y las sustancias volátiles indólicas le produjeron sensaciones eróticas y voluptuosas. José estaba tan concentrado, abstraído y extasiado con el aroma del jazmín que no se dio cuenta de que Tania había entrado en la habitación. Ella caminó lentamente hasta posicionarse justo por detrás del militante y al sentir los olores masculinos que José exhalaba recordó la noche de luna llena, cuando realizaron el acto sexual con mucha pasión, lo que la llevó a evitar que José se incorporara a las guerrillas en Teoponte. Después de permanecer inmóvil durante varios segundos detrás de José, con suave y placentera voz dijo:

—¡Qué alegría verte, José! Pensé que no regresarías. He sentido mucha falta de ti. Parece que no te has bañado ni cambiado de ropa en mucho tiempo. Dame tu ropa sucia, que me la voy a llevar para lavarla en la casa de una camarada y amiga, donde estoy viviendo. Puedes vestir la ropa limpia que está en tu maleta, que está lavada, planchada y perfumada. Seguramente tienes mucho que contarme y seré todo oídos para lo que tienes que decir, pero primero debes bañarte.

José se dio la vuelta lentamente, puso sus brazos alrededor del cuerpo de la diminuta mujer y la abrazó suavemente, como quien abraza a una hermana o a una amiga que no ve hace mucho tiempo. Tania sintió que el abrazo era de amistad, no de sexo, y lo retribuyó abrazando la cintura del corpulento hombre. Los dos se quedaron en silencio largo tiempo, balanceando coordinadamente sus cuerpos. Luego se soltaron, José dio un beso en la mejilla de Tania y esta, mientras desabotonaba la camisa del militante, dijo:

—La ducha en el segundo piso está funcionando, el agua sale bien caliente. Voy a conversar con doña Candelaria, la dueña de casa, para que permita que te bañes en esa ducha. Ella es muy buena, nos hicimos muy buenas amigas. Doña Candelaria me dio el ramo de jazmines que puse en tu mesa, lo trajo de la propiedad que tienen en Coroico. Voy a llevarme tu ropa sucia para lavarla en la casa de la amiga con la que estoy viviendo. Ella es la viuda de uno de los camaradas que murieron en Teoponte, se llama Dora, vivimos juntas y participamos en todas las actividades para reclamar los cuerpos de los que cayeron en combate en las guerrillas, al que tu no fuiste porque te hice beber una copa de vino que contenía un fuerte somnífero.

Tania continuó desabotonando la camisa de José, y cuando llegó a la cintura, notó el revólver calibre 22 que José siempre llevaba, lo agarró suavemente, lo sacó de la cintura del militante con mucho cuidado, lo puso despacio bajo la almohada y dijo:

—El pantalón y tus calzoncillos te los quitas tú. Te vas a la ducha envuelto en esta toalla. He notado que estás muy angustiado e intranquilo y voy a preparar una infusión de jazmín para que la tomes después del baño. La infusión de jazmín es muy buena para reducir la ansiedad y disminuir el estrés y hará que duermas tranquilamente.

José obedeció ciegamente las instrucciones de Tania. Sintió que ella tenía el espíritu maternal, algo que le hizo falta durante su niñez. Se duchó largamente, lavó su larga cabellera y su barba usando la bolsita de champú que Tania le había dado. Cuando regresó al cuarto, bien aseado, con su cabello y sus barbas brillando, pudo ver que Tania ya no estaba, pero que había dejado una taza con la infusión de jazmín, que José bebió lentamente. Después de vestir la ropa limpia, se sentó al borde de la cama, se recostó y quedó profundamente dormido, cubierto con el poncho de Tarabuco.

17

El desenlace trágico

José había regresado a la ciudad de La Paz con el objetivo de continuar en la lucha por la liberación del pueblo boliviano. Si bien la toma de la hacienda en Chané-Bedoya no tuvo el éxito esperado, ni le fue posible incorporarse a las guerrillas en Teoponte, su participación en la formación de la Asamblea Popular fue bastante productiva. La AP fue instaurada el 1 de junio de 1971, y los sectores del pueblo boliviano que estuvieron representados en esa entidad deliberante fueron los mineros, los obreros, los campesinos, los universitarios, los maestros y los intelectuales. José, que participaba en representación de los universitarios y al mismo tiempo estaba muy próximo a la de los campesinos, trabajó apasionadamente en la comisión que determinó la estructura y definió la forma de trabajo de la Asamblea Popular. El 22 de junio se iniciaron las deliberaciones y discusiones y los 221 delegados aprobaron el reglamento de funcionamiento. Sin embargo, la Constitución de la Asamblea Popular, que fue presentada y defendida con mucho entusiasmo por José, no fue aprobada. Después de muchos acalorados debates, logró que se aprobara la creación de la Guardia Popular de Seguridad, pero no la formación de un brazo militar armado. La Asamblea Popular parecía ser una organización muy fuerte, pero la falta del brazo armado la convirtió en un órgano creador de documentos, sin condiciones para poner en práctica las resoluciones que tomaba. José expuso en varias oportunidades ante el plenario la necesidad de que la AP controlara milicias armadas para defender al pueblo del inminente golpe militar. La propuesta para el restablecimiento de las milicias populares, al estilo de las que el Movimiento Nacionalista Revolucionario (MNR) había establecido en 1952, no fue ni siquiera discutida en el plenario de la Asamblea. En vista de esto, José buscó el acercamiento con algunos regimientos del Ejército ya que había militares que estaban dispuestos a luchar al lado del pueblo boliviano, pero estos esfuerzos tampoco tuvieron éxito.

En 1971 la actividad política en Bolivia fue muy profusa y abundante. El Partido Socialista (PS) fue creado el 1 de mayo de 1971 mediante la fusión de tres pequeños partidos (Acción Popular, Frente de Liberación Nacional y el Grupo FARO). También fue fundado el Movimiento de la Izquierda Revolucionaria (MIR) a partir del Partido Demócrata Cristiano y el Movimiento Revolucionario Espartaco, que estaba formado por intelectuales seguidores del pensamiento de la líder revolucionaria alemana Rosa Luxemburg. Los familiares de los excombatientes de Teoponte también estuvieron muy activos y realizaban manifestaciones diarias para pedir la entrega de los cuerpos de los guerrilleros muertos en el combate. Tania, la reclutadora, era la líder de este movimiento, que también solicitó y consiguió el apoyo del plenario de la Asamblea Popular.

El 26 de junio, hubo una discusión ideológica en la cual el sector campesino y el Partido Comunista Marxista Leninista, conocido como el «PC pekinés», insistían en que los partidos políticos debían tener el mando de la revolución, pero los delegados mineros y fabriles se opusieron a este planteamiento, y dado que tenían la mayoría en el plenario de la Asamblea Popular, se impusieron y establecieron que el proletariado debía ser la vanguardia de la revolución y que los partidos políticos debían seguir los postulados de la Tesis Socialista que había sido aprobada por la Central Obrera Boliviana (COB) el 1 de mayo de 1970. El 28 de junio de 1970, el plenario de la Asamblea Popular eligió a las comisiones que debían examinar los problemas estructurales del país. El 29 y 30 de junio, los mineros propusieron la coparticipación obrera en la Corporación Minera de Bolivia y durante la sesión del 1 de julio se decretó la coparticipación obrera mayoritaria en la administración de Comibol. También se resolvió que el matutino *El Diario* fuera cooperativizado por sus trabajadores, bajo la dirección política de la Asamblea Popular. Finalmente, en su última sesión, el 2 de julio, fue aprobada la posición de luchar por la expulsión de la Misión Militar norteamericana, la CIA y el FBI que actuaban libremente en Bolivia; sin embargo, esta propuesta fracasó, pues no se contaba con la fuerza necesaria para hacerla cumplir. A pesar de todas estas debilidades, la Asamblea Popular boliviana tuvo trascendencia internacional hasta el punto de que el presidente chileno Salvador Allende planteó que en Chile el Congreso debería ser reemplazado por una Asamblea Popular, al estilo de la de Bolivia.

Si bien José estaba muy ocupado con las actividades políticas, su interés por la luna continuaba evidente. Consultaba, casi a diario, el *Almanaque de Bristol* para saber la posición de la luna, y así se enteró de que el 6 de agosto de 1971, noche de luna llena, también habría un eclipse lunar que sería parcialmente visible en América del Sur. Los eclipses lunares están siempre acompañados por eclipses solares que suceden dos semanas antes o dos semanas después. En 1971, además del eclipse solar que antecedió al eclipse lunar, también hubo un segundo eclipse solar dos semanas después. José había marcado en el *Almanaque de Bristol*, con un círculo, la fecha del eclipse solar que antecedió al eclipse lunar, que fue el 22 de julio de 1971. El segundo eclipse solar también estaba marcado, pero de forma diferente. La fecha era el 21 de agosto de 1971 y la marca que José había colocado al lado de esa fecha era una cruz que, en lugar de parecer una marca para llamar la atención, se asemejaba más al símbolo de la muerte, del sufrimiento y al método de ejecución de Jesucristo. Parecía que José presintiera que alguna desgracia ocurriría en esa fecha.

Después de presenciar el desfile militar en conmemoración del 146.° aniversario de la independencia de Bolivia, José se instaló en el cerro Laikakota, desde donde podría apreciar la luna llena en todo su fulgor. El Laikakota, que en aymara significa 'brujo del lago', fue testigo de varios enfrentamientos entre civiles y militares bolivianos. En abril de 1952 las milicias obreras del Movimiento Nacionalista Revolucionario combatieron contra el Ejército; en esa oportunidad, los civiles lograron posicionarse en la parte alta y una vez allí combatieron contra los militares que ofrecían resistencia desde la parte inferior. En noviembre de 1964 esta pequeña montaña fue el escenario de violentos combates, cuando las fuerzas militares obedientes al general Barrientos Ortuño y su aliado Ovando Candia se enfrentaron con los milicianos que apoyaban a Víctor Paz Estenssoro.

Desde el cerro Laikakota es posible apreciar la topografía de la ciudad de La Paz en toda su magnitud. También es posible divisar, ver y observar al grandioso Illimani, cuya longitud es superior a ocho kilómetros y su pico más elevado está a 6462 metros de altitud sobre el nivel del mar. El Illimani tiene cuatro cumbres, que son conocidas con los siguientes nombres: el pico del Indio, que está localizado en el lado sur, al lado derecho mirando desde La Paz; el pico La Paz, que también es llamado el Cóndor Blanco, situado en el centro del nevado; el pico Kuhm, situado en el lado norte, a la izquierda mirando desde La Paz, y el cuarto pico, que no es visible desde la ciudad de La Paz, y es llamado Laika Kollo o Cerro Brujo.

El crepúsculo vespertino llegó y el aire transparente del altiplano permitió a José ver el gran espectáculo que la luna llena ofrece cuando aparece en el horizonte por encima de los brillantes y perfilados picos del imponente Illimani. Conforme la luna va apareciendo, las montañas van pasando por diferentes coloraciones hasta que el blanco pálido de las nieves eternas resplandece con inmensa luminosidad. La energía que el majestuoso Illimani irradia provee inspiración a los artistas, entusiasmo a los pintores, estímulo a los compositores y fogosidad a los enamorados quienes, al ver la magnífica montaña iluminada por la luna llena, fortalecen la ternura, el cariño, el afecto y la mutua seducción.

Mientras José contemplaba la belleza de la luna llena, se puso a pensar que dos meses antes había estado al lado de Jasí Panambí, la mariposa de la luna, quien llevaba en su vientre un hijo suyo. También pensó en los muchos encuentros sexuales que tuvo en noches de luna llena y los recientes fracasos amorosos que había tenido. Estos pensamientos lo llevaron a reforzar su decisión de proseguir su lucha por la liberación del pueblo boliviano y olvidar a todas las mujeres que habían pasado por su vida.

Las dos primeras semanas de agosto de 1971 estuvieron llenas de actividades y acciones políticas, tanto por parte de los defensores de la Asamblea Popular como por las fuerzas de derecha que querían reconquistar el poder. Hubo un levantamiento en Santa Cruz de la Sierra y, por orden expresa del general Juan José Torres, 38 conspiradores que habían iniciado acciones subversivas contra la Asamblea Popular fueron apresados. En respuesta a esto, el Movimiento Nacionalista Revolucionario (MNR), la Falange Socialista Boliviana (FSB) y otros grupos convocaron una manifestación para protestar por los apresamientos y organizaron una marcha que concluyó con la toma de la Prefectura de Santa Cruz de la Sierra. A las 8 de la noche del jueves 19 de agosto, el Regimiento de Infantería Ranger, acantonado en la localidad de Montero, a cincuenta kilómetros de Santa Cruz de la Sierra, bajo el mando del coronel Andrés Selich, entró la ciudad en varios caimanes, como llaman al camión del Ejército que transporta tropas. Selich exigía la renuncia del presidente Torres; el golpe de Estado se había iniciado. Los golpistas anunciaron la formación del Frente Nacionalista Popular conformado por el MNR, FSB, militares disidentes y grupos de derecha, que dieron un ultimátum para que se liberara a los presos. El viernes 20 de agosto, la Central Obrera Boliviana organizó una multitudinaria marcha en La Paz, en repudio a los movimientos golpistas que brotaron en Santa Cruz de la Sierra. Una gran multitud de obreros, mineros, campesinos y estudiantes se congregó en la plaza Murillo y pidió al general Torres que les entregara armas para derrotar a los sublevados del oriente boliviano. El sábado 21, el Ejército de Liberación Nacional (ELN) tomó los micrófonos de la emisora del Estado, Radio Illimani, para impartir instrucciones a su militancia con el objetivo que se organizaran comandos con el fin defender al pueblo boliviano. La Central Obrera y el Comando Político de la Asamblea Popular también exhortaron, incitaron y alentaron a los bolivianos a prepararse para la resistencia contra el golpe de Estado.

José pasó esos días y esas noches entre la emoción de poder defender sus ideales y la frustración de ver que su participación, y la participación de miles de camaradas, no valía nada ante el poder del Ejército. Ese mismo Ejército que fue incapaz de defender Antofagasta y Calama de la invasión chilena se mostraba altamente eficiente para disparar al pueblo desarmado y sin entrenamiento militar. Muchos han olvidado la convicción revolucionaria que existía en esa época y la importancia que la juventud daba a la defensa de sus ideales. José, junto con millares de jóvenes en Bolivia y en el mundo entero estaban dispuestos a sacrificar sus vidas defendiendo sus convicciones, sus creencias y sus ideales.

La noche del viernes 20 de agosto de 1971 José la pasó en el edificio de la Universidad Mayor de San Andrés, donde había intentado montar el Cuartel General de la resistencia al golpe de Estado. Las confrontaciones entre el pueblo y los militares se concentraron en torno al cerro Laikakota donde, en la tarde del sábado 21 de agosto, la Brigada Aérea El Alto ametralló a las fuerzas de izquierda. El caos en la ciudad de La Paz era generalizado, las radios pedían ambulancias, remedios y plasma para socorrer a los heridos. Algunos ladrones saquearon tiendas en el centro de la ciudad de La Paz y la cárcel de San Pedro fue incendiada. Una nube de humo negro se posó sobre el cielo de La Paz y sobre toda Bolivia.

A las tres de la tarde del sábado 21 de agosto, estudiantes, mineros y fabriles se posicionaron en los alrededores del cerro Laikakota, desde donde hostigaron al Regimiento Castrillo. La lucha fue cruenta y sangrienta. Al principio, el Regimiento Colorados, que era leal al presidente Torres, consiguió desalojar al Regimiento Castrillo de ese punto estratégico. Sin embargo, el contraataque del Ejército boliviano fue brutal, cruel y violento. Usando armamento pesado y con el apoyo de aviones de la Fuerza Aérea, los militares consiguieron retomar la trinchera que las fuerzas revolucionarias habían montado en el cerro Laikakota. A las seis de la tarde, cuando ya estaba comenzando a oscurecer, los universitarios intentaron subir nuevamente al Laikakota, pero el Ejército había posicionado estratégicamente varios francotiradores que comenzaron a disparar. José, vistiendo el poncho de Tarabuco que lo acompañaba desde su visita a aquella ciudad y que lo calentaba en las noches frías del Altiplano boliviano, decidió enfrentarse solo a los francotiradores, empuñó en su mano derecha la pistola calibre 22, de color negro, que había extraído de la bolsa de la agente de la CIA, y gritando «¡patria o muerte!», con paso firme y seguro, comenzó a subir al pequeño cerro desde donde había observado a la luna llena dos semanas antes. La noche estaba oscura, no había luna, era noche de *killa wañuy*, que en quechua quiere decir 'muerte de la luna'. Pocos minutos después, una bala de fusil M16 disparada por uno de los francotiradores del Ejército se alojó en la pierna izquierda de José, su cuerpo se desplomó y su cabeza golpeó fuertemente en una de las piedras. La sangre vertía profusamente de la herida de José y corría libremente en las grietas del cerro Laikakota. El militante había caído defendiendo sus ideales.

FIN